WAGNER
Die
Meistersinger
von
Nürnberg

ワーグナー
ニュルンベルクの
マイスタージンガー

高辻知義=訳

音楽之友社

本シリーズは，従来のオペラ対訳とは異なり，原テキストを数行
単位でブロック分けし，その下に日本語を充てる組み方を採用し
ています。原則として原文と訳文は行ごとに対応していますが，
日本語の自然な語順から，ブロックのなかで倒置されている場合
もあります。また，ブロックの分け方は，実際にオペラを聴きな
がら原文と訳文を同時に追うことが可能な行数を目安にしており，
それによって構文上，若干問題が生じている場合もありますが，
読みやすさを優先した結果ですので，ご了承ください。

目次

あらすじ 6

『ニュルンベルクのマイスタージンガー』対訳

第1幕 Erster Aufzug ……………………………………………11
第1場 **Erste Szene** ……………………………………………12
　Da zu dir der Heiland kam（DIE GEMEINDE）
第2場 **Zweite Szene** ……………………………………………23
　David! Was stehst'?（LEHRBUBE）
　ダーヴィットの講釈「騎士さん, マイスターの称号は Mein Herr! Der Singer Meisterschlag」（DAVID）……………………………26
第3場 **Dritte Szene** ……………………………………………36
　Seid meiner Treue wohl versehen（POGNER）
　コートナーの点呼「昇格試験と組合の相談のために Zu einer Freiung und Zunftberatung」（KOTHNER）………………………………41
　ポーグナーの演説「聖ヨハネ祭の素晴らしい祭典は Das schöne Fest, Johannistag」（POGNER）……………………………………44
　ヴァルターの自己紹介「冬のさなかの静かな炉辺で Am stillen Herd in Winterszeit」（WALTHER）………………………………55
　〈歌の教則〉の朗読「マイスターゲザングの〈バール〉詩形は Ein jedes Meistergesanges Bar」（KOTHNER）…………………………60
　ヴァルターの試験歌「春が森の中へ呼びかけると So rief der Lenz in den Wald」（WALTHER）…………………………………62

第2幕 Zweiter Aufzug …………………………………………79
第1場 **Erste Szene** ……………………………………………80
　Johannistag! Johannistag!（LEHRBUBEN）

第2場 **Zweite Szene** ·················84
　Laß sehn, ob Meister Sachs zu Haus?—（POGNER）
第3場 **Dritte Szene** ·················89
　Zeig her! — 's ist gut（SACHS）
　にわとこのモノローグ「にわとこが何とやさしく Wie duftet doch
　　der Flieder」（SACHS） ·················90
第4場 **Vierte Szene** ·················92
　Gut'n Abend, Meister! Noch so fleißig?（EVA）
第5場 **Fünfte Szene** ·················102
　Da ist er!（EVA）
第6場 **Sechste Szene** ·················110
　Wie? Sachs? Auch er?（WALTHER）
　ザックスの歌「イェールム！ イェールム！ Jerum! Jerum!」
　　（SACHS） ·················112
　ベックメッサーのセレナーデ「新しい日が現れる Den Tag seh' ich
　　erscheinen」（BECKMESSER） ·················129
第7場 **Siebente Szene** ·················135
　Zum Teufel mit dir, verdammter Kerl!（DAVID）
　夜回り番の歌「さあさ, 皆の衆, よく聞くがよかろう Hört, ihr Leut',
　　und laßt euch sagen」（NACHTWÄCHTER） ·················155

第3幕 Dritter Aufzug ·················157
第1場 **Erste Szene** ·················158
　Gleich Meister! Hier! —（DAVID）
　ダーヴィットの唱え歌「ヨルダン川のほとりに聖ヨハネ立ちて Am
　　Jordan Sankt Johannes stand」（DAVID） ·················162
　迷いのモノローグ「迷い, 迷いだ！ Wahn! Wahn!」（SACHS） ···164
第2場 **Zweite Szene** ·················167
　Grüß Gott, mein Junker! Ruhtet ihr noch?（SACHS）

歌の伝授「友よ，恵み豊かな青春の頃であれば Mein Freund, in holder Jugendzeit」(SACHS) ……………………171
第3場 **Dritte Szene** ……………………180
 Ein Werbelied —Von Sachs!—Ist's wahr? —（BECKMESSER）
第4場 **Vierte Szene** ……………………193
 Grüß Gott, mein Evchen! Ei, wie herrlich（SACHS）
 洗礼の五重唱「私の幸運の太陽が Selig, wie die Sonne」(EVA, SACHS, WALTHER, DAVID, MAGDALENE) ……………………205
第5場 **Fünfte Szene** ……………………209
 Sankt Krispin, lobet ihn!（DIE SCHUSTER）
 合唱「目覚めよ，朝が近づいている Wach auf, es nahet gen den Tag」（ALLE）……………………215
 ザックスの挨拶「あなた方の気持ちは軽いでしょうが，私の心は重くなります Euch macht ihr's leicht, mir macht ihr's schwer」(SACHS) ……………………216
 ベックメッサーの歌「朝，私は薔薇色の光につつまれ，輝いた Morgen ich leuchte in rosigem Schein」(BECKMESSER) ……………220
 ヴァルターの優勝歌「朝の薔薇色の輝きにつつまれ Morgenlich leuchtend im rosigen Schein」(WALTHER) ……………………226
 ザックスの演説「マイスターたちを軽蔑してはいけません Verachtet mir die Meister nicht」(SACHS) ……………………231

訳者あとがき　235

あらすじ

前史

　フランケンの田舎に先祖代々の城を構えていた，若い騎士ヴァルターは日頃，中世のミンネザングの詩人に憧れていたが，ついに，自らも詩人になろうと決心してニュルンベルクに出る。彼は，マイスターザングの親方で富裕な金細工師でもあるポーグナーに斡旋を依頼したが，そのおり，彼の一人娘エーヴァに激しい恋愛感情を抱く。

第1幕

　聖ヨハネ祭（6月24日）の前日の午後。聖カタリーネ教会では，礼拝が終ろうとしている。ヴァルターは，エーヴァがすでに婚約の身か，聞きだそうとして待ち受け，マクダレーネの口から，エーヴァは婚約しているが，花婿は翌日のマイスタージンガーの歌くらべの席で決定する，と告げられる。エーヴァもヴァルターを想っているが，二人が結婚するためには，騎士にその歌くらべに出場する資格が必要で，折りよく現れた，ザックスの徒弟のダーヴィットにその手ほどきを受けることになる。ダーヴィットは騎士にマイスターゲザングのさまざまな規則を教えるが，その煩雑さにヴァルターは驚く。

　教会の中は，マイスタージンガーの会合のため，カーテンで仕切られ，やがて，ポーグナーとベックメッサーをはじめとして，続々とマイスターたちが登場。点呼が済むと，ポーグナーが立って，芸術を愛好する気持ちから，明日の歌くらべの優勝者に，一人娘のエーヴァに自分の全財産をそえて提供する，と宣言する。それからポーグナーは，マイスタージンガーの組合に加入を希望する騎士があると言い，そのヴァルターを歌わせたいと提案する。エーヴァとの結婚を望むベックメッサーは，この騎士こそ恋敵だと直感して，歌の試験を延期しようと図るが，ザックスの後押しで，ヴァルターは「歌の椅子」にすわり，試験が始まる。ヴァルターの歌は，旧来の教則からすると違反だらけで，判定役のベックメッサーにより，たちまち「歌いそこね」の判定がくだる。しかしヴァルターは構わず歌いつ

づけ，そのさまをザックスは頼もしいと感心して眺めるが，会場は騒然となり，混乱のうちに幕が閉じる。

第2幕
　ダーヴィトや徒弟たちが夕暮れの戸締りをしている。恋仲のマクダレーネのことを徒弟たちにからかわれたダーヴィトが，かっとなっているところへザックスが帰ってきて，仕事に精出すようにたしなめる。ポーグナーがエーヴァと散歩から帰ってくる。エーヴァはヴァルターの試験の結果が気がかりでならない。夕闇が濃くなるとザックスが仕事場に現れるが，ニワトコの花の香りに酔いながら，昼間のヴァルターの歌を思い返す。そこへエーヴァが試験の結果を聞きに来るが，エーヴァへの愛情を諦めようとしているザックスは，却って当てこすりなどで彼女を困らせる。ヴァルターが姿を見せ，親方たちに理解されなかった以上，駆け落ちを二人は考える。ザックスはその話を漏れ聞いて，なんとか止めさせようと思う。そこへベックメッサーが，エーヴァに捧げるセレナーデを歌いにやって来る。エーヴァに仮装したマクダレーネが相手をしているとも気づかず，歌に精を出し，それをザックスが靴を叩いて採点し，邪魔だてする。目覚めたダーヴィトは，誰かがマクダレーネに求愛してると思い，ベックメッサーに殴りかかり，やがて街じゅうの人が出てきて，ついに殴り合いが始まる。突如，夜回り番が現れて群集が散り，満月が静まり返った街を照らす。

第3幕
　聖ヨハネ祭の朝，読書にふけるザックス。使いからダーヴィトが戻ってくる。徒弟を部屋に下がらせた後，ザックスは昨夜の騒ぎを思い出し，「迷いの独白」を歌う。そこへ，昨夜かくまってやったヴァルターが起きだしてきて，見た夢について歌うと，ザックスはそれを書き取る。二人が，祭典の着替えのために別室へ去ると，ベックメッサーが入ってきて，ヴァルターの歌を見つけ，ザックスが今日の歌くらべに参加すると誤解して怒る。それをかくしに仕舞ったところへザックスが現れ，歌は進呈するという。喜んだベックメッサーが去ってゆくと，代わりにエーヴァが入って来て，靴の具合を訴える。ザックスがそれを見ている間にヴァルターが残りの第3節を仕上げたと言って現れる。新しい歌の誕生を喜んだザックスは，ダーヴィトを職人に昇格させて証人にしたて，「歌の洗礼」の儀式を行な

う。

　舞台転換があって，歌の祭典の草地。さまざまな組合の職人たちの行進が集まり，最後にマイスタージンガーが到着すると，ザックスを讃えて，全員が合唱。歌くらべではまずベックメッサーが壇にあがるが，もらった詩をよく暗記していず，聴衆に嘲笑されて退場。代わって，ヴァルターが登場し，本来の歌詞を堂々と歌って，満場を感激させる。優勝のヴァルターにエーヴァが月桂冠を授け，ポーグナーがマイスタージンガーの資格を与えようとするが，騎士は拒絶。ザックスがその非を諭して，マイスタージンガーの芸術の大事さを説く。ヴァルターは説得され，全員がザックスを讃えるなか，幕が降りる。

ニュルンベルクのマイスタージンガー
Die Meistersinger von Nürnberg

3幕の喜歌劇（Komische Oper in drei Akten）

音楽＝リヒャルト・ワーグナー　Richard Wagner
台本＝リヒャルト・ワーグナー　Richard Wagner
初演＝1868年6月21日，ミュンヒェン宮廷歌劇場
リブレット＝総譜のテキストに基づく

登場人物および舞台設定

ハンス・ザックス　Hans Sachs（靴職人）…………バス＝バリトン
ファイト・ポーグナー　Veit Pogner（金細工師）……………バス
クンツ・フォーゲルゲザング　Kunz Vogelgesang（毛皮職人）…テノール
コンラート・ナハティガル　Konrad Nachtigal（ブリキ職人）………バス
ジクストゥス・ベックメッサー　Sixtus Beckmesser（市の書記）
　……………………………………………………バス＝バリトン
フリッツ・コートナー　Fritz Kothner（パン屋）………………バス
バルタザール・ツォルン　Balthasar Zorn（錫加工職人）………テノール
ウルリヒ・アイスリンガー　Ulrich Eisslinger（スパイス小売商）テノール
アウグスティン・モーザー　Augustin Moser（仕立屋）…………テノール
ヘルマン・オルテル　Hermann Ortel（石鹸製造職人）…………バス
ハンス・シュヴァルツ　Hans Schwarz（靴下編み職人）…………バス
ハンス・フォルツ　Hans Foltz（銅加工職人）……………………バス
　（以上　マイスタージンガー）
ヴァルター・フォン・シュトルツィング　Walther von Stolzing（フランケ
　ン在の若い騎士）………………………………………………テノール
ダーヴィット　David（ザックスの徒弟）…………………………テノール
エーヴァ　Eva（ポーグナーの娘）…………………………………ソプラノ
マクダレーネ　Magdalene（エーヴァを世話するポーグナーの女中）
　………………………………………………………………メゾ・ソプラノ
夜回り番　Ein Nachtwächter……………………………バス＝バリトン
その他、ニュルンベルク市のいろいろな同業組合の市民とその妻，職人，徒弟，娘たち，民衆。

第１幕　16世紀なかばのニュルンベルク。聖カタリーネ教会の内部，それに接したマイスタージンガーの会議場
第２幕　ニュルンベルクの街角，両側にザックスとポーグナーの家
第３幕　ハンス・ザックスの家の内部。(舞台転換して)ニュルンベルクの市外の歌の祭典の草地

第1幕

Erster Aufzug

Erste Szene 第1場

Die Bühne stellt das Innere der Katharinenkirche in schrägem Durchschnitt dar; von dem Hauptschiff, welches links ab, dem Hintergrunde zu, sich ausdehnend anzunehmen ist, sind nur noch die letzten Reihen der Kirchstühlbänke sichtbar: den Vordergrund nimmt der freie Raum vor dem Chor ein; dieser wird später durch einen schwarzen Vorhang gegen das Schiff zu gänzlich geschlossen.

In der letzten Reihe der Kirchstühle sitzen Eva und Magdalene; Walther von Stolzing steht, in einer Entfernung, zur Seite an eine Säule gelehnt, die Blicke auf Eva heftend, die sich mit stummem Gebärdenspiel wiederholt zu ihm umkehrt.

舞台は，聖カタリーネ教会の内部を斜めに切った形。左手から奥の方に延びていると思われる身廊のうち，祭壇に向いた信徒席は最後の数列のベンチしか見えない。舞台の前景は内陣の前の何もない空間が占めるが，この部分はあとで，黒いカーテンによって，身廊から完全に仕切られる。

信徒席の最後列にエーヴァとマクダレーネが腰掛けている。ヴァルター・フォン・シュトルツィングは少し離れ，脇の柱にもたれて立ち，まなざしをぴたりとエーヴァに当てている。エーヴァはたびたび彼の方に振りかえって無言の身振りを繰り返している。

DIE GEMEINDE
信徒たち

Da zu dir der Heiland kam,
(Walther drückt durch Gebärde eine schmachtende Frage an Eva aus.)
willig deine Taufe nahm,
(Evas Blick und Gebärde sucht zu antworten; doch beschämt schlägt sie das Auge wieder nieder.)

救世主なんじのもとに来たりて
（ヴァルターは身振りで何か切なげな問いをエーヴァに発する。）
なんじの手より進んで洗礼を受け，
（エーヴァはまなざしと身振りで答えようとするが，思わず恥じて目を伏せてしまう。）

weihte sich dem Opfertod,
(Walther zärtlich, dann dringender.)
gab er uns des Heils Gebot:
(Eva: Walthern schüchtern abweisend, aber schnell wieder seelenvoll zu ihm aufblickend.)

しかして御身を死の犠牲に捧げられ，
（ヴァルターは情愛をこめ，次第に迫るかたちで）
我らに救いの掟を与えたまえり。
（エーヴァははにかんで首を振るが，すぐに心のこもったまなざしで彼を見やる。）

daß wir durch dein' Tauf' uns weihn,
(Walther: entzückt; höchste Beteuerungen; Hoffnung.)
seines Opfers wert zu sein.

われら，なんじの洗礼により身を清め
（ヴァルターは有頂天になり，愛を誓う身振り。表情に希望が浮かぶ。）
救い主の犠牲にかなう徳を積もう。

> *(Eva: selig lächelnd; — dann beschämt die Augen senkend.)*
> **Edler Täufer!**
> *(Walther: dringend — aber schnell sich unterbrechend.)*
> **Christs Vorläufer!**

（エーヴァは仕合わせな微笑を浮かべている。それから、また恥じらってまなざしを伏せる。）
気高き洗礼者！
（ヴァルターはさらに迫ろうとする気配。しかしすぐに中断してしまう。）
キリストの先駆者！

> *(Er nimmt die dringende Gebärde wieder auf, mildert sie aber sogleich wieder, um sanft um eine Unterredung zu bitten.)*
> **Nimm uns gnädig an,**
> **dort am Fluß Jordan!**

（彼はまたもや、迫ろうとする気配。しかし、それもすぐさま収めて、話し合いたいという穏やかな身振り。）
我らをやさしく迎えたまえ、
かなたヨルダン川の岸に！

Die Gemeinde erhebt sich. Alles wendet sich dem Ausgange zu und verläßt unter dem Nachspiele allmählich die Kirche. — Walther heftet in höchster Spannung seinen Blick auf Eva, welche ihren Sitz langsam verläßt und, von Magdalene gefolgt, langsam in seine Nähe kommt.
Da Walther Eva sich nähern sieht, drängt er sich gewaltsam, durch die Kirchgänger durch, zu ihr.

信徒たちが立ち上がる。出口の方に向かい、オルガンの後奏のあいだにゆっくりと教会を出てゆく。エーヴァはおもむろに席を立ち、マクダレーネを従えて、ヴァルターの方にゆっくりと近づいてくるのを、彼は固唾を飲んで待ち受け、視線を彼女にあてたまま。
エーヴァが近づくと見るや、ヴァルターは無理やり、人々をかき分け、彼女の方に進みでる。

WALTHER / **ヴァルター**
Verweilt! Ein Wort — Ein einzig Wort!
お待ちください。ひと言。唯のひと言を下さい！

EVA / **エーヴァ**
(sich schnell zu Magdalene umwendend)
Mein Brusttuch.... schau! Wohl liegt's im Ort.
（すばやくマクダレーネを振り返り）
肩掛けを忘れたわ、見てきて！　きっと元のところよ！

MAGDALENE / **マクダレーネ**
Vergeßlich Kind! Nun heißt es: such!
(Sie geht nach den Kirchstühlen zurück.)
忘れっぽいお嬢さん！　お探し！　と言うんでしょう？
（ベンチの方に戻ってゆく。）

WALTHER
ヴァルター

Fräulein! Verzeiht der Sitte Bruch.
Eines zu wissen, Eines zu fragen,
was müßt' ich nicht zu brechen wagen?
Ob Leben oder Tod? Ob Segen oder Fluch?
Mit einem Worte sei mir's vertraut: —
mein Fräulein, — sagt...

お嬢さん、不躾な振る舞いはお赦しくださるとして、
でも、ただ一つ知りたい、訊ねたい、とあれば、
破っていけない、掟なんてあるでしょうか？
生か死か、祝福か、呪いかの問題だ、
ひとことで打ち明けてください。
お嬢さん、おっしゃって……

MAGDALENE
マクダレーネ

(wieder zurückkommend)
Hier ist das Tuch.

（戻ってきて）
そら、肩かけですよ。

EVA
エーヴァ

O weh! die Spange?

あら、いけない！ ブローチが！

MAGDALENE
マクダレーネ

Fiel sie wohl ab?
(Sie geht abermals suchend nach hinten.)

落としたのかしら？
（奥へまた探しにゆく。）

WALTHER
ヴァルター

Ob Licht und Lust, oder
Nacht und Tod?

光明と歓喜か、
それとも闇と墓場か？

Ob ich erfahr', wonach ich verlange,
ob ich vernehme, wovor mir' graut: —
mein Fräulein, — sagt...

求めるところを聞かせていただけるか？
それとも恐ろしい報せを耳にするのか、
お嬢さん、おっしゃってください……

MAGDALENE マクダレーネ		*(wieder zurückkommend)* Da ist auch die Spange. Komm, Kind! Nun hast du Spang' und Tuch... O weh! da vergaß ich selbst mein Buch! *(Sie geht nochmals eilig nach hinten.)*

(戻ってきて)
そら,ブローチもありましたわ。
さあ,行きましょう,肩かけもブローチも見つかったのですから……
あら,いけない。私としたことが,聖書を忘れて!
(もう一度急いで奥に。)

WALTHER
ヴァルター

Dies eine Wort, ihr sagt mir's nicht?
Die Silbe, die mein Urteil spricht?
Ja oder nein! — ein flücht'ger Laut:
mein Fräulein, sagt —
(entschlossen und hastig)
seid ihr schon Braut?

ひと言を,おっしゃってくださいませんか?
僕に対する判決になるひと言を?
〈ええ〉か〈いいえ〉か,簡単なひと綴りだ,
お嬢さん,言い渡してください。
(きっぱりと早口に)
もう誰かと婚約の身ですか?

MAGDALENE
マクダレーネ

(die wieder zurückgekehrt ist und sich vor Walther verneigt)
Sieh da! Herr Ritter?
Wie sind wir hoch geehrt:
mit Evchens Schutze
habt ihr euch gar beschwert!
Darf den Besuch des Helden
ich Meister Pogner melden?

(戻ってきて,ヴァルターに一礼し)
これはまあ,騎士さまですか,
何と光栄なことでしょう。
わざわざエーヴァちゃんの
お守りをして頂くなんて!
勇ましい騎士さまがご訪問なさると,
ポーグナー親方にお伝えしましょうか?

WALTHER
ヴァルター

(bitter leidenschaftlich)
O, betrat ich doch nie sein Haus!

(激しく)
ああ,あの家に伺っていなかったとしたら*!

*訳註)実際には「伺って」いるのだから,これは再会の喜びを強調する修辞的な言い回し。

MAGDALENE マクダレーネ	Ei! Junker, was sagt ihr da aus? In Nürnberg eben nur angekommen, wart ihr nicht freundlich aufgenommen? Was Küch' und Keller, Schrein und Schrank euch bot, verdient' es keinen Dank?
	おやまあ、騎士さま、何てことをおっしゃるのです？ ニュルンベルクにお着きになったばかりのとき、 親切におもてなししたではありませんか？ 料理や飲み物のたぐい、衣服調度のたぐいも、 お気に召しませんでしたか？
	Gut Lenchen, ach! Das meint er ja nicht; doch von mir wohl wünscht er Bericht, — wie sag' ich's schnell? Versteh' ich's doch kaum! Mir ist, als wär' ich wie im Traum —! Er frägt, — ob ich schon Braut?
	いいのよ、レーネさん、そう思っていらっしゃるのではありません。 でも、この方が私に求めているのは簡単なこと、 それを手早くどう言ったらいいのかしら。私自身だって分かってはいないのに！ まるで夢みたいな気持ちなのに！ 私がもう婚約してるかと、お尋ねなのよ。
MAGDALENE マクダレーネ	*(heftig erschrocken)* Hilf Gott! Sprich nicht so laut! Jetzt laß uns nach Hause gehn; — wenn uns die Leut' hier sehn!
	（びっくりして） いけませんわ！　もっと小声でおっしゃらないと！ さあ、帰りましょう。 誰かに見られますわよ！
WALTHER ヴァルター	Nicht eh'r, bis ich alles weiß!
	すっかりご返事いただくまでは！
EVA エーヴァ	*(zu Magdalene)* 's ist leer, die Leut' sind fort.
	（マクダレーネに） 教会の中は空っぽよ、みんな帰ったわ！

MAGDALENE マクダレーネ	Drum eben wird mir heiß! Herr Ritter, an andrem Ort! *(David tritt aus der Sakristei ein und macht sich darüber her, die schwarzen Vorhänge zu schließen.)* ですから、やきもきしているのですわ！ 騎士さま、では場所をあらためて、また！ （そのとき控え室の扉が開き、ダーヴィットが出てきて、［信徒席の前の］黒いカーテンを引こうとする。）
WALTHER ヴァルター	*(dringend)* Nein! Erst dies Wort! （迫って） だめです！ まずお返事を！
EVA エーヴァ	*(bittend zu Magdalene)* Dies Wort! （マクダレーネに懇願する） せめてあのひとことを！
MAGDALENE マクダレーネ	*(die sich bereits umwendet, erblickt David und hält an)* *(zärtlich, für sich.)* David? Ei! David hier? *(Sie wendet sich wieder zurück und zu Walther.)* （振り向いて出口へ行きかけたが、ダーヴィットを目にとめて、立ち止まり） （いとしげに、つぶやく。） ダーヴィットだわ？ まあ、ダーヴィットがなぜここに？ （振り返ってヴァルターを見る。）
EVA エーヴァ	*(zu Magdalene)* Was sag' ich? Sag du's mir! （マクダレーネに） どう言ったらいいの？ 教えてよ！
MAGDALENE マクダレーネ	*(zerstreut, öfter nach David sich umsehend)* Herr Ritter, was ihr die Jungfer fragt, das ist so leichtlich nicht gesagt. Fürwahr ist Evchen Pogner Braut （気もそぞろになって、何度もダーヴィットの方を振り返り） 騎士さま！ お嬢さんにお尋ねのことは、 それほど簡単には申せません。本当のことを申すとすれば、 ポーグナー家のエーヴァは婚約しております。
EVA エーヴァ	*(lebhaft unterbrechend)* Doch hat noch keiner den Bräut'gam erschaut! （激しくそれをさえぎって） でも、私の花婿を見た人はまだ誰ひとり、いないのよ！

MAGDALENE マクダレーネ		Den Bräut'gam wohl noch niemand kennt, bis morgen ihn das Gericht ernennt, das dem Meistersinger erteilt den Preis... たしかに誰もまだ，花婿を知りません。 明日になって，審査委員会が そのマイスタージンガーに賞を与え，名を披露するまでは。
EVA エーヴァ		*(enthusiastisch)* Und selbst die Braut ihm reicht das Reis. (情熱をこめて) そして，花嫁の私が賞の小枝を差し出すまでは。
WALTHER ヴァルター		*(verwundert)* Dem Meistersinger? (いぶかしんで) マイスタージンガーにですか？
EVA エーヴァ		*(bang)* Seid ihr das nicht? (不安になって) で，あなたはマイスタージンガーではないの？
WALTHER ヴァルター		Ein Werbgesang? 歌の試験があるのですか？
MAGDALENE マクダレーネ		Vor Wettgericht. 審査委員の前で。
WALTHER ヴァルター		Den Preis gewinnt? 賞をもらうのは？
MAGDALENE マクダレーネ		Wen die Meister meinen. 親方たちがこれと思った人。
WALTHER ヴァルター		Die Braut dann wählt?... *(Er wendet sich, in großer Aufregung auf und ab gehend, zur Seite.)* それから花嫁が選ぶのですね？ (脇を向くと，やたらに興奮して辺りを歩き回る。)
EVA エーヴァ		*(sich vergessend)* Euch―, oder keinen! (感きわまって) あなたでなければ，他の誰も選ばないわ！

MAGDALENE マクダレーネ	*(sehr erschrocken)* Was, Evchen! Evchen! Bist du von Sinnen?	

（ひどく驚いて）
まあ，エーヴァちゃん，ひどくむきになって！

EVA エーヴァ	Gut' Lene, laß mich den Ritter gewinnen!	

いいでしょ！　私にこの騎士さんを選び取らせて！

MAGDALENE マクダレーネ	Sahst ihn doch gestern zum ersten Mal?	

だって，ほんの昨日逢ったばっかりでしょう？

EVA エーヴァ	Das eben schuf mir so schnelle Qual, daß ich schon längst ihn im Bilde sah! Sag, trat er nicht ganz wie David nah?	

だから，たちまち困っているの。
絵の中でならとっくにお会いしているのに。
ねえ，ダーヴィットにそっくりじゃない＊？

MAGDALENE マクダレーネ	*(höchst verwundert)* Bist du toll! Wie David?	

（さっぱり合点がいかず）
まさか！　ダーヴィットみたいだなどと？

EVA エーヴァ	Wie David im Bild.	

絵の中のダーヴィット［ダビデ］にそっくりよ！

MAGDALENE マクダレーネ	Ach! — Meinst du den König mit der Harfen und langem Bart in der Meister Schild?	

ああ，おっしゃるのは竪琴を持ち
長いひげを生やした，マイスター方の紋章盾に画いてあるダビデ王ね？

EVA エーヴァ	Nein! Der, dess' Kiesel den Goliath warfen, das Schwert im Gurt, die Schleuder zur Hand, das Haupt von lichten Locken umstrahlt, wie ihn uns Meister Dürer gemalt!	

いいえ，石を投げて巨人ゴリアテを倒した，
腰に剣をさし，投石器を手にした，
金髪の巻き毛の輝く，
名匠デューラーの描いた青年ダビデよ！

＊訳註）ダーヴィットはマクダレーネの年下の恋人であるが，エーヴァは旧約聖書のダビデ（ダーヴィット）のことを言っている。

MAGDALENE マクダレーネ	*(laut seufzend)* Ach, David! David!	
	(大きくため息をついて) ああ，ダーヴィットね，ダーヴィット！	
DAVID ダーヴィット	*(der hinausgegangen und jetzt wieder zurückkommt, ein Lineal im Gürtel und ein großes Stück weißer Kreide an einer Schnur schwenkend)* Da bin ich: wer ruft?	
	(いったん外に出ていたが，物差しを腰にさし，大きなチョークのかけらを紐でくくったのを振り回しながら*，入ってきて) ここにいるぜ！　呼んだのは誰だい？	
MAGDALENE マクダレーネ	Ach, David! Was ihr für Unglück schuft! — *(beiseite)* Der liebe Schelm! Wüßt' er's noch nicht? — *(laut)* Ei, seht, da hat er uns gar verschlossen?	
	まあ，ダーヴィット，あなたたち，とんだ目に合わせるのね！ (つぶやいて) 可愛いいたずらっ子，まだ分からないのかしら？ (大きな声で) おまえさん，私たちを閉じ込めたじゃないの？	
DAVID ダーヴィット	*(zärtlich)* Ins Herz euch allein!	
	(やさしく) この胸に閉じ込めるのはレーネさんだけ！	
MAGDALENE マクダレーネ	*(feurig)* Das treue Gesicht! — *(laut)* Ei, sagt! Was treibt ihr hier für Possen?	
	(ぽっとなって) 何て誠のある顔かしら！ (大きな声で) それにしても，ここで，どんな茶番をやるの？	
DAVID ダーヴィット	Behüt' es! Possen? Gar ernste Ding': für die Meister hier richt' ich den Ring.	
	とんでもない！茶番だって？　おお真面目なことで， マイスターたちの会合の円形の席を作っているのです。	
MAGDALENE マクダレーネ	Wie? Gäb' es ein Singen?	
	何ですって？　歌の会があるの？	

*訳註)　このダーヴィットのなりは前のページの青年ダビデのいでたちをなぞっている。

DAVID ダーヴィット		Nur Freiung heut: der Lehrling wird da losgesprochen, der nichts wider die Tabulatur verbrochen: Meister wird, wen die Prob' nicht reut.

今日のところは昇格試験だけ。
教則どおりに歌えた徒弟は，昇格です。
試験に悔いない点を出せばマイスタージンガーにだってなれますよ。

MAGDALENE マクダレーネ		Da wär' der Ritter ja am rechten Ort! — Jetzt, Evchen, komm! Wir müssen fort!

それなら騎士さんは打ってつけの場所に来合わせたのよ。
さあ，エーヴァちゃん，行きましょう。

WALTHER ヴァルター		*(schnell zu den Frauen sich wendend)* Zu Meister Pogner laßt mich euch geleiten!

（素早く女性たちの方を向き）
ポーグナー親方のお宅へお供させてください。

MAGDALENE マクダレーネ		Erwartet den hier, er ist bald da. Wollt ihr Evchens Hand erstreiten, rückt Zeit und Ort das Glück euch nah. — *(Zwei Lehrbuben kommen dazu und tragen Bänke herbei.)* Jetzt eilig von hinnen!

ここで待っていれば，間もなくお見えですよ。
エーヴァちゃんとの結婚を望むなら，
ここが時も場所も打ってつけです。
（徒弟が二人，ベンチを運んで入ってくる。）
さあ，急いで，まいりましょう！

WALTHER ヴァルター		Was soll ich beginnen?

ここで何をすればいいのです？

MAGDALENE マクダレーネ		Laßt David euch lehren, die Freiung begehren. —

ダーヴィットによく教わって，
試験を受けるのです。

Davidchen! hör, mein lieber Gesell':
den Ritter hier bewahr mir wohl zur Stell'!
Was Fein's aus der Küch'
bewahr' ich für dich,

    ダーヴィット，ねえ，ここにいて
    この騎士の方を，よくお守りするのよ！
    何か美味しいものを
    あなたのために取っておいてあげるから。

und morgen begehr du noch dreister,
wird hier der Junker heut Meister.
(Sie drängt Eva zum Fortgehen.)

    明日はもっとご褒美をねだって良いわ，
    今日，騎士さんがマイスターになったら！
    (エーヴァを急かして立ち去ろうとする。)

EVA　Seh' ich euch wieder?
エーヴァ
    またお会いできるかしら？

WALTHER　*(sehr feurig)*
ヴァルター
Heut Abend gewiß!
Was ich will wagen,
wie könnt' ich's sagen?
Neu ist mein Herz, neu mein Sinn,
neu ist mir alles, was ich beginn'.

    (情熱的に)
    今晩，間違いなく！
    何を試みたらいいのか，
    どう言えばいいのか？
    心が，胸のうちがあらたまったようだ，
    始めるすべてが新しい！

Eines nur weiß ich,
Eines begreif' ich:
mit allen Sinnen
euch zu gewinnen!

    ただ一つ分かっていること，
    摑めていることは，
    心のたけをこめて，
    あなたを勝ち取ることだ！

Ist's mit dem Schwert nicht, muß es gelingen,
gilt es als Meister euch zu ersingen.

    剣で片づかないことならば，
    マイスターになって，歌の力で，あなたを手にしよう！

EVA
エーヴァ

Für euch Gut und Blut,
für euch
Dichters heil'ger Mut!

あなたのためなら財産も血潮も，
あなたのためなら
詩人の厳粛な勇気もささげよう！

(mit großer Wärme)
Mein Herz, sel'ger Glut,
für euch
liebesheil'ge Hut!

（熱をこめて）
我が胸の，仕合わせな火照り，
あなたのためなら，
貴い愛の加護を願いましょう！

MAGDALENE
マクダレーネ

Schnell heim! Sonst geht's nicht gut!

急いで帰りましょう！ さもないと困ったことが！

DAVID
ダーヴィット

(der Walther verwunderungsvoll gemessen)
Gleich Meister? Oho! Viel Mut!
(Magdalene zieht Eva eilig durch die Vorhänge nach sich fort.)
(Walther wirft sich, aufgeregt und brütend, in einen erhöhten, kathederartigen Lehnstuhl, welchen zuvor zwei Lehrbuben, von der Wand ab, mehr nach der Mitte zu, gerückt hatten.)

（不思議そうにヴァルターの品定めをしていたが）
いきなりマイスターになるって？ おやおや，いい度胸をしてるなあ！
（マクダレーネがエーヴァの手を引き，カーテンを掻きわけせわしげに出てゆく。）
（ヴァルターは心たかぶって，物思いに耽りながら，先ほど，二人の徒弟が壁際から真ん中よりに動かしておいた，講壇のように一段高い椅子に腰を落とす。）

Zweite Szene 第2場

Noch mehrere Lehrbuben sind eingetreten; sie tragen und stellen Bänke und richten alles zur Sitzung der Meistersinger her.

さらに数人の徒弟が入ってきて，運んできたベンチを並べ，マイスタージンガーの会合の準備をいろいろとやっている。

2. LEHRBUBE
第2の徒弟

David! Was stehst'?

ダーヴィット，何で突っ立ったままだい？

1. LEHRBUBE
第1の徒弟

Greif ans Werk!

手をかせよ！

2. LEHRBUBE 第 2 の徒弟	Hilf uns richten das Gemerk!	
	判定席を作るんだ，手伝ってくれ。	
DAVID ダーヴィット	Zu eifrigst war ich vor euch allen; schafft nun für euch, hab' ander Gefallen!	
	俺はきみたちの来る前に精を出しすぎたんだ。 きみたちだけでやってくれ。俺には別にやりたいことがある！	
LEHRBUBEN 徒弟たち	Was der sich dünkt! Der Lehrling' Muster!	
	自分は何さまだと思ってるんだ！ 徒弟たちの鑑のつもりさ！	
	Das macht, weil sein Meister ein Schuster! Beim Leisten sitzt er mit der Feder! Beim Dichten mit Draht und Pfriem! Sein' Verse schreibt er auf rohes Leder.	
	靴屋の親方についてるからだよ！ 靴型を使うときにはペンをもってるし， 詩を作るときには麻糸と錐を手にしてる。 粗笓の上に詩をかいてみたり。	
	(mit entsprechender Gebärde) Das — däcnt' ich — gerbten wir ihm! *(Sie machen sich lachend an die fernere Herrichtung.)*	
	（それらしいジェスチャーを交えて） こいつぁ，一発見舞わないと収まらないな！ （と口々に言って，笑いながら次の作業にかかる）	
DAVID ダーヴィット	*(nachdem er den sinnenden Ritter eine Weile betrachtet)* Fanget an!	
	（物思いに耽る騎士をしばらく眺めていたが） 始めよ！	
WALTHER ヴァルター	*(verwundert)* Was soll's?	
	（いぶかしげに） 何だ，それは？	
DAVID ダーヴィット	*(noch stärker)* Fanget an! So ruft der Merker:— nun sollt ihr singen! Wißt ihr das nicht?	
	（さらに声を張り上げ） 始めよ！ 判定役がそう叫ぶのです， すると，あなたは歌い始める。ご存知ない？	

WALTHER ヴァルター	Wer ist der Merker?	
	判定役とは誰のことか？	
DAVID ダーヴィット	Wißt ihr das nicht? Wart ihr noch nie bei 'nem Sing-Gericht?	
	それもご存知ない？ 歌の審査会にはまだ一度も出たことがない？	
WALTHER ヴァルター	Noch nie, wo die Richter Handwerker.	
	職人が審査する会なんて，一度も出たことはない！	
DAVID ダーヴィット	Seid ihr ein »Dichter«?	
	あなたは〈詩人〉＊ですか？	
WALTHER ヴァルター	Wär' ich's doch!	
	そうであれば良いのだが。	
DAVID ダーヴィット	Seid ihr ein »Singer«?	
	あなたは〈歌手〉ですか？	
WALTHER ヴァルター	Wüßt' ich's noch?	
	それも分からないな。	
DAVID ダーヴィット	Doch »Schulfreund« wart ihr und »Schüler« zuvor?	
	でも前に〈校友〉だったり，〈生徒〉だったりしたことは？	
WALTHER ヴァルター	Das klingt mir alles fremd vorm Ohr!	
	どれもこれも耳慣れないことばかりだ！	
DAVID ダーヴィット	Und so grad'hin wollt ihr Meister werden?	
	それなのに，一直線にマイスターになりたいと言うんですか？	
WALTHER ヴァルター	Wie machte das so große Beschwerden?	
	それが，何でそれほど厄介なのだ？	
DAVID ダーヴィット	O Lene! Lene!	
	ああ，レーネ，レーネ！	
WALTHER ヴァルター	Wie ihr doch tut!	
	何と言うことを？	

＊訳註）職人の階級制度を詩歌の芸術の分野に応用したマイスターゲザングの世界では，マイスタージンガーの資格を獲得するについて，〈校友〉〈生徒〉〈歌手〉〈詩人〉といった煩瑣な階程を経る必要があった。

DAVID ダーヴィット	O Magdalene! ああ，マクダレーネ！	
WALTHER ヴァルター	Ratet mir gut. よく教えてほしいな。	
DAVID ダーヴィット	*(setzt sich in Positur)* Mein Herr! Der Singer Meisterschlag gewinnt sich nicht an einem Tag. In Nüremberg der größte Meister mich lehrt die Kunst Hans Sachs;	

（気取って，椅子に腰かけ）
騎士さん，マイスターの称号は
一日やそこらで，得られるものではないのです！
このニュルンベルクでいちばん偉いマイスターの
ハンス・ザックスが私の技の師匠です。

schon voll ein Jahr mich unterweist er,
daß ich als Schüler wachs'.
Schuhmacherei und Poeterei,
die lern' ich da alleinerlei:

　一年余りも師は弟子の私を教えてきました，
　生徒の私にとっては靴つくりも詩の勉強も
　一つことで，どちらも学んで
　育ってきました。

hab' ich das Leder glatt geschlagen,
lern' ich Vokal und Konsonanz sagen;
wichst' ich den Draht erst fest und steif,
was sich dann reimt, ich wohl begreif'.

　革を叩いて滑らかに伸ばせば，
　母音と子音の発音が分かり，
　麻糸に固くしっかり蠟を塗れば，
　韻の踏み方がよく理解できます。

Den Pfriemen schwingend,
im Stich die Ahl',
was stumpf, was klingend,
was Maß, was Zahl, ―

　突き錐を勢いよく振るって，
　突き刺せば，
　男性韻も，女性韻も，
　韻律も，脚の数も。

> den Leisten im Schurz, —
> was lang, was kurz,
> was hart, was lind,
> hell oder blind,
>
> > 前掛けに靴型をのせれば,
> > 綴りの長いのも, 短いのも,
> > 固いのも, 軟らかいのも,
> > 透明なのも, にごったのも。
>
> was Waisen, was Milben,
> was Kleb-Silben,
> was Pausen, was Körner,
> was Blumen, was Dörner, —
> das alles lernt' ich mit Sorg' und Acht:
>
> > 〈孤児〉の綴りや, 〈端折り〉の綴り, *
> > 〈潰れた〉綴りとは何か,
> > 何が〈息継ぎ〉で, 何が〈粒立ち〉か,
> > 〈花飾り〉か, 〈イバラ〉か,
> > 僕はぜんぶ, 注意深く覚えました。
>
> wie weit nun, meint ihr, daß ich's gebracht?
>
> > これで, いったいどこまで昇級したか, 分かりますか?

WALTHER
ヴァルター
> Wohl zu 'nem Paar recht guter Schuh'? —
>
> > さぞかし, 上等の靴が一足仕上がったことだろうな?

DAVID
ダーヴィット
> Ja, dahin hat's noch gute Ruh'!
> Ein »Bar« hat manch' Gesätz' und Gebänd':
>
> > いや, それにはまだ間があります,
> > 〈バール〉詩形には幾つもの前節や韻律があるのです。
>
> wer da gleich die rechte Regel fänd', —
> die richt'ge Naht
> und den rechten Draht,
> mit gut gefügten »Stollen«
> den Bar recht zu versohlen.
>
> > その正しい規則をすぐに見つけた者でも,
> > 正しい縫い目や,
> > 正しい麻糸を見つけて,
> > うまく組み上げた〈半節〉で,
> > 〈バール〉の正しい底貼りをせねばならない。

＊訳註) この4行では押韻の技術上の術語の説明がされるが, 以下では, 詩作の比喩として製靴の技術がたびたび引かれる。

Und dann erst kommt der »Abgesang«,
daß der nicht kurz und nicht zu lang,
und auch keinen Reim enthält,
der schon im Stollen gestellt.

それが終わって初めて〈後節〉が来るのです。
短すぎも,長すぎもしないよう,
しかも［前節中の］半節で使ったと同じ韻は
使ってはならないのです。

Wer alles das merkt, weiß und kennt,
wird doch immer noch nicht Meister genannt.

こんなことを逐一覚えて身につけても,
まだマイスターとは呼ばれません。

WALTHER
ヴァルター

Hilf Gott! Will ich denn Schuster sein?
In die Singkunst lieber führ mich ein!

勘弁だ！ いったい私は靴屋などになるつもりでいるのだろうか？
頼む,歌の道の手ほどきの方を！

DAVID
ダーヴィット

Ja — hätt' ich's nur
selbst schon zum Singer gebracht!
Wer glaubt wohl, was das für Mühe macht!

僕自身がせめて
〈歌手〉まで行っていれば良いんですが！
それが,どれほど大変か,誰が信じるでしょうか？

Der Meister Tön' und Weisen,
gar viel an Nam' und Zahl,

マイスターたちが残した節と調べ*は,
名前も数もまさに山のようです。

die starken und die leisen,
wer die wüßte allzumal!

強いのも,穏やかなのも
誰がすべて知っていましょうか？

＊訳註）マイスターゲザングでは,「調べ（Weise）」は旋律を指す。「節（Ton）」はマイスターの創作による「言葉・歌詞（Wort）」と「調べ」との総体を指すものであった。以下のワーグナーのテクストでも,大体これらの意味で用いられている。

> Der kurze, lang' und überlang' Ton,
> die Schreibpapier —, Schwarztintenweis';
> der rote, blau' und grüne Ton;
> die Hageblüh'—, Strohhalm —, Fengelweis';
> der zarte, der süße, der Rosenton;
> der kurzen Liebe, der vergeßne Ton;

>> 〈短い〉節，〈長い〉調べ，〈長過ぎる〉節，*
>> 〈便箋〉の調べ，〈黒インク〉の調べ，
>> 〈赤〉の，〈青〉の，〈緑〉の節，
>> 〈山査子〉の調べに〈麦藁〉の，〈ういきょう〉の調べ，
>> 〈か弱い〉節に〈甘い〉節と〈ばら〉の節，
>> 〈短い恋〉の節，〈忘れられた〉節。

> die Rosmarin —, Gelbveigleinweis',
> die Regenbogen —, die Nachtigallweis';
> die englische Zinn —, die Zimtröhrenweis',
> frisch Pomeranzen —, grün Lindenblühweis';
> die Frösch'—, die Kälber —, die Stieglitzweis',

>> 〈マンネンロー〉の，〈匂いアラセイトウ〉の調べ，*
>> 〈虹〉の，〈ナイチンゲール〉の調べ，
>> 〈イギリス錫〉の，〈シナモン〉の調べ，
>> 〈新鮮な橙〉の，〈緑のリンデの花〉の調べ，
>> 〈蛙〉の調べ，〈仔牛〉の調べ，〈花鶏(アトリ)〉の調べ，

> die abgeschied'ne Vielfraßweis',
> der Lerchen —, der Schnecken —, der Bellerton;
> die Melissenblümlein —, die Mairanweis',
> gelb Löwenhaut —, treu Pelikanweis',
> die buttglänzende Drahtweis'!

>> 〈死んだ大飯喰らい〉の調べ，
>> 〈雲雀〉の，〈蝸牛〉の，〈吼える〉節，
>> 〈香水薄荷の花〉の，〈マヨラナ〉の調べ，
>> 〈黄色い獅子の皮〉の，〈誠実なペリカン〉の調べ，
>> 〈てらてら光る麻糸〉の調べ。

WALTHER
ヴァルター
> Hilf Himmel! Welch endlos' Tönegeleis'!

>> これはたまらん，どこまで続く節の行列だ！

DAVID
ダーヴィット
> Das sind nur die Namen; nun lernt sie singen,
> recht wie die Meister sie gestellt.

>> 今のは名前だけ。今度はその歌い方を習うのです。
>> 昔のマイスタージンガーたちが作ったとおりに。

＊訳註）これらの節や調べの名称は仮に直訳しておいたが，〈虹〉とか〈ナイチンゲール〉の調べは，案出者の
レーゲンボーゲンとかナハティガルといったマイスターの名前がつけられている。

Jed' Wort und Ton muß klärlich klingen,
wo steigt die Stimm' und wo sie fällt;
fangt nicht zu hoch, zu tief nicht an,
als es die Stimm' erreichen kann.

　一つ一つの言葉と節を明瞭に響かせ，
　声の上がるところと下がるところ，
　歌い始めは，声が出せるように，
　高からず，低からず。

Mit dem Atem spart, daß er nicht knappt,
und gar am End' ihr überschnappt;

　呼吸は控えめにして，息切れしないように，
　終わりで調子っぱずれになってはおしまい。

Vor dem Wort mit der Stimme ja nicht summt,
nach dem Wort mit dem Mund auch nicht brummt.

　言葉の始まる前に，鼻歌を洩らしたり，
　言葉が終わってから唸ったりしないこと！

Nicht ändert an Blum' und Koloratur,
jed' Zierat fest nach des Meisters Spur.

　回音とコロラトゥーラに手を加えたりしないこと，
　装飾はマイスターの書いたとおりに！

Verwechseltet ihr, würdet gar irr,
verlört ihr euch und kämt ins Gewirr: —

　音を取り違えたり，ましてや迷ったりすれば，
　混乱してしまい，負けになる。

wär' sonst euch alles auch gelungen,
da hättet ihr gar versungen! —

　それまですべてがうまくいってたところで，
　〈歌いそこね〉でおしまいになる！

Trotz großem Fleiß und Emsigkeit,
ich selbst noch bracht' es nicht so weit:

　倦まずたゆまず努力してきた僕だけど，
　まだまだ，そこまで到達してはいない。

so oft ich's versuch', und 's nicht gelingt,
die Knieriemschlagweis' der Meister mir singt.

　やって巧くいかないときはいつも，
　親方は〈膝革紐〉の調べ*を歌って僕をどやしつける。

＊訳註）〈膝革紐〉は靴を膝に固定する革紐でその調べを歌うとは，この紐で叩くこと。

	Wenn dann Jungfer Lene nicht Hilfe weiß, sing' ich die eitel Brot — und Wasserweis'.
	女中のレーネさんが助けてくれないと， 〈パンと水だけ〉の調べを歌うはめになってしまう。
	Nehmt euch ein Beispiel dran, und laßt vom Meisterwahn!
	僕がいい見せしめですから，マイスターに なろうなんて山っ気はお捨てなさい。
	Denn Singer und Dichter müßt ihr sein, eh' ihr zum Meister kehret ein.
	〈詩人〉と〈歌手〉になってなければ， マイスターの仲間入りなんて不可能ですよ。
WALTHER ヴァルター	Wer ist nun »Dichter«?
	〈詩人〉とは何だね？
LEHRBUBEN 徒弟たち	*(während der Arbeit)* David! Kommst' her?
	（仕事を続けながら） ダーヴィット，こっち来いよ！
DAVID ダーヴィット	*(zu den Lehrbuben)* Wartet nur! Gleich! —
	（徒弟たちに） ちょっくら待った！　すぐだから
	(Schnell wieder zu Walther sich wendend.) Wer »Dichter« wär'?
	（すぐにヴァルターに向き直って） 〈詩人〉とは何だ，ですって？
	Habt ihr zum Singer euch aufgeschwungen und der Meister Töne richtig gesungen; fügtet ihr selbst nun Reim' und Wort', daß sie genau an Stell' und Ort paßten zu eines Meisters Ton, — dann trügt ihr den Dichterpreis davon.
	〈歌手〉に昇格した後のあなたが， マイスターたちの節を正しく歌い， 自分で韻と言葉を組み合わせて， それが或るマイスターの残した節に どの箇所でも，ぴったり合うならば， 〈詩人〉の称号を勝ち得るのです。

LEHRBUBEN 徒弟たち	He! David! Soll man's dem Meister klagen? Wirst' dich bald des Schwatzens entschlagen?	
	おい，ダーヴィット，親方に言いつけようか？ もういいかげんに，そのお喋りはやめないか。	
DAVID ダーヴィット	Oho! Jawohl! denn helf ich euch nicht, ohne mich wird alles doch falsch gericht'! *(Er will sich zu ihnen wenden.)*	
	おお，よく分かったぞ，俺の助けがなけりゃあ， 何もかも準備をでたらめにやってしまうくせに！ (徒弟たちの方に行きかかる。)	
WALTHER ヴァルター	*(ihn zurückhaltend)* Nur dies noch: — wer wird »Meister« genannt?	
	(ダーヴィットを引き止めて) もう一つだけ！〈マイスター〉と呼ばれるのは誰のことか？	
DAVID ダーヴィット	*(schnell wieder umkehrend)* Damit, Herr Ritter, ist's so bewandt: —	
	(すばやく向き直って) それはですね，騎士さん，こうなんです。	
	(Mit sehr tiefsinniger Miene.) der Dichter, der aus eig'nem Fleiße, zu Wort' und Reimen, die er erfand, aus Tönen auch fügt eine neue Weise: der wird als Meistersinger erkannt!	
	(もったいぶって) よく努力した〈詩人〉が， 自分で言葉と韻を考え出し， 節を組み合わせて新しい調べを創ったら， 〈マイスタージンガー〉と認められるのです。	
WALTHER ヴァルター	So bleibt mir einzig der Meisterlohn! Muß ich singen, kann's nur gelingen, find' ich zum Vers auch den eig'nen Ton!	
	そうならば，この上はマイスターになるだけだ！ 歌わざるを得ないなら， 成功するしかない。 自分なりに詩の言葉にふさわしい節も見つけるさ！	

DAVID
ダーヴィット

(der sich zu den Lehrbuben gewendet hat)
Was macht ihr denn da? Ja, fehl' ich beim Werk,
verkehrt nur richtet ihr Stuhl und Gemerk!
(Er wirft polternd und lärmend die Anordnungen der Lehrbuben, in Betreff des Gemerkes, um.)

（徒弟たちの方に向き直っていたが）
おまえたち，何てことをやったんだ？　俺が仕事から抜けていると，
椅子も判定席もでたらめに並べてしまうんだ。
（がたがた音立てて，徒弟たちの並べた判定席の配列を直してゆく。）

Ist denn heut Singschul'? Daß ihr's wißt!
Das kleine Gemerk! Nur Freiung ist.

今日あるのは歌のクラスか？　そのことも知らないのか？
判定席は小さい方！　昇格試験だけだぞ！

Die Lehrbuben, welche in der Mitte der Bühne ein größeres Gerüste mit Vorhängen aufgeschlagen hatten, schaffen auf Davids Weisung dies schnell beiseite und stellen dafür ebenso eilig ein geringeres Brettergerüst auf; darauf stellen sie einen Stuhl, mit einem kleinen Pult davor, daneben eine große schwarze Tafel, daran die Kreide am Faden aufgehängt wird; um das Gerüst sind schwarze Vorhänge angebracht, welche zunächst hinten und an den beiden Seiten, dann auch vorn ganz zusammengezogen werden.

舞台の中央にカーテンを垂らした，大きな仮舞台のようなものを建てていた徒弟たちは，ダーヴィットの指図に従って，急いでそれを脇へかたづけ，そのかわりに，もっと小さな板張りの桟敷を，同じように急いで作る。その上に椅子と，その前に小さな机をのせ，その横には大きな黒板をたて，紐でしばったチョークをそれにつるす。桟敷のまわりには，黒いカーテンがつるされる。最初は，後方と両方の側だけだったが，後で，前面にもカーテンが引かれて，完全に閉ざされる。

DIE LEHRBUBEN
徒弟たち

(während der Herrichtung)
Aller End' ist doch David der allergescheitst';
nach hohen Ehren ganz sicher er geizt.

（仕事を続けながら）
とどの詰まりはダーヴィットが一番賢いのさ，
きっと素敵なご褒美が目当てなのさ。

's ist Freiung heut:
gewiß er freit;
als vornehmer Singer er schon sich spreizt.
Die Schlagreime fest er inne hat,
arm' Hungerweise singt er glatt!

今日は昇格試験の日，
やつはきっと受けるぞ。
偉い〈歌手〉気取りでもうふんぞり返ってる。
〈拳骨〉の韻なら骨身にこたえているし，
〈腹ぺこ〉の調べならすらすら歌える！

Doch die harte Trittweis', die kennt er am best',
die trat ihm der Meister
(mit der Gebärde zweier Fußtritte)
hart und fest.
(Sie lachen.)

だが〈きつい足蹴り〉の調べを一番よく知っているはずだ！
何しろ，親方から
(二回，蹴るジェスチャーをしながら)
きつい足蹴りの罰を喰らっているんだから。
(笑う。)

DAVID
ダーヴィット

Ja, lacht nur zu! Heut bin ich's nicht.
Ein andrer stellt sich zum Gericht;

勝手に笑うがいい，今日は俺の番じゃあないんだ。
審査を受けるのは別の人だ。

der war nicht Schüler, ist nicht Singer,
den Dichter — sagt' er — überspring' er;

〈生徒〉でも〈歌手〉でもなかったが，
〈詩人〉なんか飛び越すと，その人は言っている。

denn er ist Junker,
und mit einem Sprung er
denkt ohne weit're Beschwerden
heut hier Meister zu werden.

何しろ，彼は騎士なのだから，
たったひとっ跳びで，障害なんぞ何のその，
今日この場で
マイスターになろうと思ってるんだ！

Drum richtet nur fein
das Gemerk dem ein!

だから，彼のため，丁寧に
判定席を作ってあげるのだ！

(Während die Lehrbuben vollends aufrichten.)
Dorthin! Hierher! Die Tafel an die Wand, —
so daß sie recht dem Merker zu Hand! —

(徒弟たちがすっかり立ててしまっているのに対し)
それは向こうだ，これはこっちだ！ 表は壁にかけて，
判定役の手が届くように！

第1幕第2場

(Zu Walther sich umwendend.)
Ja ja: dem Merker! — Wird euch wohl bang?
Vor ihm schon mancher Werber versang.
Sieben Fehler gibt er euch vor,
die merkt er mit Kreide dort an:

（ヴァルターの方に向き直って）
そのとおり，判定役にだ。ところで騎士さん，心配じゃぁありませんか？
もうたくさんの応募者が彼の前で歌いそこねました。
誤りは七つまで赦してくれますが，
数をチョークであそこに書き記すのです。

wer über sieben Fehler verlor,
hat versungen und ganz vertan!

七つを超えたら負けで，
歌いそこねで失格となります。

Nun nehmt euch in acht:
der Merker wacht!

さあ，よく気をつけて，
判定役が聞き耳を立てていますよ！

(Derb in die Hände schlagend.)
Glück auf zum Meistersingen!
Mögt euch das Kränzlein erschwingen!
Das Blumenkränzlein aus Seiden fein,
wird das dem Herrn Ritter beschieden sein?

（荒っぽく，手を打ちながら）
マイスタージンガーの試験に幸運を！
晴れの花冠をお取りなさい！
《絹の素敵な冠は＊
果たして騎士さんの物になるかな？》

(Die Lehrbuben, welche zu gleicher Zeit das Gemerk geschlossen haben, fassen sich an und tanzen einen verschlungenen Reigen um dasselbe.)

（検査席をカーテンで閉ざし終わった徒弟たちは，腕を取り合って，検査席のまわりで［ダーヴィットの歌ったのと同じ歌詞を歌いながら］輪舞を始める。）

DIE LEHRBUBEN
徒弟たち

Das Blumenkränzlein aus Seiden fein,
wird das dem Herrn Ritter beschieden sein?

《絹の素敵な冠は
果たして騎士さんの物になるかな？》

(Die Lehrbuben fahren sogleich erschrocken auseinander, als die Sakristei aufgeht und Pogner mit Beckmesser eintritt; sie ziehen sich nach hinten zurück.)

（不意に控え室の扉が開いて，ポーグナー親方がベックメッサーと姿を現すと，驚いた徒弟たちは輪舞の環を解き，ちりぢりに奥へ引っ込む。）

＊訳註）絹の花冠は，マイスターゲザングの歌くらべでは二等賞であった。

Dritte Szene 第3場

Die Einrichtung ist nun folgendermaßen beendigt: — Zur Seite rechts sind gepolsterte Bänke in der Weise aufgestellt, daß sie einen schwachen Halbkreis nach der Mitte zu bilden. Am Ende der Bänke, in der Mitte der Bühne, befindet sich das ›Gemerk‹ benannte Gerüste, welches zuvor hergerichtet worden. Zur linken Seite steht nur der erhöhte, kathederartige Stuhl (›der Singstuhl‹) der Versammlung gegenüber. Im Hintergrunde, den großen Vorhang entlang, steht eine lange niedere Bank für die Lehrlinge. — Walther, verdrießlich über das Gespött der Knaben, hat sich auf die vordere Bank niedergelassen. Pogner und Beckmesser sind im Gespräch aus der Sakristei aufgetreten. Die Lehrbuben harren ehrerbietig vor der hinteren Bank stehend. Nur David stellt sich anfänglich am Eingang bei der Sakristei auf.

［マイスターゲザングの試験の席の］配置ができ上がっている。舞台の右手には、クッションを貼ったベンチがいくつも中心にむいてほぼ半円を描いて並べられ、ベンチの列が切れたところで、舞台の中心には先ほど作られた判定席がある。舞台の左手には、一段高く講壇のようにしつらえられた肘掛け椅子（歌手席）が、右手をむいて据えられているだけである。舞台の奥には、大きなカーテンの前にそって、徒弟たちのための長く低いベンチが一脚ある。騎士のヴァルターは、徒弟たちにからかわれたのに嫌気がさして、前のベンチに腰を下ろしている。ポーグナーとベックメッサーは話を続けながら、控え室から出てきたが、徒弟たちは恭しく後ろのベンチの前に立って［二人を迎える］。ダーヴィットだけは、最初のあいだ、控え室の脇の入り口のそばに立っている。

POGNER
ポーグナー
(zu Beckmesser)
Seid meiner Treue wohl versehen,
was ich bestimmt, ist euch zu nutz:

（ベックメッサーに）
私の誠意についてはご安心ください。
私が取り決めたことはあなたのためになります。

im Wettgesang müßt ihr bestehen,
wer böte auch als Meister Trutz?

歌くらべなら、あなたが勝ちますよ、
マイスターで、あなたに誰が張り合えるでしょうか？

BECKMESSER
ベックメッサー
Doch wollt ihr von dem Punkt nicht weichen,
der mich — ich sag's — bedenklich macht:

でも、あなたは、私の気がかりな点では、
譲歩なさろうとしない。

kann Evchens Wunsch den Werber streichen,
was nützt mir meine Meisterpracht?

エーヴァさんの気持ちしだいで、応募者を断れるとなれば、
マイスターの肩書きなぞ役には立たないでしょう。

POGNER
ポーグナー
Ei sagt, ich mein', vor allen Dingen
sollt' euch an dem gelegen sein?

おやおや、あなたには、まさか、そんなことが、
何よりも気がかりなんですか？

	Könnt ihr der Tochter Wunsch nicht zwingen, wie möget ihr wohl um sie frein? 娘の気持ちを思いどおりにできなくて， どうして，求婚なんぞできるというのです？
BECKMESSER ベックメッサー	Ei ja! Gar wohl! Drum eben bitt' ich, daß bei dem Kind ihr für mich sprecht, wie ich geworben zart und sittig, und wie Beckmesser grad euch recht. そうですな，まったくそのとおりだ，だからこそ， お願いしているわけで，どうか私を娘さんに執り成して欲しいのです， このベックメッサーが愛情をこめて作法どおりに求婚してきたことと， 父上のあなたに気に入られていることを。
POGNER ポーグナー	Das tu' ich gern. それは喜んでいたしますとも。
BECKMESSER ベックメッサー	*(beiseite)* Er läßt nicht nach. Wie wehrt' ich da 'nem Ungemach? （脇へ） なかなか譲らないな！ この面倒にどう対処するかだ？
WALTHER ヴァルター	*(der, als er Pogner gewahrt, aufgestanden und ihm entgegengegangen ist, verneigt sich vor ihm)* Gestattet, Meister! （ポーグナーを認めて，立ち上がり，親方の前へ歩みでて，一礼する） 失礼ですが，親方！
POGNER ポーグナー	Wie, mein Junker? Ihr sucht mich in der Singschul' hie? *(Pogner und Walther wechseln Begrüßungen.)* おや，騎士さん， こんな歌学校の席に私をお訪ねですか？ （ポーグナーとヴァルターは挨拶を交わす。）

BECKMESSER
ベックメッサー

(immer beiseite)
Verstünden's die Frau'n; doch schlechtes Geflunker
gilt ihnen mehr als all' Poesie.
(Er geht verdrießlich im Hintergrunde auf und ab.)

（相変わらず脇で）
女どもに解るかな？　奴らには，
下らぬお喋りのほうが，詩歌の道よりも受けるんだからな！
（むしゃくしゃした様子で，奥を行ったり来たりしている。）

WALTHER
ヴァルター

Hier eben bin ich am rechten Ort:
gesteh' ich's frei, vom Lande fort
was mich nach Nürnberg trieb,
war nur zur Kunst die Lieb'.

こここそ，僕には打ってつけの場所ですよ。
率直に申しますが，田舎から
僕をニュルンベルクに駆り立てたのは，
まさに芸術を愛する心でした。

Vergaß ich's gestern euch zu sagen,
heut muß ich's laut zu künden wagen:
ein Meistersinger möcht' ich sein!
Schließt, Meister, in die Zunft mich ein!
(Kunz Vogelgesang und Konrad Nachtigal sind eingetreten.)

昨日は言うのを忘れましたが，
今日は敢えてはっきりと申し上げましょう，
僕はマイスタージンガーになりたいのです！
どうか，マイスター方の組合に入れてください。
（クンツ・フォーゲルゲザングとコンラート・ナハティガルが入ってくる。）

POGNER
ポーグナー

(freudig zu den Hinzutretenden sich wendend)
Kunz Vogelgesang! Freund Nachtigal!
Hört doch, welch ganz besondrer Fall:
der Ritter hier, mir wohl bekannt,
hat der Meisterkunst sich zugewandt.
(Vorstellungen und Begrüßungen: andere Meistersinger treten noch dazu.)

（うれしそうに二人の方に振り向いて）
クンツ・フォーゲルゲザングさん，わが友ナハティガルさん！
まあ，聞いてください，風変わりな話ですが，
私もよく存じている，この騎士さんが，
我々の歌の道を志しているのです。
（騎士と親方たちが紹介と挨拶を交わすあいだに，他の親方たちも登場。）

BECKMESSER ベックメッサー	*(wieder in den Vordergrund tretend, für sich)* Noch such' ich's zu wenden; doch, sollt's nicht gelingen, versuch' ich, des Mädchens Herz zu ersingen:	

（前方に戻ってきて，独白）
何とかして，流れの向きを変えてやろう。だが，それがうまくいかなければ，
自分の歌であの娘の心を惹きつけるしかない。

in stiller Nacht, von ihr nur gehört,
erfahr' ich, ob auf mein Lied sie schwört.

　静かな夜更けに，彼女だけに聴いてもらえれば，
　私の歌が気に入ったかどうか分かる。

(Walther erblickend.)
Wer ist der Mensch? —

（ヴァルターを見とめて）
待て，あの男，誰だ？

POGNER ポーグナー	*(sehr warm zu Walther fortfahrend)* Glaubt, wie mich's freut! Die alte Zeit dünkt mich erneut.

（好意のこもった口ぶりでヴァルターに）
それは，うれしい話だ！
まるで良き昔がよみがえるようだ*！

BECKMESSER ベックメッサー	Er gefällt mir nicht!

気に喰わん奴だ！

POGNER ポーグナー	Was ihr begehrt, so viel an mir, sei's euch gewährt.

あなたの望みは，
私に可能な限り，かなえてあげましょう。

BECKMESSER ベックメッサー	Was will er hier? Wie der Blick ihm lacht!

あいつ，何をするつもりだ。何と嬉しそうな眼つきか！

POGNER ポーグナー	Half ich euch gern bei des Guts Verkauf, in die Zunft nun nehm' ich euch gleich gern auf.

お屋敷の売却にお手伝いしたと同じように
組合への加入にも早速，喜んでとりかかりましょう。

BECKMESSER ベックメッサー	Holla! Sixtus! Auf den hab acht!

おい，ジクストゥス，あいつには油断するな！

＊訳註）マイスターゲザングが模範と仰ぎ見る，中世宮廷社会のミンネザングのことを想起している。

WALTHER ヴァルター	Habt Dank der Güte aus tiefstem Gemüte!	

ご親切には，
心からお礼を申し上げます！

	Und darf ich denn hoffen? Steht heut mir noch offen, zu werben um den Preis, daß Meistersinger ich heiß'?	

では，希望をもってよろしいでしょうか？
今日，僕には開かれていましょうか，
マイスタージンガーを名乗る資格に
挑戦する道がまだ？

BECKMESSER ベックメッサー	Oho! Fein sacht! Auf dem Kopf steht kein Kegel!	

おやおや，そんなに躍起になりなさんな！ まったくあべこべじゃないか！

POGNER ポーグナー	Herr Ritter, dies geh' nun nach der Regel. Doch heut ist Freiung; ich schlag' euch vor: mir leihen die Meister ein willig Ohr! *(Die Meistersinger sind nun alle angelangt, zuletzt auch Hans Sachs.)*	

騎士さん，これは，規則に従って行なうことになります。
だが，今日は昇格試験があるから，私があなたを推薦しましょう，
マイスターたちも私には快く耳を貸してくれるでしょう。
(最後に，ハンス・ザックスも現れて，親方たちがそろう。)

SACHS ザックス	Gott grüß' euch, Meister!	

マイスターの皆さん，ご機嫌よう！

VOGELGESANG フォーゲルゲザング	Sind wir beisammen?	

全員そろいましたか？

BECKMESSER ベックメッサー	Der Sachs ist ja da!	

ザックスさんも見えた。

NACHTIGAL ナハティガル	So ruft die Namen!	

では，点呼してください！

FRITZ KOTHNER フリッツ・コートナー	*(zieht eine Liste hervor, stellt sich zur Seite auf und ruft laut:)* Zu einer Freiung und Zunftberatung ging an die Meister ein' Einladung:	

（名簿を取り出して，脇に立ち，大きな声で呼び上げる）
昇格試験と組合の相談のために，
マイスター方に案内状を出しました。

bei Nenn' und Nam',
ob jeder kam,
ruf ich nun auf als letztentbot'ner,
der ich mich nenn' und bin Fritz Kothner. —

名前を読み上げて，
皆さんが出席かどうか，
呼ぶ係は最新参の私，
かく申すフリッツ・コートナーです。

Seid ihr da, Veit Pogner?

お出でですか，ファイト・ポーグナーさん？

POGNER ポーグナー	Hier zur Hand. *(Er setzt sich.)* ここにおります。 （着席する。）
KOTHNER コートナー	Kunz Vogelgesang? クンツ・フォーゲルゲザングさん。
VOGELGESANG フォーゲルゲザング	Ein sich fand. *(Setzt sich.)* 参っております。 （着席する。）
KOTHNER コートナー	Hermann Ortel? ヘルマン・オルテルさん。
ORTEL オルテル	Immer am Ort.* *(Setzt sich.)* いつも出席ですぞ。 （着席する。）
KOTHNER コートナー	Balthasar Zorn? バルタザール・ツォルンさん。

＊訳註）Ortel が「小さな場所」を意味することから来たしゃれ。

ZORN ツォルン	Bleibt niemals fort. *(Setzt sich.)*	
	欠席したことはありません。 (着席する。)	
KOTHNER コートナー	Konrad Nachtigal?	
	コンラート・ナハティガルさん。	
NACHTIGAL ナハティガル	Treu seinem Schlag.* *(Setzt sich.)*	
	歌は大好きです。 (着席する。)	
KOTHNER コートナー	Augustin Moser?	
	アウグスティン・モーザーさん。	
MOSER モーザー	Nie fehlen mag. *(Setzt sich.)*	
	休みたくないですなあ。 (着席する。)	
KOTHNER コートナー	Niklaus Vogel? — Schweigt?	
	ニクラウス・フォーゲルさん。ご返事がない?	
EIN LEHRBUBE 一人の徒弟	*(von der Bank aufstehend)* Ist krank!	
	(ベンチから起立して) 病気でございます。	
KOTHNER コートナー	Gut' Bess'rung dem Meister!	
	親方のご快癒を祈ります!	
ALLE MEISTER 親方たち	Walt's Gott!	
	神のみ心のままに!	
DER LEHRBUBE フォーゲルの徒弟	Schön Dank! *(Er setzt sich wieder nieder.)*	
	有り難うございます! (着席する。)	
KOTHNER コートナー	Hans Sachs?	
	ハンス・ザックス。	

＊訳註）Schlag には（小鳥の）「鳴声」、（動植物の）「種類」の意味がある。

	DAVID ダーヴィット	*(vorlaut sich erhebend und auf Sachs zeigend)* Da steht er!

（出しゃばって立ち上がり，ザックスを指して答える）
あそこにおります。

	SACHS ザックス	*(drohend zu David)* Juckt dich das Fell? — Verzeiht, Meister! — Sachs ist zur Stell'! *(Er setzt sich.)*

（ダーヴィットをにらみつけて）
出しゃばった真似をして，殴られたいか？
失礼，皆さん！　ザックスは参っております。
（着席する。）

	SACHS ザックス	Sixtus Beckmesser?

ジクストゥス・ベックメッサー。

	BECKMESSER ベックメッサー	Immer bei Sachs, — *(während er sich setzt)* daß den Reim ich lern' von »blüh' und wachs'«.

いつもザックスのそばです。＊
（着席しながら）
《花咲き，脊つ》の韻を覚えるためです。

(Sachs lacht.)
（ザックス，笑う。）

	KOTHNER コートナー	Ulrich Eisslinger?

ウルリヒ・アイスリンガー。

	EISSLINGER アイスリンガー	Hier! *(Setzt sich.)*

ここに！
（着席する。）

	KOTHNER コートナー	Hans Foltz?

ハンス・フォルツ。

	FOLTZ フォルツ	Bin da! *(Setzt sich.)*

おります。
（着席する。）

＊訳註）bei der Sache「一心不乱である」という成句にもかけている。

KOTHNER コートナー	Hans Schwarz?	
	ハンス・シュヴァルツ。	
SCHWARZ シュヴァルツ	Zuletzt: Gott wollt's! *(Setzt sich.)*	
	神の思し召しで最後は私です。 (着席する。)	
KOTHNER コートナー	Zur Sitzung gut und voll die Zahl. Beliebt's, wir schreiten zur Merkerwahl?	
	会議に十分な出席数です。 よろしければ，判定役を選ぶことにいたしましょうか？	
VOGELGESANG フォーゲルゲザング	Wohl eh'r nach dem Fest?	
	聖ヨハネ祭が終わってからで，よろしいのでは？	
BECKMESSER ベックメッサー	*(zu Kothner)* Pressiert's den Herrn? Mein' Stell' und Amt lass' ich ihm gern.	
	(コートナーへ) 皆さんは，お急ぎですか？ 私の判定の役目はあの人に喜んで譲りますが？	
POGNER ポーグナー	Nicht doch, ihr Meister; laßt das jetzt fort! Für wicht'gen Antrag bitt' ich ums Wort. *(Die Meister stehen auf, nicken Kothner zu und setzen sich wieder.)*	
	そうではありません，親方！　それは後回しにしましょう！ 大事な提案があるのですが，発言してよろしいでしょうか？ (親方一同，起立してコートナーにうなずき，着席する。)	
KOTHNER コートナー	Das habt ihr; Meister, sprecht!	
	許可します，親方，ご発言を！	
POGNER ポーグナー	Nun hört, und versteht mich recht! —	
	では，どうかお聴きくだすって，よく理解していただきたい！	
	Das schöne Fest, Johannistag, ihr wißt, begehn wir morgen:	*
	聖ヨハネ祭の素晴らしい祭典は， ご承知のとおり，明日，行なわれます。	

＊訳註）以下がいわゆる〈ポーグナーの演説〉。

auf grüner Au', am Blumenhag,
bei Spiel und Tanz im Lustgelag,
an froher Brust geborgen,
vergessen seiner Sorgen,
ein jeder freut sich, wie er mag.

　緑の草原へ出て, 花咲く垣根のもと,

　歌い, 踊る宴(うたげ)を催し,

　心楽しく,

　憂いを忘れて

　めいめいがひと時を過ごします。

Die Singschul' ernst im Kirchenchor
die Meister selbst vertauschen;

　いつもは, この教会で真面目に催される

　歌学校も引っ越しです。

mit Kling und Klang hinaus zum Tor,
auf offne Wiese ziehn sie vor;

　音楽を先頭に, 市の門を出て,

　親方たちは広々とした草地へ出かけます。

bei hellen Festes Rauschen
das Volk sie lassen lauschen
dem Freigesang mit Laienohr.

　楽しげな祭のざわめきのなか,

　民衆の素人の耳に聞かせるのは,

　歌くらべの歌です。

Zu einem Werb- und Wettgesang
gestellt sind Siegespreise,
und beide preist man weit und lang,
die Gabe wie die Weise.

　恒例として, 歌くらべには,

　勝利者に賞が出されますが,

　広く, 久しく, 優勝の歌と

　賞品とは称えられたものでした。

Nun schuf mich Gott zum reichen Mann;
und gibt ein jeder, wie er kann,
so mußte ich wohl sinnen,
was ich gäb' zu gewinnen,
daß ich nicht käm' zu Schand': —
so hört denn, was ich fand.

 さて，神のご加護により裕福な身となった，
 この私ですが，ひとしなみにできることとして，
 つらつら考えたのは，
 どんな賞品を出すべきかということです。
 恥ずかしくないほどの物をと，
 考えついたことを，聴いてください。

In deutschen Landen viel gereist,
hat oft es mich verdrossen,
daß man den Bürger wenig preist,
ihn karg nennt und verschlossen.

 このドイツの国々をいくども旅して，
 しばしば心を痛めたことは，
 我々市民の評判の悪さです。
 市民はけちで，意固地だともっぱらの噂！

An Höfen, wie an niedrer Statt,
des bittren Tadels ward ich satt,
daß nur auf Schacher und Geld
sein Merk der Bürger stellt'.

 貴い宮廷でも，貧しい民衆のところでも，
 飽きるほど，きつい非難を耳にしました，
 取り引きと金銭にしか
 市民の目は向いてないと。

Daß wir im weiten deutschen Reich
die Kunst einzig noch pflegen,
dran dünkt ihnen wenig gelegen.

 広いドイツ帝国のなかで，
 まだ私たちだけが芸術にいそしんでいることなど，
 彼らの眼中にはないも同然です。

第1幕第3場

Doch wie uns das zur Ehre gereich',
und daß mit hohem Mut
wir schätzen, was schön und gut,
was wert die Kunst, und was sie gilt,
das ward ich der Welt zu zeigen gewillt;

 だが，我々の名誉となることですが，
 私たちが，心ばえ高く，
 美と善を，芸術を愛し，
 評価しているかを，私は
 世間に示してやろうと思ったのでした。

drum hört, Meister, die Gab',
die als Preis bestimmt ich hab'!

 そこで，お聴きいただきたいのは，親方衆，
 何を私が賞品に決めたかということです。

Dem Singer, der im Kunstgesang
vor allem Volk den Preis errang,
am Sankt Johannistag,
sei er, wer er auch mag,

 マイスターザングの優勝を
 そろい集った民衆の前で，
 聖ヨハネ祭の当日，かち得た歌手には，
 それが誰であろうと，

dem geb' ich, ein Kunstgewog'ner,
von Nürnberg Veit Pogner,
mit all' meinem Gut, wie's geh' und steh',
Eva, mein einzig Kind, zur Eh'!

 芸術を愛する私，
 ニュルンベルクのファイト・ポーグナーは，
 動産も不動産も含めて，財産のすべてとともに，
 一人娘のエーヴァを花嫁として与えます！

DIE MEISTER *(sich erhebend und sehr lebhaft durcheinander)*
親方たち Das heißt ein Wort, ein Wort ein Mann!
Da sieht man, was ein Nürnberger kann!
Drob preist man euch noch weit und breit,
den wackren Bürger, Pogner Veit!

 （一斉に起立し，口々に騒がしく）
 立派な一言だ！　男子に二言はあるまい！
 ニュルンベルクっ子の面目がこれで立つ！
 市民ファイト・ポーグナーの太っ腹は，
 さらに，いたるところで称えられるぞ！

DIE LEHRBUBEN 徒弟たち	*(lustig aufspringend)* Alle Zeit! Weit und breit! Pogner Veit!	

(躍りあがって喜び)
いつまでも！　いたるところで！
ポーグナー万歳！

VOGELGESANG
フォーゲルゲザング

Wer möchte da nicht ledig sein!

これで，独身でいたくない男がいようか？

SACHS
ザックス

Sein Weib gäb' mancher gern wohl drein!

細君を放り出したくなる男もいるのではないか？

KOTHNER
コートナー

Auf, ledig' Mann!
Jetzt macht euch ran!
(Die Meister setzen sich allmählich wieder nieder; die Lehrbuben ebenfalls.)

やるんだ，独身の男子！
さあ，挑戦してみろ！
(マイスターたちはおもむろに着席し，徒弟たちもこれに倣う。)

POGNER
ポーグナー

Nun hört noch, wie ich's ernstlich mein'!
Ein' leblos' Gabe geb' ich nicht;

付け加えることがある，真面目な話だ，聴いてください！
生命のない木偶の坊を出すのではないですぞ。

ein Mägdlein sitzt mit zum Gericht:
den Preis erkennt die Meisterzunft;
doch, gilt's der Eh', so will's Vernunft,
daß ob der Meister Rat
die Braut den Ausschlag hat.

娘も審査の席に加わるのです。
優賞を決めるのはマイスター方ですが，
結婚の件となれば，道理に適うのは，
マイスターの意見について，
花嫁が決定を下すことです。

BECKMESSER
ベックメッサー

(zu Kothner gewandt)
Dünkt euch das klug?

(コートナーに向いて)
それが賢いやり方と思いますか？

KOTHNER
コートナー

Versteh' ich gut,
ihr gebt uns in des Mägdleins Hut?

私に聞こえたかぎりでは，
親方衆も娘さんの思し召しに従わされることになるようだ。

BECKMESSER ベックメッサー	Gefährlich das! そりゃあ，危険だ！
KOTHNER コートナー	Stimmt es nicht bei, wie wäre dann der Meister Urteil frei? 娘さんが同意しなければ， 親方衆の判断も拘束されてしまうのでは？
BECKMESSER ベックメッサー	Laßt's gleich wählen nach Herzens Ziel, und laßt den Meistergesang aus dem Spiel! それなら，娘の思いどおりに選ばせて， マイスターゲザングは抜きにするがいい！
POGNER ポーグナー	Nicht so! Wie doch? Versteht mich recht! 違います！ どうしてそんなことを？ 私の話をよく聴いてください。
	Wem ihr Meister den Preis zusprecht, die Maid kann dem verwehren, doch nie einen andren begehren. Ein Meistersinger muß er sein, nur wen ihr krönt, den soll sie frein. あなた方が優賞を与えた歌い手を， 娘は拒むことができますが， それ以外の男とは結婚できません。 その人はマイスタージンガーでなくてはならず， 娘が夫にするのは，あなた方が選んだ人だけです。
SACHS ザックス	*(erhebt sich)* Verzeiht, vielleicht schon ginget ihr zu weit. （起立する） 失礼ですが， それは行き過ぎというものではありませんか？
	Ein Mädchenherz und Meisterkunst erglühn nicht stets von gleicher Brunst: 乙女の胸とマイスターゲザングの技が 常に同じ炎で燃えるとは限りますまい。
	der Frauen Sinn, gar unbelehrt, dünkt mich dem Sinn des Volks gleich wert. 芸術には疎いだろうが，女性の心は， 民衆の心と同じだけの価値があるように私には思えるのです。

	Wollt ihr nun vor dem Volke zeigen, wie hoch die Kunst ihr ehrt, und laßt ihr dem Kind die Wahl zu eigen, wollt nicht, daß dem Spruch es wehrt, — so laßt das Volk auch Richter sein: mit dem Kinde sicher stimmt's überein.

芸術をどれほど愛しているのか，
あなた方が民衆に示したいのなら，
そして乙女に選択を任せながら，
判定には不服を唱えて欲しくないのなら，
民衆も検査に加えてはどうですか。
さぞ，民衆と乙女の心は一致するのでは？

DIE MEISTER 親方たち	Oho! Das Volk? Ja, das wäre schön! Ade dann Kunst und Meistertön'!

おやおや！ 民衆がだと？ 結構なことだろうよ＊！
それでは芸術もマイスターの節もおさらばだ！

KOTHNER コートナー	Nein Sachs! Gewiß, das hat keinen Sinn! Gebt ihr dem Volk die Regeln hin?

いけません！ ザックスさん，それはナンセンスだ！
歌の規則を民衆まかせにするのですか？

SACHS ザックス	Vernehmt mich recht! Wie ihr doch tut! Gesteht, ich kenn' die Regeln gut; und daß die Zunft die Regeln bewahr', bemüh' ich mich selbst schon manches Jahr.

私の言葉を正しく聞いてください，それなのに，あなた方は！
私が規則によく通じていることは，お認めいただけると思いますが，
組合が規則を守るように
永年，努力を続けてきたのも私なのです。

	Doch einmal im Jahre fänd' ich's weise, daß man die Regeln selbst probier', ob in der Gewohnheit trägem Gleise ihr' Kraft und Leben nicht sich verlier'.

とは言うものの，賢明ではないかと，私が思ったのは，
一年に一度はその規則自体を取り上げて，
規則が惰性となった習慣のせいで，
力と生命を失ってないかを吟味することです。

＊訳註）ザックスの批判する，マイスタージンガーたちの閉鎖性があらわになっている台詞。

第1幕第3場

       Und ob ihr der Natur
       noch seid auf rechter Spur,
       das sagt euch nur,
       wer nichts weiß von der Tabulatur.
       (Die Lehrbuben springen auf und reiben sich die Hände.)

       あなたがた自身の足が，
       自然の正しい道を踏み外してはいないかを，
       告げてくれるのは，歌の規則など
       まったく知らぬ人たちだけです。
       （徒弟たちは躍り上がり，嬉しさのあまり，揉み手する。）

BECKMESSER Hei! wie sich die Buben freuen!
ベックメッサー
       おやおや，徒弟どものあの喜びようときたら！

SACHS *(eifrig fortfahrend)*
ザックス Drum mocht' es euch nie gereuen,
       daß jährlich am Sankt Johannisfest,
       statt daß das Volk man kommen läßt,
       herab aus hoher Meisterwolk'
       ihr selbst euch wendet zu dem Volk.

       （熱心に続ける）
       ですから，後悔することはないと思えますが，
       毎年の聖ヨハネ祭には，
       民衆に来てもらう代わりに，
       あなた方が，マイスターの雲の高みから降りて
       民衆のもとへ出てゆくのはいかがです。

       Dem Volke wollt ihr behagen,
       nun dächt' ich, läg' es nah,
       ihr ließt es selbst euch sagen,
       ob das ihm zur Lust geschah!

       彼らに喜んでもらうには，
       ことは簡単だと思えましたが，
       彼らに尋ねてみればいいのです，
       楽しいのか，楽しくないのかを。

       Daß Volk und Kunst gleich blüh' und wachs',
       bestellt ihr so, mein' ich, Hans Sachs!

       民衆と芸術がどちらも花咲き育つ，
       そうしていただければと望むのは私，ハンス・ザックス！

VOGELGESANG Ihr meint's wohl recht!
フォーゲルゲザング
       もっともな意見のようだ！

KOTHNER コートナー	Doch steht's drum faul.	
	いや，危なっかしい。	
NACHTIGAL ナハティガル	Wenn spricht das Volk, halt' ich das Maul.	
	素人が口を挟むのなら，俺は口をつぐむぞ。	
KOTHNER コートナー	Der Kunst droht allweil Fall und Schmach, läuft sie der Gunst des Volkes nach.	
	芸術は堕落し，恥辱に曝されるばかりだ， 大衆の鼻息をうかがっていたら。	
BECKMESSER ベックメッサー	Drin bracht' er's weit, der hier so dreist: Gassenhauer dichtet er meist.	
	それが大の得意なんだ，いま大口を叩いているザックスは， 路地裏の流行り歌ばかり作っている。	
POGNER ポーグナー	Freund Sachs! Was ich mein', ist schon neu: zuviel auf einmal brächte Reu	
	ザックスさん，私の提案だけで人騒がせなんです。 いちどきに多くを望むと後悔しますよ。	

(Er wendet sich zu den Meistern.)
So frag' ich, ob den Meistern gefällt
Gab' und Regel, so wie ich's gestellt?
(Die Meister erheben sich beistimmend.)

〔親方たちの方に向く。〕
では，お尋ねいたします。いかがですか，
私の提案の賞と規則では？
〔親方たちは起立して賛成の意を表す。〕

SACHS ザックス	Mir genügt der Jungfer Ausschlagstimm'.	
	娘さんが決定権を持つことで満足です。	
BECKMESSER ベックメッサー	Der Schuster weckt doch stets mir Grimm!	
	靴屋め，気に障ることばかり言う！	
KOTHNER コートナー	Wer schreibt sich als Werber ein? Ein Junggesell' muß es sein.	
	応募する人は誰ですか？ 独身者でなくてはいけませんね。	
BECKMESSER ベックメッサー	Vielleicht auch ein Witwer? Fragt nur den Sachs!	
	男やもめでも良いのでは？ ザックス殿に尋ねたら？	

SACHS ザックス	Nicht doch, Herr Merker! Aus jüngrem Wachs, als ich und ihr, muß der Freier sein, soll Evchen ihm den Preis verleihn.

とんでもない！ 判定役さん！
私やあなたより，若くなくてはいけませんよ，
エーヴァちゃんから賞を受けるとなるなら！

BECKMESSER ベックメッサー	Als wie auch ich? — Grober Gesell!

私よりも年下が良いと？ ひどい御仁だ！

KOTHNER コートナー	Begehrt wer Freiung, der komm' zur Stell'! Ist jemand gemeld't, der Freiung begehrt?

誰か，昇格試験に応募する方がいたら，進み出てください！
昇格試験を望む人で，申し出た方は？

POGNER ポーグナー	Wohl, Meister! Zur Tagesordnung kehrt, und nehmt von mir Bericht, wie ich auf Meisterpflicht einen jungen Ritter empfehle,

では，マイスター方。議事に戻って，
私の報告をお聴きいただきましょう。
私は，マイスターの義務に基づいて，
一人の若い騎士を推薦いたします。

der will, daß man ihn wähle,
und heut als Meistersinger frei'!
Mein Junker Stolzing, — kommt herbei!
(Walther tritt vor und verneigt sich.)

この方は，皆さん方から選ばれて，
今日，マイスタージンガーの試験を受けたいと望んでいます。
騎士シュトルツィングさん，ご登場を！
(ヴァルターは登場して一礼する。)

BECKMESSER ベックメッサー	*(beiseite)* Dacht' ich mir's doch! Geht's dahinaus, Veit? —

(脇で)
思ってたとおりだ。ファイトめ，こうする腹づもりだったのだな？

(Laut.)
Meister, ich mein', zu spät ist's der Zeit!

(大声で)
マイスター方，思うに，いまさら遅いのではありませんか？

DIE MEISTER 親方たち	Der Fall ist neu: — Ein Ritter gar? Soll man sich freun? Oder wär' Gefahr? Immerhin hat's ein groß Gewicht, daß Meister Pogner für ihn spricht.
	これは新しい事例だ。しかも騎士だという。 喜んでよいのか？ 困ったことでは？ とにかく，ポーグナーの推薦とは， これは，ものを言うぞ！
KOTHNER コートナー	Soll uns der Junker willkommen sein, zuvor muß er wohl vernommen sein.
	その騎士の方を迎え入れるにしても， その前に質問を受けてもらいましょう。
POGNER ポーグナー	Vernehmt ihn wohl! Wünsch' ich ihm Glück, nicht bleib' ich doch hinter der Regel zurück. Tut, Meister, die Fragen!
	よく，お尋ねください！ 騎士殿の成功を祈りますが， 規則に外れたりしたくはありません。 どうか，親方，何なりとご質問を！＊
KOTHNER コートナー	So mög' uns der Junker sagen: ist er frei und ehrlich geboren?
	では，騎士殿にお答えをいただきましょう。 身分正しいお生まれでしょうか？
POGNER ポーグナー	Die Frage gebt verloren, da ich euch selbst dess' Bürge steh', daß er aus frei' und edler Eh':
	その問いは無用というものです。 私自身が保証人になって，ご両親とも 由緒正しい貴族の出を保証します。
	Von Stolzing Walther aus Frankenland, nach Brief und Urkund' mir wohlbekannt. Als seines Stammes letzter Sproß
	フランケン出身のシュトルツィング家のヴァルターは， 文書と記録により， 私がよく承知しています。

＊訳註）これらの質問に答えるのはマイスタージンガーの資格取得の必須条件だった。

	verließ er neulich Hof und Schloß und zog nach Nürnberg her, daß er hier Bürger wär'. 代々続いた一族の末として，館と屋敷を捨て， 最近，ニュルンベルクに移りましたが， それは，市民となろうという心づもりからです。
BECKMESSER ベックメッサー	Neu-Junkerunkraut — tut nicht gut! 世にはばかる，憎まれっ子の，若ざむらいめ！
NACHTIGAL ナハティガル	Freund Pogners Wort Genüge tut. ポーグナーさんの言葉で十分だ。
SACHS ザックス	Wie längst von den Meistern beschlossen ist, ob Herr, ob Bauer, hier nichts beschließt: hier fragt sich's nach der Kunst allein, wer will ein Meistersinger sein. ずっと以前に親方たちが決めたことだが， 貴族だろうと，農民だろうと変わりはない。 ただ芸術だけが問題になるのです， マイスタージンガーになろうという人には。
KOTHNER コートナー	Drum nun frag' ich zur Stell': welch' Meisters seid ihr Gesell? では，その点でお尋ねいたしますが， あなたはどのお師匠さんの弟子でしたか？
WALTHER ヴァルター	Am stillen Herd in Winterszeit, wann Burg und Hof mir eingeschneit, — 《冬のさなかの静かな炉辺で， 私の城も館も雪に包まれるころ，
	wie einst der Lenz so lieblich lacht', und wie er bald wohl neu erwacht', — ein altes Buch, vom Ahn vermacht, gab das mir oft zu lesen: かつて，春がいかにやさしく笑い， また，やがていかに新しく目覚めたか， いくども私に教えてくれたのは， 先祖から伝わった一冊の古い書物。

	Herrn Walther von der Vogelweid', der ist mein Meister gewesen. ヴァルター・フォン・デア・フォーゲルヴァイデ＊こそ， 私の師匠でした》
SACHS ザックス	Ein guter Meister! 立派な師匠だ！
BECKMESSER ベックメッサー	Doch lang schon tot; wie lehrt' ihn der wohl der Regeln Gebot? でも，とっくに死んでいる。 その人がどうやって歌の規則を教えたのかね？
KOTHNER コートナー	Doch in welcher Schul' das Singen mocht' euch zu lernen gelingen? しかし，あなたはどこの学校で， 歌の技術を身につけることができたのですか？
WALTHER ヴァルター	Wann dann die Flur vom Frost befreit, und wiederkehrt' die Sommerszeit; 《野原から雪や霜が消え， 夏の季節が戻ってくると， was einst in langer Winternacht das alte Buch mir kund gemacht, das schallte laut in Waldes Pracht, das hört' ich hell erklingen: im Wald dort auf der Vogelweid' da lernt' ich auch das Singen. かつて，長い冬の夜に 昔の書物が私に語った情景が， 緑あざやかな森に響き渡り， その明るい響きを聞きながら， 森の鳥たちの楽園（フォーゲルヴァイデ）で， 私は歌も習ったのです》
BECKMESSER ベックメッサー	Oho! Von Finken und Meisen lerntet ihr Meisterweisen? Das wird denn wohl auch danach sein! おやまあ，花鶏(アトリ)や，四十雀(シジュウカラ)から， あなたはマイスターの調べを習ったのですか？ それなら，どうせ，その程度のものでしょう。

＊訳註）中世ミンネザングの代表的詩人（1170-1230頃）

VOGELGESANG フォーゲルゲザング	Zwei art'ge Stollen faßt' er da ein.
	優美な半節を騎士殿は今の歌に二つはめ込んだぞ！
BECKMESSER ベックメッサー	Ihr lobt ihn, Meister Vogelgesang, wohl weil vom Vogel er lernt' den Gesang?
	フォーゲルゲザング親方，いやにお褒めですが， それは彼が鳥（フォーゲル）から歌（ゲザング）を習ったせいですかい？
KOTHNER コートナー	Was meint ihr, Meister, frag' ich noch fort? Mich dünkt, der Junker ist fehl am Ort.
	マイスターの皆さん，もっと質問を続けましょうか？ 思うに，騎士さんは来るべきところをたがえているのでは？
SACHS ザックス	Das wird sich bäldlich zeigen: wenn rechte Kunst ihm eigen, und gut er sie bewährt, was gilt's, wer sie ihn gelehrt?
	いずれはっきりすることですが， まともな芸術を身につけていて， それを見事に実証できれば， 誰が師匠かなどは，瑣末なことではありませんか？
KOTHNER コートナー	*(zu Walther)* Seid ihr bereit, ob euch geriet mit neuer Find' ein Meisterlied, nach Dicht' und Weis' eu'r eigen, zur Stund jetzt zu zeigen?
	（ヴァルターに向かい） 用意はできていますか。 新しい工夫を加えたマイスターの歌を， あなた自身の詞と調べで， これから，この場で歌っていただく用意は？
WALTHER ヴァルター	Was Winternacht, was Waldespracht, was Buch und Hain mich wiesen, was Dichtersanges Wundermacht mir heimlich wollt' erschließen;
	《冬の夜や 緑なす森， 書物や木立が私に教えてくれたこと， 詩人たちの奇跡の力が 私に明かしてくれた秘密，

> Was Rosses Schritt
> beim Waffenritt,
> was Reihentanz
> bei heitrem Schanz,
> mir sinnend gab zu lauschen:

　甲冑に身を固めた騎行のときの
　馬の足どりや，
　晴れやかな機会の
　輪舞のざわめきなどに
　耳を傾けると，自ずと浮かぶ思い。

> gilt es des Lebens höchsten Preis
> um Sang mir einzutauschen,
> zu eignem Wort und eigner Weis'
> will einig mir es fließen,
> als Meistersang, ob den ich weiß,
> euch Meistern sich ergießen!

　このような，人生のこよない宝を
　歌に変える気持ちに迫られると，
　それは自分の言葉と調べにまとまって，
　私から流れ出し，
　私の知るようなマイスターの歌になって，
　親方の皆さんに注がれるのです》

BECKMESSER
ベックメッサー

Entnahmt ihr was der Worte Schwall?

　まるで言葉の濁流だったが，何か聞き取れましたか？

VOGELGESANG
フォーゲルゲザング

Ei nun, er wagt's!

　ああ，なんと大胆な！

NACHTIGAL
ナハティガル

Merkwürd'ger Fall!

　奇妙な話だ！

KOTHNER
コートナー

Nun, Meister! Wenn's gefällt,
werd' das Gemerk bestellt. —
(Zu Walther.)
Wählt der Herr einen heil'gen Stoff?

　さて，親方の皆さん，よろしければ，
　判定席を設定しましょうか？
　（ヴァルターに向かって）
　選んだのは，敬虔な主題ですか？

WALTHER ヴァルター	Was heilig mir, der Liebe Panier schwing' und sing' ich, mir zu Hoff'.

私にとって神聖なのは恋。
その恋の旗を
打ち振るい，歌うことにします。

KOTHNER コートナー	Das gilt uns weltlich. Drum allein, Meister Beckmesser, schließt euch ein!

それは敬虔ではなく，世俗の主題ということです。では，一人で
ベックメッサー親方，席にお入りください。＊

BECKMESSER ベックメッサー	*(erhebt sich und schreitet wie widerwillig dem Gemerk zu.)* Ein saures Amt und heut zumal! Wohl gibt's mit der Kreide manche Qual!

（席を立ち，いかにも嫌そうに判定席に進む）
嫌な役目だが，まして今日は嫌だ！
チョークを手にして苦労が多かろう！

(Er verneigt sich gegen Walther.)
Herr Ritter, wißt:
Sixtus Beckmesser Merker ist;
hier im Gemerk
verrichtet er still sein strenges Werk.

（ヴァルターに一礼する。）
かく申す私が，判定役の
ジクストゥス・ベックメッサーです。
この判定席にこもって
無言で厳格な仕事を行ないます。

Sieben Fehler gibt er euch vor,
die merkt er mit Kreide dort an: —
wenn er über sieben Fehler verlor,
dann versang der Herr Rittersmann.

誤りは七つまでは赦しますが，
それはチョークであそこに記します。
もし七つ以上間違ったときは，
騎士殿は〈歌いそこね〉になります。

(Er setzt sich im Gemerk.)
（判定席に腰をおろす。）

＊訳註）マイスターゲザングの本来の神聖な主題の場合，最大4人の判定役が席に入った。

Gar fein er hört;
doch, daß er euch den Mut nicht stört,
säht ihr ihm zu,
so gibt er euch Ruh',
und schließt sich gar hier ein, —
läßt Gott euch befohlen sein.

注意深く聞き耳を立てていますが，
あなたの勇気を殺がぬよう，
たとえ，あなたがこちらを見ても，
心が落ち着くように，
この中に閉じこもって
あなたのことは神に任せましょう。

(Er streckt den Kopf, höhnisch freundlich nickend, heraus und verschwindet hinter dem zugezogenen Vorhange des Gemerkes gänzlich.)

（からかうような愛想笑いを浮かべて，首を突き出したあと，判定席のカーテンを引いて，その向こうに完全に姿を隠してしまう。）

KOTHNER
コートナー

(winkt den Lehrbuben. Zu Walther)
Was euch zum Liede Richt' und Schnur,
vernehmt nun aus der Tabulatur!

（徒弟たちに合図してから，ヴァルターの方に向き）
あなたが歌で守るべき掟となる，
〈歌の教則〉タブラトゥール＊をお聞かせしよう。

(Die Lehrbuben haben die an der Wand aufgehängte Tafel der »Leges Tabulaturae« herabgenommen und halten sie Kothner vor; dieser liest daraus. Lesend:)

（徒弟たちは壁に懸かっていたタブラトゥールの表をはずし，コートナーの前に運んで捧げもつ。コートナーはそれを読み上げる。）

»Ein jedes Meistergesanges Bar
stell' ordentlich ein Gemäße dar
aus unterschiedlichen Gesätzen,
die keiner soll verletzen.

《マイスターゲザングの〈バール〉詩形は
さまざまな前節からできていて
まとまった韻律を示さねばならず，これを
誰もそこなってはならない。

Ein Gesätz besteht aus zweenen Stollen,
die gleiche Melodei haben sollen;

一つの前節は，半節二つからなり，
二つは同じ旋律でなければならない。

＊訳註）これはワーグナーの拠った典拠の一つであるヴァーゲンザイルの著作からの引用である。

der Stoll' aus etlicher Vers' Gebänd',
der Vers hat seinen Reim am End'.

半節はいくつかの詩行のまとまりで，
それらは行末で韻を踏む。

Darauf so folgt der Abgesang,
der sei auch etlich' Verse lang,
und hab' sein' besondre Melodei,
als nicht im Stollen zu finden sei.

これらの後に後節(アプゲザング)が続くが，
何行もの長さを持ち，
前節にはなかった，特別の旋律を
持たねばならない。

Derlei Gemäßes mehre Baren
soll ein jed' Meisterlied bewahren

そのような韻律によるいくつかの
バール詩形でマイスターの歌はできている。

und wer ein neues Lied gericht',
das über vier der Silben nicht
eingreift in andrer Meister Weis',
dess' Lied erwerb' sich Meisterpreis!«

新しい歌を，他のマイスターの調べを
四綴り以上は使わずに
作った人の歌には
マイスタージンガーの賞が授けられる》

(Er gibt die Tafel den Lehrbuben zurück; diese hängen sie wieder auf)
— Nun setzt euch in den Singestuhl!

(コートナーはタブラトゥールの表を徒弟たちに返し，彼らは表を元どおり壁に懸ける)

では，〈歌の椅子〉に着席なさい。

WALTHER
ヴァルター

(mit einem Schauer)
Hier — in den Stuhl?

(尻込みしながら)
ここの —— この椅子にですか？

KOTHNER
コートナー

Wie's Brauch der Schul'.

歌学校の習慣ですから。

WALTHER
ヴァルター

(Er besteigt den Stuhl und setzt sich mit Widerstreben. Beiseite)
Für dich, Geliebte, sei's getan!

(しぶしぶ椅子に腰掛け，そっと呟く)
あなたのためだ，愛しい人，やるぞ！

KOTHNER コートナー	*(sehr laut)* Der Sänger sitzt.	

(大声で)
歌手は着席しました。

BECKMESSER ベックメッサー	*(unsichtbar im Gemerk, sehr laut)* Fanget an!	

(判定席の中に隠れて，大声で)
始めよ！

WALTHER ヴァルター	»Fanget an!« —	

《〈始めよ！〉と，

So rief der Lenz in den Wald,
daß laut es ihn durchhallt:

 春が森の中へ呼びかけると，
 森じゅうにこだまが轟く。

und, wie in fern'ren Wellen
der Hall von dannen flieht,
von weit her naht ein Schwellen,
das mächtig näher zieht.

 その響きが遙かな波となって
 彼方へ消えると，
 遠くから次第に高まる答が
 近づき，戻ってくる。

Es schwillt und schallt,
es tönt der Wald
von holder Stimmen Gemenge;

 高まった響きに，
 森ではやさしい，声という声が
 混じり合う。

nun laut und hell,
schon nah zur Stell',
wie wächst der Schwall!

 いまや歌声は高く明るく
 もう間近に
 たかまり，聞こえる。

Wie Glockenhall
ertost des Jubels Gedränge!

 鐘が響き合うように
 歓呼の声が爆発する。

Der Wald,
wie bald
antwortet er dem Ruf,
der neu ihm Leben schuf:
stimmte an
das süße Lenzeslied. —

　森は
　ただちに
　新しい命を与えてくれた
　叫びに答え，
　やさしい春の歌を
　歌い始める》

(Man hört aus dem Gemerk unmutige Seufzer des Merkers und heftiges Anstreichen mit der Kreide. — Auch Walther hat es bemerkt; nach kurzer Störung fährt er fort)

　（判定席からは，判定役の不機嫌なため息や，チョークではげしく印をつける音が聞こえてくる。ヴァルターもそれに気づき，しばらく中断した後で，歌を続ける。）

In einer Dornenhecken,
von Neid und Gram verzehrt,
mußt' er sich da verstecken,
der Winter, grimmbewehrt:

　《茨の茂みに隠れ，
　ねたみと恨みにやつれ，
　怒りに身を包んだ〈冬〉が
　身をひそめている。

von dürrem Laub umrauscht,
er lauert da und lauscht,
wie er das frohe Singen
zu Schaden könnte bringen. —

　かさこそと音立てる枯葉に包まれ，
　そっと聞き耳を立てて，
　この楽しい歌にどうやって
　邪魔を入れようかと，窺う》

(Er steht vom Stuhle auf)
Doch: fanget an!
So rief es mir in die Brust,
als noch ich von Liebe nicht wußt'.

　（ヴァルターは椅子から立ち上がる）＊
　《しかし，〈始めよ！〉の声が
　私の胸うちに起こったのは，
　まだ恋というものを知らぬ頃だった。

＊訳註）勝手に歌の椅子から立ち上がるのも規則違反である。

Da fühlt' ich's tief sich regen,
als weckt' es mich aus dem Traum;
mein Herz mit bebenden Schlägen
erfüllte des Busens Raum:

そのとき，私が感じたのは，
夢から覚ますようなおののきだった。
震えながら脈打つ，この心臓は
私の胸のうちをいっぱいにした。

das Blut, es wallt
mit Allgewalt,
geschwellt von neuem Gefühle;

血潮は荒々しく，
新しい感情をはらんで
波立ち，騒いだ。

aus warmer Nacht,
mit Übermacht,
schwillt mir zum Meer
der Seufzer Heer
in wildem Wonnegewühle.

暖かな闇の中から
抑えきれない力をもって，
おびただしいため息が
抉るような激しい歓喜に包まれ，
海へと溢れていった。

Die Brust,
wie bald
antwortet sie dem Ruf,
der neu ihr Leben schuf;
stimmt nun an
das hehre Liebeslied!

胸は
ただちに，
新しい命を与えてくれた
叫びに答え，
気高い愛の歌を
歌い始める》

BECKMESSER
ベックメッサー

(den Vorhang aufreißend)
Seid ihr nun fertig?

（カーテンを勢いよく開け）
もう，お仕舞いですか？

WALTHER ヴァルター	Wie fraget ihr?	
	どうして，そんな質問を？	
BECKMESSER ベックメッサー	*(grell)* Mit der Tafel ward ich fertig schier! *(Er hält die ganz mit Kreidestrichen bedeckte Tafel heraus. Die Meister brechen in ein Gelächter aus.)*	
	（あざとく） もう黒板を使いきりそうなのでね！ （チョークの×印でいっぱいになった黒板を差し出すと，マイスターたちはどっと笑い出す。）	
WALTHER ヴァルター	Hört doch, zu meiner Frauen Preis gelang' ich jetzt erst mit der Weis'.	
	聴いてくださいよ，ようやっとこの調べで， 女性をたたえるところまで来たのだから。	
BECKMESSER ベックメッサー	*(das Gemerk verlassend)* Singt, wo ihr wollt! Hier habt ihr vertan! ―	
	（判定席を出ながら） どこなりと好きな所で歌いなさい。ここでは，あなたは失格だよ！	
	Ihr Meister, schaut die Tafel euch an: so lang ich leb', ward's nicht erhört! Ich glaubt's nicht, wenn ihr's all' auch schwört!	
	親方の皆さん，この黒板をよくごらんなさい。 生まれてこのかた，こんなことは初めてです。 皆さんが，違う，と誓っても信じませんよ！	
WALTHER ヴァルター	Erlaubt ihr's, Meister, daß er mich stört? Blieb ich von allen ungehört?	
	親方たち，彼が私の邪魔をするのを許しておくのですか？ どなたにも聴いてもらえないままになるのですか？	
POGNER ポーグナー	Ein Wort, Herr Merker! Ihr seid gereizt.	
	判定役さん，ひとこと言わせていただくと，あなたは苛立ってますぞ！	

BECKMESSER
ベックメッサー

Sei Merker fortan, wer danach geizt!
Doch daß der Junker hier versungen hat,
beleg' ich erst noch vor der Meister Rat.

この役をやりたくてうずうずしている人はどなたでも，後を
おやりなさい！
だが，若殿がここで歌いそこないだったことは，
親方たちの協議の場で証明しますよ。

Zwar wird's 'ne harte Arbeit sein:
wo beginnen, da, wo nicht aus noch ein?
Von falscher Zahl und falschem Gebänd' —
schweig' ich schon ganz und gar:

たしかに楽な仕事にはなりますまい，
始めも終わりもないから，どこで始めていいのか？
数え方の間違い，韻律の乱れは
言わずにおきます。

zu kurz, zu lang — wer ein End' da fänd'?
Wer meint hier im Ernst einen Bar?
Auf »blinde Meinung« klag' ich allein: —
Sagt, konnt' ein Sinn unsinniger sein?

短すぎたり，長すぎたりで，いったいどこで終わるのだろう
か？
こんな代物をバールなどと，誰が思おうか？
〈意味不明〉＊のことだけ，ここで非難しておきますが，そも
そも意味が
これ以上に無意味になったりしましょうか？

DIE MEISTER
親方たち

Man ward nicht klug, ich muß gestehn.
Ein Ende konnte keiner ersehn.

さっぱり何のことか，私には解らなかった。
どこで終わりになるのやら解らない。

BECKMESSER
ベックメッサー

Und dann die Weis', welch tolles Gekreis'
aus »Abenteuer«-, »blau-Rittersporn«- Weis',
»hoch-Tannen«-, »stolz-Jüngling«- Ton!

それから，調べも非道い！ 滅ッ茶苦茶のごた混ぜだ！
〈冒険〉の調べだの，〈青い騎士の拍車〉の調べだの，
〈高い樅〉だの，〈威張った若造〉＊＊の節！

＊訳註）単語が抜けたために〈意味不明〉になること。抜けた語の綴りの数だけ減点。
＊＊訳註）これらの節や調べの名はヴァルターを当てこすっているようだが，実はいずれもヴァーゲンザイル
に典拠がある。

KOTHNER コートナー	Ja, ich verstand gar nichts davon.	

そのとおり，何が何やら，解らなかった！

BECKMESSER ベックメッサー	Kein Absatz wo, kein Koloratur, von Melodei auch nicht eine Spur!	

休止もなけりゃあ，コロラトゥーラもない，
まともな旋律なんか，ひとかけらもない！

DIE MEISTER 親方たち	*(sind in wachsendem Aufstand begriffen)* Wer nennt das Gesang? Es ward einem bang! Eitel Ohrgeschinder! Auch gar nichts dahinter!	

（しだいに，騒がしくなっていきながら）
これが歌などと呼べるだろうか？
そら恐ろしい気持ちになった！
耳は虐待されつづけだった！
しかも，裏に何の含蓄もない！

KOTHNER コートナー	Und gar vom Singstuhl ist er gesprungen!	

おまけに，椅子から立ち上がったりもしたぞ！

BECKMESSER ベックメッサー	Wird erst auf die Fehlerprobe gedrungen? Oder gleich erklärt, daß er versungen?	

今さら間違いを，いちいち吟味する必要がありますか？
あるいは，あっさり〈歌いそこね〉と宣告ですか。

SACHS ザックス	*(der vom Beginn an Walther mit wachsendem Ernst zugehört hat, schreitet vor)* Halt, Meister! Nicht so geeilt! Nicht jeder eure Meinung teilt. —	

（初めから，次第に真剣さを募らせてヴァルターに耳を傾けていたが，進み出てきて）
親方，そんなに慌てなさるな！
皆があなたと同意見だとは限りませんぞ，

Des Ritters Lied und Weise,
sie fand ich neu, doch nicht verwirrt:
verließ er unsre Gleise,
schritt er doch fest und unbeirrt.

騎士殿の歌も節回しもたしかに珍しいが，
混乱しているとは，思えなかった。
私たちのやり方を踏襲してはいないが，
歌の運びはしっかりと迷いがなかった。

> Wollt ihr nach Regeln messen,
> was nicht nach eurer Regeln Lauf,
> der eig'nen Spur vergessen,
> sucht davon erst die Regeln auf!
>
> あなた方の規則どおりに作られてないものを
> それでも規則に従って審査したいのなら，
> まず自分たちの枠の外に出て，
> ことに見合った規則を探すべきです！

BECKMESSER
ベックメッサー

> Aha, schon recht! Nun hört ihr's doch:
> den Stümpern öffnet Sachs ein Loch,
> da aus und ein nach Belieben
> ihr Wesen leicht sie trieben! —
>
> ああ，そうですか，そいつは結構な話だ！ 皆さん，
> お聞きのとおりで，ど素人にザックスは抜け穴を作ってやる
> のです。
> 奴らはこの穴を自由に出たり，
> 入ったり，勝手放題をやる寸法です！

> Singet dem Volk auf Markt und Gassen!
> Hier wird nach den Regeln nur eingelassen.
>
> 広場や路地裏の連中に歌ってやりなさい，
> ここでは規則どおりでないと加入はなしだ！

SACHS
ザックス

> Herr Merker, was doch solch ein Eifer?
> Was doch so wenig Ruh'?
>
> 判定役さん，なぜ，そんなにむきになるのですか？
> なぜ，そんなに落ち着かないのですか？

> Eu'r Urteil, dünkt mich, wäre reifer,
> hörtet ihr besser zu.
>
> 思うに，もっとよく耳を傾けた方が，
> 判断がまろやかになるのでは？

> Darum so komm' ich jetzt zum Schluß,
> daß den Junker man zu End' hören muß.
>
> そこで，私の結論ですが，
> 若殿の歌はおしまいまで聴くべきです。

BECKMESSER
ベックメッサー

> Der Meister Zunft, die ganze Schul',
> gegen den Sachs da sind wir Null!
>
> 親方が束になった組合でも，歌の学校も，
> ザックス一人にかなわない，ということですか。

SACHS ザックス	Verhüt' es Gott, was ich begehr', daß das nicht nach den Gesetzen wär'!
	とんでもないことをおっしゃる！ 私の求めていることは， 規則に反したりはしていませんよ！
	Doch da nun steht geschrieben: »Der Merker werde so bestellt, daß weder Haß noch Lieben das Urteil trübe, das er fällt«.
	だって，規則に書いてあるじゃないですか？ 〈判定役はそれが下す判断が， 憎悪や愛情で曇らないように 選任されるべきだ〉と。
	Geht der nun gar auf Freiers Füßen, wie sollt' er da die Lust nicht büßen, den Nebenbuhler auf dem Stuhl zu schmähen vor der ganzen Schul'? *(Walther flammt auf.)*
	ところが，判定役殿はいまや，結婚申し込みに やる気満々ですから，歌の椅子の恋敵に 満座のなかで恥をかかす気にならない，としたら， これは不思議というものですよ！ （ヴァルターはかっとなる。）
NACHTIGAL ナハティガル	Ihr geht zu weit!
	それは言い過ぎというもの！
KOTHNER コートナー	Persönlichkeit!
	個人攻撃だ！
POGNER ポーグナー	Vermeidet, Meister, Zwist und Streit!
	親方たち，仲たがいはやめましょう！
BECKMESSER ベックメッサー	Ei! Was kümmert doch Meister Sachsen, auf was für Füßen ich geh'?
	これはしたり！ ザックス親方が， 私のやることに何の心配が要りましょう？
	Ließ' er doch lieber Sorge sich wachsen, daß mir nichts drück' die Zeh'!
	そんなことより，私の靴が 窮くつにならないように心配して欲しい！

> Doch seit mein Schuster ein großer Poet,
> gar übel es um mein Schuhwerk steht:
> da seht, wie's schlappt
> und überall klappt!

ところが,わが靴屋が大詩人になって以来,
私の靴ときたら,非道いことになった。
ご覧のとおりで,どこもかも,ゆるゆるで,
パタパタ言っているありさま!

> All' seine Vers' und Reim'
> ließ' ich ihm gern daheim,
> Historien, Spiel' und Schwänke dazu,
> brächt' er mir morgen die neuen Schuh'!

ザックス親方がどんな詩を,韻をでかそうと
私はまったくかまわないんだ,
それが物語だろうと,劇だろうと,茶番だろうと。
明日,新しい靴を私に届けてくれるのならね!

SACHS *(kratzt sich hinter den Ohren)*
ザックス Ihr mahnt mich da gar recht:

(耳のうしろを搔きながら)
あなたのご忠告は誠にごもっともです。

> doch schickt sich's, Meister, sprecht,
> daß — find' ich selbst dem Eseltreiber
> ein Sprüchlein auf die Sohl',
> dem hochgelahrten Herrn Stadtschreiber
> ich nichts drauf schreiben soll?

ですが,親方の皆さん,いかがでしょうか?
驢馬追いの靴底にだって
一句書いてやる私ですから,
学識豊かな市書記官殿のためにも
書いてあげていけない訳がありましょうか?

> Das Sprüchlein, das eu'r würdig sei,
> mit all' meiner armen Poeterei,
> fand ich noch nicht zur Stund'.

ただ,この方にふさわしい一句は,
私の乏しい詩囊からは
いまのところ,絞り出せません。

	Doch wird's wohl jetzt mir kund, wenn ich des Ritters Lied gehört: drum sing' er nun weiter ungestört! *(Walther steigt in großer Aufregung auf den Singstuhl und blickt stehend herab.)* ですが，この騎士の歌を聞いたら， 浮かんで来るかもしれないのです。 ですから，邪魔なしに歌を続けてください！ (ヴァルターはひどく興奮して，歌の椅子に上がり，立ったまま，皆を見下ろす。)
BECKMESSER ベックメッサー	Nicht weiter! Zum Schluß! これ以上だめだ，おしまい！
DIE MEISTER 親方たち	Genug! Zum Schluß! たくさんだ！おしまい！
SACHS ザックス	*(zu Walther)* Singt dem Herrn Merker zum Verdruß! (ヴァルターに) 歌って判定役をむかつかせておやり！
BECKMESSER ベックメッサー	Was sollte man da noch hören? Wär's nicht, euch zu betören? *(Er holt aus dem Gemerk die Tafel herbei und hält sie während des Folgenden, von einem zum andern sich wendend, den Meistern zur Prüfung vor.)* これ以上，何を聞けと言うのです？ 人を馬鹿にするにも，程があるでしょう？ (判定席から黒板を持ち出し，以下，親方の一人ひとりに見せては，吟味させている。)
	Jeden Fehler, groß und klein, seht genau auf der Tafel ein! 誤りの大きいのも，小さいのも， よく，黒板をご覧なさい！
	»Falsch' Gebänd'« — »unredbare Worte« — »Klebsilben« — hier »Laster« gar! »Aequivoca«! »Reim am falschen Orte«. 〈模範に反した韻律〉に，〈でたらめな語順〉ですぞ， 〈潰れた綴り〉に，〈無茶な押韻〉まである！ 〈紛らわしい言葉遣い〉，〈韻の置き違い〉。
	»Verkehrt«, »verstellt« der ganze Bar! Ein »Flickgesang« hier zwischen den Stollen! »Blinde Meinung« allüberall! 〈あべこべ〉に，〈ねじれ〉がバール全体だ！ ここは，半節と半節の間に〈つぎはぎ歌〉が挟まっている！ 〈意味不明〉ときたら，もう至るところだ！

»Unklare Wort'«, »Differenz«, hier »Schrollen«!
Da »falscher Atem«, hier »Überfall«!
Ganz unverständliche Melodei!
Aus allen Tönen ein Mischgebräu'!

〈曇ったフレーズ〉,〈さかさま綴り〉,ここには〈不器用〉だ！
〈息継ぎの間違い〉,ここには〈不意打ち〉！
ぜんぜん聴き取れない旋律！
ありとあらゆる節を混ぜこぜに捏ねている！

Scheutet ihr nicht das Ungemach,
Meister, zählt mir die Fehler nach!

こんな厄介ものには，うんざりでしょう？
親方たち，私について誤りを数えてください。

Verloren hätt' er schon mit dem acht',
doch so weit wie der hat's noch keiner gebracht:
wohl über fünfzig, schlecht gezählt!
Sagt, ob ihr euch den zum Meister wählt?

八つめでとうに失格になったのに，
これほどたくさん，間違いの山を築いたのは，まだ誰もいない。
ざっと数えても，五十は越えている。
これでも，マイスター仲間に選びますかい？

DIE MEISTER Ja wohl, so ist's; ich seh' es recht:
親方たち Mit dem Herrn Ritter steht es schlecht!

なるほど，そのとおりだ，よく解りました。
騎士殿には分がないようですな！

Mag Sachs von ihm halten, was er will,
hier in der Singschul' schweig' er still!
Bleibt einem jeden doch unbenommen,
wen er sich zum Genossen begehrt?

ザックスが彼をどれほど買っていようと，
この歌学校では黙っていて欲しいな！
めいめいに任されていることだろう？
誰を仲間に望むかは。

Wär' uns der erste Best' willkommen,
was blieben die Meister dann wert?

手当たりしだいの誰でも歓迎ならば，
マイスターの価値なんてどこにあるのだ？

Hei! wie sich der Ritter da quält!
Ei, seht nur an!
Der Sachs hat sich ihn erwählt!

おい，あの騎士の頑張りようときたら！
おい，見ろよ！
奴を意中に決めたのは，ザックスなんだ！

(Lachend.)
Hahaha!
's ist ärgerlich gar! Drum macht ein End'!
Auf, Meister! Stimmt und erhebt die Händ'!

（笑う。）
ハハハ……！
まったく迷惑な歌だ。だから，もうおしまいにしよう！
さあ，皆さん方，賛否を挙手できめましょう！

POGNER
ポーグナー

Ja wohl, ich seh's, was mir nicht recht:
mit meinem Junker steht es schlecht!

なるほど分かった，困ったことだが，
騎士殿は分が悪いようだな！

Weich' ich hier der Übermacht,
mir ahnet, daß mir's Sorge macht.

ここで多勢の意見に従ってしまえば，
何か心配事が増えそうな気もするぞ。

Wie gern säh' ich ihn angenommen!
Als Eidam wär' er mir gar wert:

何とか，受かってくれるといいのに！
婿になってくれればありがたいのになあ。

nenn' ich den Sieger jetzt willkommen, —
wer weiß, ob ihn mein Kind erwählt?
Gesteh' ich's, daß mich's quält,
ob Eva den Meister wählt!

しかし優勝した男を歓迎したところで，
娘がその男を選ぶかどうか，分からないぞ。
本当のところ，エーヴァがそのマイスターを
選ぶかどうか，心配でならない！

WALTHER ヴァルター	Aus finst'rer Dornenhecken die Eule rauscht hervor, tät rings mit Kreischen wecken der Raben heis'ren Chor:

暗い茨の茂みの中から外へ、
梟が聞き耳をたて、
その金切り声で、辺りのしわがれ声の
鴉たちの群れの目を覚ます。

in nächt'gem Heer zu Hauf,
wie krächzen all' da auf,
mit ihren Stimmen, den hohlen,
die Elstern, Krähen und Dohlen! —

ぬば玉の真っ黒な鳥たちの群れが
破れ声でみな、騒ぎ始める。
空ろな声で鵲や烏たちが
わめき続ける！

Auf da steigt,
mit gold'nem Flügelpaar,
ein Vogel wunderbar;
sein strahlend hell Gefieder
licht in den Lüften blinkt;

そのとき、舞い上がったのは、
黄金の翼の素晴らしい
一羽の鳥。
その明るい羽根はきらきらと
空中に輝いている。

schwebt selig hin und wieder,
zu Flug und Flucht mir winkt.
Es schwillt das Herz
vor süßem Schmerz;

仕合わせに空に浮かびながら、私に
飛び上がれ、逃げて行けと誘いかける。
この胸はやるせない思いに
満たされて高まる。

der Not entwachsen Flügel:
es schwingt sich auf
zum kühnen Lauf,

せっぱ詰まった私から翼が生え、
大胆な飛行に
舞い上がる。

aus der Städte Gruft,
zum Flug durch die Luft,
dahin zum heim'schen Hügel,

 穴ぐらのような町なかを脱し，
 空を飛んで
 故郷の丘へと急ぐ。

dahin zur grünen Vogelweid',
wo Meister Walther einst mich freit';

 かなたの緑の鳥たちの楽園フォーゲルヴァイデへ，
 師のヴァルターが私を取り立ててくれた丘へ。

da sing' ich hell und hehr
der liebsten Frauen Ehr':

 私はそこで，明るく，気高く，
 最愛の女性の名誉のために歌おう！

auf dann steigt,
ob Meisterkräh'n ihm ungeneigt,
das stolze Liebeslied!
Ade, ihr Meister, hienied'!
(Walther verläßt mit einer stolz verächtlichen Gebärde den Stuhl und wendet sich rasch zum Fortgehen.)

 そのとき，立ち昇るのは，
 たとえ鳥みたいな親方どもの気に入らなくとも，
 誇らしげな愛の歌！
 地上から，あばよ！　マイスター方！》
 (誇らしさに軽蔑をまじえた身振りで椅子を下り，早足で出口へ急ぐ。)

SACHS *(beobachtet Walther entzückt)*
ザックス Ha! Welch ein Mut!
 Begeist'rungsglut! —
 (うっとりとヴァルターを見やり)
 ああ，なんという勇気だ！
 感激の情熱に燃えたぎっている。

Ihr Meister, schweigt doch und hört!
(Inständig.)
Hört, wenn Sachs euch beschwört!

 親方衆，口をつぐんで聴きなさい！
 (懸命になって)
 お願いだからお聴きなさいよ！

Herr Merker dort, gönnt doch nun Ruh'!
Laßt andre hören, — gebt das nur zu!

 判定役さん、ひと休みしたらどうです！
 他の人もお聴きなさい、それが道理でしょう？

Umsonst! All' eitel Trachten!
Kaum vernimmt man sein eignes Wort;

 無駄じゃあないか！ すべて虚しい努力だ！
 自分自身の言葉だって聞こえやしない。

des Junkers will keiner achten:
das nenn' ich Mut, singt der noch fort!
Das Herz auf dem rechten Fleck:
ein wahrer Dichter-Reck'!
Mach' ich, Hans Sachs, wohl Vers' und Schuh',
ist Ritter der und Poet dazu!

 騎士殿のことは誰も顧みようとしないが、
 あのように歌い続けるのはまさに勇気だ！
 びくともしないで歌っている。
 これこそ本当の詩人で豪傑だ！
 このハンス・ザックスはなるほど、詩も靴も作るが、
 あの人は騎士であり、詩人でもあるのだ！

DIE LEHRBUBEN
徒弟たち

(sind von der Bank aufgestanden und nähern sich dem Gemerk, um welches sie dann einen Ring schließen und sich zum Reigen ordnen)
Glück auf zum Meistersingen!
Mögt ihr euch das Kränzlein erschwingen;

 (ベンチから立ち上がって、判定席に近づき、それを取り巻いて輪を作り、踊りを始めようとする)
 マイスターザングの成功を祈ります！
 晴れの花冠をどうか克ち得てください。

(Sie fassen sich an und tanzen im Ringe immer lustiger um das Gemerk.)
das Blumenkränzlein aus Seiden fein,
wird das dem Herrn Ritter beschieden sein?

 (手を取り合って、判定席のまわりをますます愉快そうに踊りつつ回る。)
 絹で作った花冠は果たして
 騎士さんが手にいれるかな？

BECKMESSER
ベックメッサー

Nun, Meister, kündet's an!
(Die Meister erheben die Hände.)

 では、親方たち、宣言してください！
 (親方たちは挙手する。)

DIE MEISTER
親方たち

Versungen und vertan!

 歌いそこないにつき失格！

Alles geht in großer Aufregung auseinander; lustiger Tumult der Lehrbuben, welche sich des Gemerkes, des Singstuhls und der Meisterbänke bemächtigen, wodurch Gedräng' und Durcheinander der nach dem Ausgang sich wendenden Meister entsteht. Sachs, der allein im Vordergrund geblieben, blickt noch gedankenvoll nach dem leeren Singstuhl; als die Lehrbuben auch diesen erfassen, und Sachs darob mit humoristisch unmutiger Gebärde sich abwendet, fällt der Vorhang.

皆はひどく興奮して解散する。判定席と歌手の椅子とマイスターのベンチを占領した徒弟たちが楽しげに騒いで回るので，出口へ向かおうとするマイスターたちには押し合いや混乱が起きる。ただ一人，舞台の前景に残っていたザックスは，誰も坐っていない歌手の椅子を感慨深げに眺めていたが，徒弟たちが，この椅子にも手をかけると，おどけて不機嫌な身振りで，顔をそむける。そのとき，幕が降りる。

主要人物登場場面一覧

幕－場	I-1	I-2	I-3	II-1	II-2	II-3	II-4	II-5	II-6	II-7	III-1	III-2	III-3	III-4	III-5
ザックス			■	■	■		■	■	■	■	■	■	■	■	■
ヴァルター		■	■						■	■	■	■			■
エーヴァ	■				■	■	■	■						■	■
ベックメッサー			■						■	■			■		■
ポーグナー			■												■
ダーヴィット	■	■	■					■		■	■			■	■
マクダレーネ	■	■		■	■		■		■						■
コートナー			■												
夜回り番								■		■					

第2幕
Zweiter Aufzug

Erste Szene 第 1 場

Die Bühne stellt im Vordergrund eine Straße im Längendurchschnitte dar, welche in der Mitte von einer schmalen Gasse, nach dem Hintergrunde zu krumm abbiegend, durchschnitten wird, so daß sich im Fond zwei Eckhäuser darbieten, von denen das eine, reichere, — rechts — das Haus Pogners, das andere, einfachere, — links — das des Sachs ist. — Vor Pogners Haus eine Linde; vor dem Sachsens ein Fliederbaum. Heiterer Sommerabend; im Verlaufe der ersten Auftritte allmählich einbrechende Nacht. David ist darüber her, die Fensterläden nach der Gasse zu von außen zu schließen. Alle Lehrbuben tun das gleiche bei andren Häusern.

舞台前方には一本の通りが左右に走り、その真ん中から一本の路地がくねって奥に達しており、それを挟んで二軒の家が向き合う。右手の豪華なのはポーグナーの屋敷で、左手のもっと質素なのはザックスの家。ポーグナーの家の前にはリンデの樹、ザックスの家の前にはニワトコの樹。晴れた、夏の日の夕暮れ。第1場が進行するうちに、宵闇がおりてくる。ダーヴィットが路地に面した鎧戸の戸締りを外からしている。他の家でも、徒弟たちが同じ作業をしている。

LEHRBUBEN *(während der Arbeit)*
Johannistag! Johannistag!
Blumen und Bänder so viel man mag!

徒弟たち （戸締りをしながら）
《ヨハネ祭！ ヨハネ祭！
花も，リボンも，好きなだけたくさん！》

DAVID *(leise für sich)*
»Das Blumenkränzlein aus Seiden fein« —
möcht' es mir balde beschieden sein!

ダーヴィット （口ずさむ）
《絹で作った花冠が》
早く，俺のものになるといい！ *

MAGDALENE *(ist mit einem Korbe am Arm aus Pogners Haus gekommen und sucht, David unbemerkt sich zu nähern.)*
Bst! David!

マクダレーネ （ポーグナーの屋敷から腕に籠をかけて出てきて，気づかれないように，ダーヴィットに近づこうとする。）
ちょっと！ ダーヴィット！

DAVID *(heftig nach der Gasse zu sich umwendend)*
Ruft ihr schon wieder?
singt allein eure dummen Lieder!
(Er wendet sich unwillig zur Seite.)

ダーヴィット （勢い激しく路地の方に振り向いて）
何だ？ 呼んだのはまたおまえたちか？
そんな下らない歌はおまえたちだけで歌ってろ！
（不機嫌にそっぽを向く。）

＊訳註）徒弟としては出世頭であるダーヴィットが徒弟仲間からからかわれ，冷やかされるのは，《さまよえるオランダ人》の舵取りなど，ワーグナーの他の楽劇にも似た例が見られる。

LEHRBUBEN 徒弟たち	David, was soll's? Wärst' nicht so stolz, schaust besser um, wärst nicht so dumm! ダーヴィット，どうしたの？ そんなにお高くとまらないで， こっちを振り向いたら，どう？ 間抜けじゃなかったら。 »Johannistag! Johannistag!« Wie der nur die Jungfer Lene nicht kennen mag! 《ヨハネ祭！　ヨハネ祭！》 レーネさんに気づかないのは，あいつばかり！
MAGDALENE マクダレーネ	David! Hör doch! Kehr dich zu mir! ダーヴィット，ねえったら，こっちを向いたら？
DAVID ダーヴィット	Ach, Jungfer Lene, ihr seid hier? おやまあ，レーネさん，あなたでしたか。
MAGDALENE マクダレーネ	*(auf ihren Korb deutend)* Bring' dir was gut's, schau nur hinein: das soll für mein lieb Schätzel sein. （籠を指して） 美味しいものを持ってきたわ，覗いてごらんなさい， 可愛いダーヴィットのためなのよ。 Erst aber schnell, wie ging's mit dem Ritter? Du rietest ihm gut? Er gewann den Kranz? でも，まず訊きたいわ，騎士さんはどうなったの？ あなた，上手に教えてあげて？　賞品の花冠は取れたかしら？
DAVID ダーヴィット	Ach, Jungfer Lene! Da steht's bitter: der hat versungen und ganz vertan! ああ，レーネさん，ひどいことになって， あの方は歌いそこねて，失格です！
MAGDALENE マクダレーネ	*(erschrocken)* Versungen? Vertan? （びっくりして） 歌いそこねですって？　失格なの？

	DAVID ダーヴィット	Was geht's euch nur an?
		でも，それがあなたに何の関わりが？
	MAGDALENE マクダレーネ	*(den Korb, nach welchem David die Hand ausstreckt, heftig zurückziehend)* Hand von der Taschen! Nichts zu naschen! Hilf Gott! — Unser Junker vertan! *(Sie geht mit Gebärden der Trostlosigkeit in das Haus zurück. David sieht ihr verblüfft nach.)*
		（籠に手を伸ばそうとするダーヴィットから激しく籠を引ったくる） 手をどけなさい！ つまみ食いする物なんかありません！ 神さま！ 騎士さんが失格だなんて！ （がっくりと肩を落として家へ帰ってゆく。ダーヴィットはあきれた様子で彼女を見送る。）
	DIE LEHRBUBEN 徒弟たち	*(welche unvermerkt näher geschlichen waren und gelauscht hatten, präsentieren sich jetzt, wie glückwünschend, David.)* Heil! Heil zur Eh' dem jungen Mann! Wie glücklich hat er gefreit!
		（こっそり忍び寄って立ち聞きしていたが，姿を現して，ダーヴィットを祝福するような真似をする。） おめでとう！ 若い婿殿，おめでとう！ なんと仕合わせな求婚ぶり！
		Wir hörten's all' und sahen's an, der er sein Herz geweiht, für die er läßt sein Leben, die hat ihm den Korb nicht gegeben! —
		みんなで聞いたぞ，みんなで見たぞ！ ダーヴィットが真心をささげ， 命を捨てても惜しくない人から 籠の中身をもらえなかったぞ！
	DAVID ダーヴィット	*(auffahrend)* Was steht ihr hier faul? Gleich haltet das Maul!
		（かっとなって） 何で，そんなにだらしなく突っ立っているんだ？ 無駄口はやめろ！

DIE LEHRBUBEN 徒弟たち	*(schließen einen Ring um David und tanzen um ihn)* »Johannistag! Johannistag!« Da freit ein jeder, wie er mag: der Meister freit, der Bursche freit, da gibt's Geschlamb' und Geschlumbfer! （ダーヴィットの周りに輪を作って踊る） 《ヨハネ祭！ ヨハネ祭！》 誰もが，思いのままに求婚する。 親方が求愛すれば， 徒弟も求愛する， あっちこっちで，だらしない無礼講だ！ Der Alte freit die junge Maid, der Bursche die alte Jumbfer! Juchhei! Juchhei! Johannistag! 爺さんは 若い娘に求婚し，＊ 若者はオールドミスに求婚だ！ 愉っ快だ，愉っ快だ，ヨッハネッ祭！ *(David ist im Begriff, wütend dreinzuschlagen, als Sachs, der aus der Gasse hervorgekommen, dazwischentritt. — Die Buben fahren auseinander.)* （怒り狂ったダーヴィットが徒弟たちに殴りかかろうとしたとき，路地から出てきたザックスが間に割って入り，徒弟たちは逃げ散る。）
SACHS ザックス	*(zu David)* Was gibt's? Treff' ich dich wieder am Schlag? （ダーヴィットに） 何ということだ，また拳固を振りまわして！
DAVID ダーヴィット	Nicht ich: Schandlieder singen die! 僕じゃあないんで。卑怯な歌は奴らですよ！
SACHS ザックス	Hör nicht drauf; lern's besser wie sie! Zur Ruh', ins Haus! Schließ und mach Licht! *(Die Lehrbuben zerstreuen sich.)* 耳を貸すな，奴らより精出して勉強するんだ！ さあ，休むんだ，家に入れ！ 戸締りして明かりをつけろ！ （徒弟たちは姿を消す。）
DAVID ダーヴィット	Hab' ich noch Singstund'? まだ歌の稽古がありますか？

＊訳註）ザックスがエーヴァに気があることを皮肉っている。ダーヴィットとマクダレーネの仲についても同様。

SACHS ザックス	Nein, singst nicht — zur Straf' für dein heutig frech' Erdreisten! Die neuen Schuh' steck mir auf den Leisten!

いや，歌うことはない，
昼間の生意気な出しゃばりの罰だ！
新しい靴を靴型にかけておけ！

(David und Sachs sind in die Werkstatt eingetreten und gehen durch innere Türen ab.)

（ダーヴィットとザックスが仕事場に入り，奥の扉の向こうに姿を消す。）

Zweite Szene 第2場

Pogner und Eva, — wie vom Spaziergang heimkehrend, — die Tochter leicht am Arm des Vaters eingehenkt, sind beide schweigsam die Gasse heraufgekommen.

散歩から帰ってきた様子のポーグナーとエーヴァの親子。娘は父の腕に軽く腕を絡め，二人とも黙って路地から出てくる。

POGNER ポーグナー	*(durch eine Klinze im Fensterladen Sachsens spähend)* Laß sehn, ob Meister Sachs zu Haus? — Gern spräch' ich ihn; trät' ich wohl ein?

（ザックスの家の鎧戸のすきまから中をうかがい）

ザックス親方はご在宅かな，見てみよう。
話をしたいのだが，入っていったものかどうか？

(David kommt mit Licht aus der Kammer, setzt sich damit an den Werktisch am Fenster und macht sich an die Arbeit.)

（ダーヴィットが明かりを持って奥の部屋から出てきて窓際の仕事台にむかって腰かけ，仕事を始める。）

EVA エーヴァ	*(spähend)* Er scheint daheim: kommt Licht heraus.

（中をうかがいながら）

いらっしゃるようよ，光が漏れているわ。

POGNER ポーグナー	Tu' ich's? — Zu was doch? — Besser nein! — *(Er wendet sich ab.)* Will einer Selt'nes wagen, was ließ' er sich dann sagen? —

入ろうか？　だが，何のためだ。いや，やめておこう。
（脇を向いて）
変わったことをやろうとすれば，
他人に何を言われないものでもない。

> *(Er sinnt nach.)*
> War er's nicht, der meint', ich ging' zu weit?...
> Und, blieb ich nicht im Geleise,
> war's nicht auf seine Weise?
> Doch war's vielleicht auch Eitelkeit? —

(考え込んでから)
行き過ぎではないか,と言ったのは彼ではなかったか?
たしかに慣習の道をはずれたのは私だったが,
ザックスの流儀もまた,そうではないか?
それとも,虚栄心もあったかな?

> *(Er wendet sich zu Eva.)*
> Und du, mein Kind? Du sagst mir nichts?

(エーヴァに向かい)
娘よ,おまえは何も言ってくれないのか?

EVA
エーヴァ

Ein folgsam Kind, gefragt nur spricht's.

おとなしい娘なら,訊かれたことしか答えませんわ。

POGNER
ポーグナー

Wie klug! Wie gut! — Komm, setz dich hier
ein' Weil' noch auf die Bank zu mir.
(Er setzt sich auf die Steinbank unter der Linde.)

何と賢明な答だ! いい子だ! さあ,
もうしばらく,ベンチの私のそばに坐っておいで!
(ポーグナーはリンデの樹の下のベンチに坐る。)

EVA
エーヴァ

Wird's nicht zu kühl?
's war heut gar schwül.
(Sie setzt sich zögernd und beklommen Pogner zur Seite.)

冷えませんかしら?
昼間はとても蒸し蒸ししていたのに。
(おずおずと不安げにポーグナーの脇に腰かける。)

POGNER
ポーグナー

Nicht doch, 's ist mild und labend,
gar lieblich lind der Abend: —

とんでもない,おだやかで気持ちがいい,
快いほどのどやかな宵だ。

das deutet auf den schönsten Tag,
der morgen soll erscheinen.

これならば,またとない上天気に,
明日という日はなるはずだ。

> O Kind! Sagt dir kein Herzensschlag,
> welch Glück dich morgen treffen mag,

娘よ、胸のときめきは、明日、おまえに
どんな仕合わせがもたらされるか、告げていないか？

> wenn Nürenberg, die ganze Stadt,
> mit Bürgern und Gemeinen,
> mit Zünften, Volk und hohem Rat
> vor dir sich soll vereinen,

ニュルンベルクが町じゅうを挙げて、
れっきとした市民も、庶民も、
同業組合も、民衆も、お偉い参事会の方々も、
皆がおまえの前に集まるのだ。

> daß du den Preis,
> das edle Reis,
> erteilest als Gemahl
> dem Meister deiner Wahl?

おまえが優勝のしるしの
貴い小枝を
夫となる人に差し出すのだ、
おまえの選んだマイスターとして。

EVA
エーヴァ
Lieb' Vater, muß es ein Meister sein?

お父さん、その人はマイスターでなくてはなりませんか？

POGNER
ポーグナー
Hör wohl: ein Meister deiner Wahl.
(Magdalene erscheint an der Türe und winkt Eva.)

いいかね、おまえが選ぶマイスターだよ。
（マクダレーネが戸口に現れてエーヴァに合図する。）

EVA
エーヴァ
(zerstreut)
Ja, — meiner Wahl. — Doch tritt nun ein —
(Laut, zu Magdalene gewandt)
Gleich, Lene, gleich! — zum Abendmahl!
(Sie steht auf)

（生返事で）
にい、私が選ぶのですわね。でも、もう入りましょうよ！──
（マクダレーネに大声で）
すぐ行くわ、レーネ！──。［ポーグナーに］夕ご飯ですよ！
（エーヴァは立ちあがる）

POGNER
ポーグナー
(ärgerlich aufstehend)
's gibt doch keinen Gast?

（不機嫌に立ちあがりながら）
まさか、お客があるわけでは？

EVA エーヴァ	*(wie zuvor)* Wohl den Junker? （生返事で） もしかして，あの騎士さんかしら？
POGNER ポーグナー	*(verwundert)* Wieso? （不審げに） どうして，そんなことが？
EVA エーヴァ	Sahst' ihn heut nicht? 今日，お会いになったでしょう？
POGNER ポーグナー	*(nachdenklich zerstreut, halb für sich:)* Ward sein' nicht froh. — *(Sich vor die Stirn klopfend.— Sich zusammennehmend.)* （物思いにふけって生返事になる，半分は独白のように） あの人のことでは，つまらぬ思いを味わった。 （額をいっぱつ叩いて，気を取り直し） Nicht doch... Was denn?... — Ei! Werd' ich dumm? いや，そうじゃない。だが，いったいどうしたんだ，筆碌したかな？
EVA エーヴァ	Lieb' Väterchen, komm! Geh, kleid dich um. お父さん，さあ，入って着替えをなさったら？
POGNER ポーグナー	*(während er ins Haus vorangeht)* Hm! Was geht mir im Kopf doch 'rum? — （先に立って家に入りながら） はて，私の頭の中はいったいどんな具合になっているのか？
MAGDALENE マクダレーネ	*(heimlich zu Eva)* Hast' was heraus? （こっそりとエーヴァに） 何か，分かったことがありまして？
EVA エーヴァ	Blieb still und stumm. ひと言もおっしゃらないのよ。
MAGDALENE マクダレーネ	Sprach David, meint', er habe vertan. ダーヴィットの話だと，あの方は失格だと。

	EVA エーヴァ	*(erschrocken)* Der Ritter? Hilf Gott! Was fing' ich an! Ach, Lene, die Angst! Wo was erfahren?
		(びっくりして) 騎士さんが？　大変だわ，どうしましょう。 ああ，レーネ，不安だわ，どこで，どんなことを訊ねたら？
	MAGDALENE マクダレーネ	Vielleicht vom Sachs?
		もしかして，ザックス親方なら？
	EVA エーヴァ	*(heiter)* Ach! der hat mich lieb: gewiß, ich geh' hin.
		(陽気になって) そうだわ，あの人なら私を好いている。 間違いないわ，行ってみようっと。
	MAGDALENE マクダレーネ	Laß drin nichts gewahren; nach dem Mahl! — Dann hab' ich dir noch was zu sagen, *(Im Abgehen, auf der Treppe.)* was jemand geheim mir aufgetragen.
		父上に気取られないように！ 夕食のあとで。それに私からお伝えすることもあります。 (階段を上がりながら) ある方からこっそり言いつかったことが。
	EVA エーヴァ	*(sich umwendend)* Wer denn? der Junker?
		(振り返って) いったいどなたなの？　騎士さんかしら？
	MAGDALENE マクダレーネ	Nichts da! Nein! Beckmesser.
		とんでもない！ ベックメッサーですよ。
	EVA エーヴァ	Das mag was rechtes sein! *(Sie geht in das Haus, Magdalene folgt ihr.)*
		それはきっと素敵なことだわ！ (家に入り，マクダレーネも続く。)

Dritte Szene 第3場

SACHS / ザックス *(Sachs ist, in leichter Hauskleidung, von innen in die Werkstatt zurückgekommen. Er wendet sich zu David, der an seinem Werktische verblieben ist)*

（軽い仕事着に着替えて、奥から仕事場に戻っている。仕事台に向かっていたダーヴィットに）

Zeig her! — 's ist gut. — Dort an die Tür
rück mir Tisch und Schemel herfür.
Leg dich zu Bett, steh auf beizeit;
verschlaf die Dummheit, sei morgen gescheit!

見せてみろ，うん，それでよし。戸口のところへ
仕事台と椅子を出しておいてくれたら，
寝にゆけ，寝坊するなよ！
馬鹿げた間違いは眠って忘れ，明日は賢くなれ！

DAVID / ダーヴィット Schafft ihr noch Arbeit?

まだ，これからお仕事ですか？

SACHS / ザックス Kümmert dich das?

余計なお世話だ！

DAVID / ダーヴィット *(während er den Tisch und Schemel richtet, für sich)*
Was war nur der Lene? — Gott weiß, was! —
Warum wohl der Meister heute wacht?

（仕事台と椅子を並べながら，独り言）

いったいレーネはどうしたんだろう？　さっぱり分からん。
それに親方はなぜまだ起きているんだ？

SACHS / ザックス Was stehst' noch?

なぜ，まだそこに立っている？

DAVID / ダーヴィット Schlaft wohl, Meister!

お休みなさい，親方！

SACHS / ザックス Gut' Nacht!

お休み！

David geht in die der Gasse zu gelegene Kammer ab. — Sachs legt sich die Arbeit zurecht, setzt sich an der Tür auf den Schemel, läßt aber die Arbeit wieder liegen und lehnt, mit dem Arm auf den geschlossenen Unterteil des Türladens gestützt, sich zurück.

ダーヴィットは路地に面した奥の部屋に引き取る。ザックスは仕事の用意を整え，扉の脇の椅子に腰かけるが，仕事をそのままにして，店の扉＊の閉まっている下半分に腕をのせ，体をそらす。

＊訳註）この扉は上下の二つの部分に分かれていて，下半分だけを閉めて客と応対できるようになっている。

| SACHS
ザックス | Wie duftet doch der Flieder
so mild, so stark und voll! —
Mir löst es weich die Glieder,
will, daß ich was sagen soll. * |

にわとこが何とやさしく，
しかも強く，豊かに匂うことか！
香りに私の四肢はくつろぎ，
何かを言わずには済まされない気になる。

Was gilt's, was ich dir sagen kann?
Bin gar ein arm einfältig' Mann!

にわとこよ，お前に何を言ってやれるか？
私はまったく貧しく，単純な男だ。

Soll mir die Arbeit nicht schmecken,
gäbst, Freund, lieber mich frei:
tät' besser, das Leder zu strecken,
und ließ' alle Poeterei!

こんな仕事に気乗りするはずがない，と言うなら，
友よ，私をほうっておいてはくれまいか？
詩などうっちゃって，革を叩き伸ばして
いる方がましというものだ！

(*Er nimmt heftig und geräuschvoll die Schusterarbeit vor. Er läßt wieder ab, lehnt sich von neuem zurück und sinnt nach.*)

（ザックスは音たてて荒々しく靴つくりの仕事に取りかかるが，また手を休め，体を起こして物思いにふける。）

Und doch, 's will halt nicht gehn: —
ich fühl's — und kann's nicht verstehn; —
kann's nicht behalten, — doch auch nicht vergessen:
und fass' ich es ganz, kann ich's nicht messen! —

それにしても，さっぱり捗らぬわい。
あれは，感じは解るのだが，頭で理解はできない。
覚えておくこともできないのに，忘れることもかなわぬ。
全体ならつかみ取っているのだが，測って知ることはだめだ！

Doch wie wollt' ich auch fassen,
was unermeßlich mir schien.

だが，なぜつかみ取ろうとしたのだ，
測って知ることのできなく思えたものを？

＊訳註）以下〈にわとこのモノローグ〉と呼ばれるが，にわとこの花が香るのは実際には一ヵ月前である。

Kein' Regel wollte da passen, —
und war doch kein Fehler drin.

　どんな規則もしっくり当てはまらない歌なのに，
　誤りはまったくないのだ！

Es klang so alt, — und war doch so neu, —
wie Vogelsang im süßen Mai!

　古く懐かしい響きだが，とても新鮮でもあった。
　まるで甘美な五月に，鳥たちが歌うように！

Wer ihn hört
und wahnbetört
sänge dem Vogel nach,
dem brächt' es Spott und Schmach. —

　あの歌を聴いて
　やたらな想いに取り憑かれ，
　あの鳥の真似などしようものなら，
　嘲りを受け，恥をかくことだろう！

Lenzes Gebot,
die süße Not,
die legt' es ihm in die Brust: —
nun sang er, wie er mußt';
und wie er mußt', so konnt' er's, —
das merkt' ich ganz besonders.

　春に促された，
　やるせない，甘やかな気持ちが
　この歌を彼の胸に植えつけたのだ。
　そして，やむにやまれぬ気持ちに駆られて
　歌ったからこそ，あんなに見事な出来栄えになった！
　この私は，ことのほか，感心したぞ！

Dem Vogel, der heut sang,
dem war der Schnabel hold gewachsen;
macht' er den Meistern bang,
gar wohl gefiel er doch Hans Sachsen! —

　今日うたったあの鳥には，
　やさしいくちばしが生えていた。
　親方たちを不安がらせはしたが，
　このハンス・ザックスは大いに気に入ったぞ！

(Er nimmt mit heitrer Gelassenheit seine Arbeit vor.)

　（にこやかに，悠然と仕事にかかる。）

Vierte Szene 第4場

EVA *(Eva ist auf die Straße getreten, hat sich schüchtern der Werkstatt genähert und steht jetzt unvermerkt an der Türe bei Sachs.)*
エーヴァ Gut'n Abend, Meister! Noch so fleißig?

（エーヴァが通りへ出てきて，おずおずとザックスの仕事場に近づき，扉のそばのザックスの脇にこっそり立つ。）
こんばんは，親方，まだご精が出るのね？

SACHS *(fährt, angenehm überrascht, auf)*
ザックス Ei, Kind! Lieb' Evchen? Noch so spät? —
Und doch, warum so spät noch, weiß ich:
die neuen Schuh'?

（びっくりはしたが，まんざらでもない様子で）
おや，エーヴァちゃんかい，こんな遅くに？
でも，なぜ遅くにきたか，わけは分かっているぞ。
きっと新しい靴のせいだろう？

EVA Wie fehl er rät!
エーヴァ Die Schuh' hab' ich noch gar nicht probiert;
sie sind so schön und reich geziert,
daß ich sie noch nicht an die Füß' mir getraut.
(Sie setzt sich dicht neben Sachs auf den Steinsitz.)

それはまったくの見当はずれよ！
あの靴はまだ試していないわ。
美しくて，飾りがたくさんあるから，
まだ思い切って履いてみる気になれなかったの。
（ザックスのすぐ横に並んで，石の台に腰かける。）

SACHS Doch sollst sie morgen tragen als Braut?
ザックス でも，明日は花嫁になって履かなくては？

EVA Wer wäre denn Bräutigam?
エーヴァ そのお婿さんて誰でしょう？

SACHS Weiß ich das?
ザックス 私が知っているとでも？

EVA Wie wißt ihr denn, daß ich Braut?
エーヴァ それじゃ，私が花嫁になるのはなぜご存知？

SACHS ザックス	Ei, was! Das weiß die Stadt. おや，何てことを。 町じゅうの人が知っているじゃないか。	
EVA エーヴァ	Ja! Weiß es die Stadt, Freund Sachs gute Gewähr dann hat! Ich dacht', — er wüßt' mehr. ええ，町じゅうが知っていたら， それが，親方には保証になるのね？ もっとたくさんのことをご存知だと思っていたわ。	
SACHS ザックス	Was sollt' ich wissen? 私が何を知っていると言うんだね？	
EVA エーヴァ	Ei, seht doch! Werd' ich's ihm sagen müssen? Ich bin wohl recht dumm? まあ，親方ったら！　その人へそれを言えとおっしゃるの？ 私，そんなに間抜けに見えるかしら？	
SACHS ザックス	Das sag' ich nicht. そんなことは言ってないよ。	
EVA エーヴァ	Dann wärt ihr wohl klug? それじゃあ，親方は賢いの？	
SACHS ザックス	Das weiß ich nicht. そんなことは知らない。	
EVA エーヴァ	Ihr wißt nichts? Ihr sagt nichts? — Ei, Freund Sachs, jetzt merk' ich wahrlich, Pech ist kein Wachs. Ich hätt' euch für klüger gehalten. 何もご存知ない，何もおっしゃらないの，ザックス親方。 今こそ分かったわ，ピッチは蠟ではないことが。 あなたはもっと賢いと思っていたわ。	
SACHS ザックス	Kind, beid', Wachs und Pech, vertraut mir sind: エーヴァちゃん， ピッチも蠟もわしはよく知っている。	

mit Wachs strich ich die seid'nen Fäden,
damit ich dir die zieren Schuh' gefaßt:
heut fass' ich die Schuh' mit dicht'ren Drähten,
da gilt's mit Pech für den derb'ren Gast.

絹の糸には蠟を塗って，
それでおまえの可愛い靴をかがったのだよ。
だが，今夜の靴はもっとごつい麻糸でかがっている。
下品な客の靴にはピッチを使わねばならない。

EVA / エーヴァ Wer ist denn der? Wohl was recht's?

それはどなた？ どうせ，素敵な方でしょうよ。

SACHS / ザックス Das mein' ich!
Ein Meister, stolz auf Freiers Fuß;
denkt morgen zu siegen ganz alleinig:
Herrn Beckmessers Schuh' ich richten muß

そのとおりだとも！
マイスターの身で，求婚すると言って威張っている。
明日は一人で勝つつもりでいるんだ，
そのベックメッサー殿の靴を直さねばならんのだ。

EVA / エーヴァ So nehmt nur tüchtig Pech dazu:
da kleb' er drin und lass' mir Ruh'!

それなら，いっそたっぷりピッチを塗って
あの人の足が靴にくっついてしまえば，安心だわ！

SACHS / ザックス Er hofft, dich sicher zu ersingen.

ベックメッサーは歌でおまえを物にする自信だ。

EVA / エーヴァ Wieso denn der?

いったい，どうしてあの人が？

SACHS / ザックス Ein Junggesell', ―
's gibt deren wenig dort zur Stell'.

だって，独身(ひとりもの)だろう。
それなら，そんなにたくさんはいないさ！

EVA / エーヴァ Könnt's einem Witwer nicht gelingen?

男やもめのザックス親方では駄目なの？

SACHS / ザックス Mein Kind, der wär' zu alt für dich.

エーヴァちゃん，君には年を取り過ぎているよ。

EVA エーヴァ	Ei, was! Zu alt? Hier gilt's der Kunst, wer sie versteht, der werb' um mich. 何てことを！ 年を取り過ぎですって？ 肝心なのは芸術でしょう！ 腕に覚えがある人なら，名乗り出て欲しいわ。	
SACHS ザックス	Lieb' Evchen, machst mir blauen Dunst? エーヴァちゃん，いい夢を見させないでくれ。	
EVA エーヴァ	Nicht ich, ihr seid's, ihr macht mir Flausen! Gesteht nur, daß ihr wandelbar. Gott weiß, wer euch jetzt im Herzen mag hausen! Glaubt' ich mich doch drin so manches Jahr. 私じゃあないわ，親方よ，人にいい夢を見させてるのは。 白状なさい，心変わりをしたのは，ご自分の方だと。 あなたの胸の中に誰が住んでいるか，誰にも分からない！ その中には私がいると，永らく思っていたのに！	
SACHS ザックス	Wohl, da ich dich gern auf den Armen trug? なるほど，君をこの腕によく抱いてやったからなあ？	
EVA エーヴァ	Ich seh', 's war nur, weil ihr kinderlos. それは，あなたに子供がいなかったせいと言うんでしょう？	
SACHS ザックス	Hatt' einst ein Weib und Kinder genug. 以前なら，妻もいたし，子供ならたくさん，と言うほどいたさ。	
EVA エーヴァ	Doch, starb eure Frau, so wuchs ich groß? でも，奥さんは亡くなって，私は大きくなったわね？	
SACHS ザックス	Gar groß und schön! 大きく，そのうえ，美しくなった！	
EVA エーヴァ	Da dacht' ich aus, ihr nähmt mich für Weib und Kind ins Haus? それで考えていたのよ， 私を奥さんとして，子供として迎えてくださったら良いのに，と。	

SACHS ザックス	Da hätt' ich ein Kind und auch ein Weib! s wär' gar ein lieber Zeitvertreib! Ja, ja! Das hast du dir schön erdacht.

そうすると,わしには妻と子供がいっぺんにできたことになる!
そりゃあ,まったく結構な暇つぶしになるさ!
いやいや,実に素晴らしい思いつきだね。

EVA エーヴァ	Ich glaub', der Meister mich gar verlacht? Am End' auch ließ' er sich gar gefallen, daß unter der Nas' ihm weg vor allen der Beckmesser morgen mich ersäng'?

親方は,私を笑いものにするおつもりね?
とどの詰まりは,痛い目をみるのよ。
みんなの見ている前で,その鼻先から,明日,
ベックメッサーが私をさらっていってもいいのかしら?

SACHS ザックス	Wer sollt's ihm wehren, wenn's ihm geläng'? Dem wüßt' allein dein Vater Rat.

あの男がそれをやってのけるなら,止めようはないさ!
手立てが講じられるのは,おまえの父上くらいだろう。

EVA エーヴァ	Wo so ein Meister den Kopf nur hat! Käm' ich zu euch wohl, fänd' ich's zu Haus?

親方ともあろう人が,頭がどうかなったのかしら?
あなたのお家へ来たけれど,家にいたほうがいい知恵が見つかったかもね?

SACHS ザックス	*(trocken)* Ach, ja! Hast recht: 's ist im Kopf mir kraus.

(あっさりと)
そうだ,そのとおりだ! わしの頭はこんぐらかっている。

Hab' heut manch' Sorg' und Wirr' erlebt:
da mag's dann sein, daß was drin klebt.

なにしろ今日はいろいろと心配事,揉め事があったなあ!
頭に何かこびり付いているのも,そのせいかも知れないぞ。

EVA エーヴァ	*(wieder näher rückend)* Wohl in der Singschul'? 's war heut Gebot?

(ザックスに擦り寄って)
それは歌学校ででしょう,今日は応募があったのね?

SACHS ザックス	Ja, Kind! Eine Freiung machte mir Not. そうだよ，昇格試験のために苦労したのさ。
EVA エーヴァ	Ja, Sachs! Das hättet ihr gleich soll'n sagen, quält' euch dann nicht mit unnützen Fragen. — Nun sagt, wer war's, der Freiung begehrt'? そうでしょう，親方，それをすぐにおっしゃればよかったのに。 そうすれば，無駄な質問であなたを悩ますこともなかったのに。 それで，昇格試験を受けようとしたのは誰だったの？
SACHS ザックス	Ein Junker, Kind, gar unbelehrt. 騎士だよ，素養はまったくない人だがね。
EVA エーヴァ	*(wie heimlich)* Ein Ritter? Mein, sagt! — Und ward er gefreit? （人目をはばかるように） 騎士ですって？ まあ！ その方は合格したの？
SACHS ザックス	Nichts da, mein Kind! 's gab gar viel Streit. とんでもない！ エーヴァちゃん，たいへんに揉めてね。
EVA エーヴァ	So sagt, — erzählt, — wie ging es zu? Macht's euch Sorg', wie ließ' mir es Ruh'? — So bestand er übel und hat vertan? じゃあ，おっしゃって。どんな具合に進んだの？ あなたが心配なさるのなら，私が落ち着いていられるわけがないわ。 それじゃあ，成績が悪くて，失敗だったのね？
SACHS ザックス	Ohne Gnad' versang der Herr Rittersmann. 騎士殿は情け容赦もなく，歌いそこねとなった。
MAGDALENE マクダレーネ	*(kommt zum Hause heraus und ruft leise)* Bst, Evchen! Bst! （ポーグナーの家から出てきて，小声で呼ぶ） ねえ，エーヴァちゃん，ちょっと！

EVA エーヴァ	*(eifrig zu Sachs gewandt)* Ohne Gnade? Wie? Kein Mittel gäb's, das ihm gedieh'? Sang er so schlecht, so fehlervoll, daß nichts mehr zum Meister ihm helfen soll?	

(躍起になってザックスに)
情け容赦もなく，ですって？ いったいどうして？
何か，助けになる手立てはなかったの？
歌い方が酷くて，間違いだらけで，
マイスターになる望みはなくなったのね？

SACHS ザックス	Mein Kind, für den ist alles verloren, und Meister wird der in keinem Land, denn wer als Meister geboren, der hat unter Meistern den schlimmsten Stand.	

エーヴァちゃん，あの人はすべてお仕舞いだよ！
どの国でも，マイスターにはなれないね。
マイスターに生まれついた人は，
マイスターたちの間で一番つらい目にあうものだから。

MAGDALENE マクダレーネ	*(vernehmlicher rufend)* Der Vater verlangt.	

(前より大きな声で呼ぶ)
お父さまがお呼びですよ。

EVA エーヴァ	*(immer dringender zu Sachs)* So sagt mir noch an, ob keinen der Meister zum Freund er gewann?	

(さらに激しくザックスに詰め寄って)
それならば，もっと教えてください。
あの方はどの親方も友達にできなかったの？

SACHS ザックス	Das wär' nicht übel, Freund ihm noch sein! — ihm, vor dem sich alle fühlten so klein?	

そうできたら良かったのだが，友達になってやれたらなあ！
彼に比べられると，誰だって自分がちっぽけに感じてしまう
のだから。

Den Junker Hochmut, laßt ihn laufen!

あの高慢な騎士殿はほうっておくしかない！

> Mag er durch die Welt sich raufen;
> was wir erlernt mit Not und Müh'
> dabei laßt uns in Ruh' verschnaufen:
> hier renn' er uns nichts übern Haufen;
> sein Glück ihm anderswo erblüh'!

> たとえ，世間を喧嘩して渡り歩くとしても，
> 苦心して学んだ私たちの芸術は
> そっと私たちに任せておいてほしいものだ。
> ここ，私たちのところで暴れたりしないで，
> どこかよそで，仕合わせをつかんでくれたら良いのだ！

EVA
エーヴァ
(erhebt sich zornig)
Ja! anderswo soll's ihm erblüh
als bei euch garst'gen, neid'schen Mannsen —
wo warm die Herzen noch erglühn,
trotz allen tück'schen Meister Hannsen! —

(憤然として立ち上がり)
ええ，あの人はどこかで仕合わせをつかむでしょうよ！
意地悪で焼餅やきの男どものいないところで，
心と心がまだ熱く燃え上がるところで，
腹黒いハンス親方が何人いようと，へっちゃらで！

(Zu Magdalene:)
Gleich, Lene, gleich! Ich komme schon!
Was trüg' ich hier für Trost davon?
Da riecht's nach Pech, daß' Gott erbarm': —
brennt' er's lieber, da würd' er doch warm!
(Sie geht sehr aufgeregt mit Magdalene über die Straße hinüber und verweilt in großer Unruhe unter der Türe des Hauses.)

(マクダレーネに)
ええ，レーネ，すぐ行くわ！
ここから，どんな慰めを持ち帰れると言うの？
世にも哀れなほどに，ピッチの臭いが立ち込めているわ。
ピッチなんて燃してしまうがよい，それで少しは暖くなるでしょう！
(興奮して，マクダレーネと通りを渡り，家の戸口へ戻ってひどく不安げに立ち止まる。)

SACHS
ザックス
(sieht ihr mit bedeutungsvollem Kopfnicken nach)
Das dacht' ich wohl. Nun heißt's: schaff Rat!
(Er ist während des Folgenden damit beschäftigt, auch die obere Ladentüre so weit zu schließen, daß sie nur ein wenig Licht noch durchläßt; er selbst verschwindet so fast gänzlich.)

(エーヴァを意味ありげにうなずきながら見送り)
思っていたとおりだ。さあ，何とかよい知恵を捻り出さねば。
(この後，入り口の扉の上半分も閉め，そのため，わずかしか光が外へ漏れなくなり，彼自身の姿もほとんど見えなくなる。)

MAGDALENE マクダレーネ		Hilf Gott! wo bliebst du nur so spät? Der Vater rief.

何とまあ，こんなに遅くまでどこにいたのですか？
お父さまが呼んでいらしたわ。

EVA エーヴァ		Geh zu ihm ein: ich sei zu Bett, im Kämmerlein.

お父さまのところへ行って，
私は部屋で，寝ていると伝えて！

MAGDALENE マクダレーネ		Nicht doch, — hör mich! — Komm' ich dazu? Beckmesser fand mich; er läßt nicht Ruh':

駄目です。ねえ，どうして私にそんなことができます？
私を見つけたベックメッサーが何のかのと五月蠅く言うのですよ。

zur Nacht sollst du dich ans Fenster neigen,
er will dir was Schönes singen und geigen,
mit dem er dich hofft zu gewinnen, das Lied,
ob das dir nach Gefallen geriet.

夜が更けたら，あなたに窓際に来てもらって，
美しい歌をあなたのために歌ったり，奏でたりして，
歌が，あなたの気に召せば，
その歌で，賞を射止めて，あなたを物にしようと思っているのです。

EVA エーヴァ		Das fehlte auch noch! — Käme nur Er!

そんなの真っ平だわ。ああ，あの人が来てさえくれたら！

MAGDALENE マクダレーネ		Hast David gesehn?

あなた，ダーヴィットを見かけまして？

EVA エーヴァ		Was soll mir der? *(Sie späht aus.)*

ダーヴィットが私に何のかかわりがあって？
(小路の様子を窺う。)

MAGDALENE マクダレーネ		*(für sich)* Ich war zu streng; er wird sich grämen.

(つぶやく)
ダーヴィットにきつく当たりすぎたかしら。がっくり来ているわ。

EVA エーヴァ		Siehst du noch nichts? まだ，何も見えないの？
MAGDALENE マクダレーネ		*(tut, als spähe sie)* 's ist, als ob Leut' dort kämen. (窺う素振りをして) 誰か，あそこに来ているようですわ。
EVA エーヴァ		Wär' er's! あの人ならいいのに！
MAGDALENE マクダレーネ		Mach und komm jetzt hinan! さあ，そろそろ部屋へ上がりましょうよ！
EVA エーヴァ		Nicht eh'r, bis ich sah den teuersten Mann! 絶対にいやよ，大切な方に会うまでは！
MAGDALENE マクダレーネ		Ich täuschte mich dort; er war es nicht. Jetzt komm, sonst merkt der Vater die Geschicht'. 眼の錯覚でした。あれは別の人でした。 さあ，行かないと，お父さまに話を勘づかれますよ。
EVA エーヴァ		Ach, meine Angst! — ああ，心配だわ！
MAGDALENE マクダレーネ		Auch laß uns beraten, wie wir des Beckmessers uns entladen! さあ，私たちも相談しましょうよ， どうやってベックメッサーを厄介払いするか！
EVA エーヴァ		Zum Fenster gehst du für mich. *(Eva lauscht.)* 私の代わりに，あなたが窓に立つのよ。 (聞き耳を立てる。)
MAGDALENE マクダレーネ		Wie? ich? — *(Für sich.)* Das machte wohl David eiferlich? — Er schläft nach der Gassen: — hihi! 's wär' fein! — 何ですって？ 私が？ (独り言で) でも，そうしたらダーヴィットが焼餅をやくかも知れないわ。 何しろ小路に面した部屋で寝ているのだから，これはいい！

EVA エーヴァ	Da hör' ich Schritte.	

あっちから足音が聞こえてくる。

MAGDALENE マクダレーネ	*(zu Eva)* Jetzt komm, es muß sein.	

(エーヴァに)

さあ行きましょう, どうしても!

EVA エーヴァ	Jetzt näher!	

近くなった!

MAGDALENE マクダレーネ	Du irrst; 's ist nichts, ich wett'. Ei, komm! Du mußt, bis der Vater zu Bett.	

そら耳ですよ, 違います! 賭けてもいいわ。
さあ, いらっしゃい, お父さまがお休みになるまでは駄目です。

POGNER STIMME ポーグナーの声	*(von innen)* He! Lene! Eva!	

(中から)

おい! レーネ! エーヴァ!

MAGDALENE マクダレーネ	's ist höchste Zeit. Hörst du's? Komm! Dein Ritter ist weit.	

もう待てませんわ。
聞こえたでしょう? さあ, あなたの騎士さんは遠くですわ!

(Sie zieht die sich sträubende Eva am Arm die Stufen zur Tür hinauf; Walther ist die Gasse heraufgekommen; jetzt biegt er um die Ecke herum; Eva erblickt ihn.)

(抵抗するエーヴァの腕をつかんで階段を戸口の方へ引っ張って上がってゆく。ヴァルターが小路の奥からやってきて, 角を曲がったところで, エーヴァはヴァルターを見つける。)

Fünfte Szene 第5場

EVA エーヴァ	Da ist er! *(Sie reißt sich von Magdalene los und stürzt Walther auf die Straße entgegen.)*	

そこに来たわ!
(マクダレーネの腕を振り払って, 路上のヴァルターに駆け寄る。)

MAGDALENE マクダレーネ	Da haben wir's! — Nun heißt's: gescheit! *(Sie geht eilig in das Haus.)*	

さあ, 大変! このうえは慎重におやんなさいよ!
(急いで家の中に入る。)

	EVA エーヴァ	*(außer sich)* Ja, ihr seid es;

(気もそぞろになって)
ああ，騎士さんですのね！

nein! Du bist es!
Alles sag' ich,
denn ihr wißt es;
Alles klag' ich,
denn ich weiß es:

いえ，あなたと呼ぶわ！
何もかも言いましょう，
あなたはご存知のはずですから。
何もかも訴えましょう，
私は知っているのですから。

ihr seid beides,
Held des Preises
und mein einz'ger Freund!

あなたは両方なのです，
賞をかち得る勇士で，
私のただ一人の友達なのです。

	WALTHER ヴァルター	Ach! du irrst: bin nur dein Freund, doch des Preises noch nicht würdig, nicht den Meistern ebenbürtig:

ああ，それは思い違いだ。友人でしかない。
しかし，賞にはまだ
値しない身で，
親方たちと肩を並べる
ことはできない。

mein Begeistern
fand Verachten,

感激を込めたのが
冷笑されるばかりで。

und ich weiß es,
darf nicht trachten
nach der Freundin Hand.

よおく分かったことだが，
女友達のあなたに
求婚してはならないのだ。

| EVA
エーヴァ | Wie du irrst! Der Freundin Hand,
erteilt nur sie den Preis,
wie deinen Mut ihr Herz erfand,
reicht sie nur dir das Reis. |

何て思い違いをなさっているの，
この私の，女友達の手しか賞は渡さないわ。
私の心があなたの勇気を認めたように
私の手はあなただけに小枝を差し出すわ。

| WALTHER
ヴァルター | Ach, nein! Du irrst: der Freundin Hand,
wär' keinem sie erkoren,
wie sie des Vaters Wille band
mir wär' sie doch verloren! |

ああ，違う！
考え違いだ，君の手は
たとえ，誰のものと定められていなくとも，
父上の意志に縛られているから，
この僕には高嶺の花だ！

»Ein Meistersinger muß es sein;
nur wen ihr krönt, den darf sie frein!«
So sprach er festlich zu den Herrn;
kann nicht zurück, möcht' er auch gern! —

《その人はマイスタージンガーでなければならず，
あなた方が選んだ人だけを娘は夫にできるのです》，
父上は親方たちに，厳かにそう言われたのだから，
今さら，撤回したくとも，それはできないのだ！

Das eben gab mir Mut:
wie ungewohnt mir alles schien,
ich sang voll Lieb' und Glut,
daß ich den Meisterschlag verdien'. —

そうだったからこそ，僕には勇気が湧いたのだ。
すべてがまったく馴染みのないことに思えたが，
愛と情熱をこめて，僕は歌い，
マイスタージンガーの資格を手にしようと思った。

Doch, diese Meister! —
(Wütend.)
Ha! diese Meister! —
Dieser Reimgesetze
Leimen und Kleister! —

　ところが，あの親方どもときたら，
　（怒り狂って）
　いやはや，マイスターどもめ！
　奴らの韻の規則が
　糊や膠のようにべたべたくっついた！

Mir schwillt die Galle,
das Herz mir stockt,
denk' ich der Falle,
darein ich gelockt.

　胸くそが悪い，
　胸もふたがる気分だ！
　誘い込まれた罠のことが
　今，思い浮かぶと！

Fort, in die Freiheit!
Dahin gehör' ich, —
dort, wo ich Meister im Haus!

　自由を求めて逃げて行こう！
　僕が本当にマイスターになれる場所こそ，
　僕がいるべきところなのだ。

Soll ich dich frein heut,
dich nur beschwör' ich,
komm und folg mir hinaus!

　あなたに今ここで求婚するとなれば，
　僕はせつにお願いする，
　どうか，僕に従って来てほしい！

Nichts steht zu hoffen;
keine Wahl ist offen! —

　もはや，何ひとつ希望はない。
　選ぶべき道はとざされている。

Überall Meister,
wie böse Geister,
seh' ich sich rotten,
mich zu verspotten:

 至るところに親方がいて，
 悪霊のように
 群れ集まって
 僕を嘲笑しようと待ち構える。

mit den Gewerken,
aus den Gemerken,
aus allen Ecken,
auf allen Flecken,

 組合という徒党を組んで
 その判定席から，
 至るところで，
 あらゆる角々で，

seh' ich zu Haufen
Meister nur laufen,
mit höhnendem Nicken
frech auf dich blicken,

 群れをなして
 親方たちが走り，
 さげすみ笑いをこめてうなずき，
 厚かましくあなたを見詰めているのが見える。

in Kreisen und Ringeln
dich umzingeln,
näselnd und kreischend
zur Braut dich heischend,

 環を作って
 あなたを取り囲み，
 鼻声や金切り声をたてて，
 あなたを花嫁に求め，

als Meisterbuhle
auf dem Singestuhle
zitternd und bebend,
hoch dich erhebend! —

 マイスターたちの慰み者にして，
 歌の椅子に高く，
 ふるえ，おののくあなたを
 押し上げるさまが，見える！

Und ich ertrüg' es, sollt' es nicht wagen,
gradaus tüchtig dreinzuschlagen?
(Man hört den starken Ruf eines Nachtwächterhorns. Schrei.)
Ha!

こんなことまで我慢せねばいけないのか，
奴らにまっしぐらに，したたか斬りかかってはいけないのなら？
(夜回り番の角笛の大きな音が聞こえ，ヴァルターは叫ぶ。)
やっ！

(Walther hat mit emphatischer Gebärde die Hand an das Schwert gelegt und starrt wild vor sich hin.)

（ヴァルターは大げさな身振りで刀の柄に手をかけ，荒々しく前方を見つめる。）

EVA *(faßt ihn besänftigend bei der Hand..)*
エーヴァ Geliebter, spare den Zorn;
's war nur des Nachtwächters Horn. —

（ヴァルターの手をなだめるように摑んで）
愛しい人！ 怒りはお静めなさい！
あれはただの夜回り番の角笛です。

Unter der Linde
birg dich geschwinde;
hier kommt der Wächter vorbei.

急いでリンデの樹の下に
隠れなさい！
夜回り番はここを通りすぎて行くわ。

MAGDALENE *(ruft leise unter der Türe)*
マクダレーネ Evchen! 's ist Zeit: mach dich frei!

（戸口から小声で呼ぶ）
エーヴァちゃん，いい加減に，切り上げなさい！

WALTHER Du fliehst?
ヴァルター
あなたは逃げるのか？

EVA *(lächelnd)*
エーヴァ Muß ich denn nicht?

（微笑みながら）
逃げなくてもいいのかしら？

WALTHER Entweichst?
ヴァルター
置き去りにするのか？

EVA エーヴァ	*(mit zarter Bestimmtheit)* **Dem Meistergericht.** *(Sie verschwindet mit Magdalene im Hause.)*	

（優しく，しかしきっぱりと）
置き去りにされるのは親方たちよ！
（マクダレーネと家のなかに消える。）

DER NACHTWÄCHTER 夜回り番	*(ist währenddem in der Gasse erschienen, kommt singend nach vorn, biegt um die Ecke von Pogners Haus und geht nach links zu weiter ab)*	

（その間に，小路に姿を現し，歌いながら前方に進み出て，ポーグナーの家の角を曲がり，左手へ去って行く。）

Hört, ihr Leut', und laßt euch sagen,
die Glock' hat zehn geschlagen;
bewahrt das Feuer und auch das Licht,
daß niemand kein Schad' geschicht.
Lobet Gott, den Herrn! —

さあさ，皆の衆，よくお聴き！
時計が十時を打ちました。
火の気と明かりにご用心，
どなたにも災いが及ばぬように！
主なる神を讃えましょう！

SACHS ザックス	*(welcher hinter der Ladentüre dem Gespräche gelauscht, öffnet jetzt, bei eingezogenem Lampenlicht, ein wenig mehr)* **Üble Dinge, die ich da merk':** **eine Entführung gar im Werk?** **Aufgepaßt! Das darf nicht sein. —**	

（扉のかげで，二人の会話を盗み聞きしていたが，ランプを引っ込めたまま，戸をすこし広く開ける。）

困ったことに気づいたぞ。
駈け落ちまで起こりそうな雲行きだな？
見張っていよう！ これではいかん！

WALTHER ヴァルター	*(hinter der Linde)* **Käm' sie nicht wieder? O der Pein!**	

（リンデの陰で）
彼女は戻ってこないのでは？ ああ，つらいなあ！

(Eva kommt in Magdalenes Kleidung aus dem Hause. Die Gestalt gewahrend.)
Doch ja, sie kommt dort? — Weh mir! — nein! —
(Eva erblickt Walther und eilt auf ihn zu.)
die Alte ist's. — Doch — aber — ja!

（エーヴァがマクダレーネの衣装に着替えて家から出て来る姿を認めて）
やっぱり，来た！ や，駄目だ！ 違うぞ！
（エーヴァはヴァルターを見つけて走り寄る。）
あれはおばさんの方だ。いや——待てよ——そうだ！

EVA エーヴァ	Das tör'ge Kind, da hast du's, da! *(Sie wirft sich ihm heiter an die Brust.)* お馬鹿さん，そら，来たわよ！ （エーヴァは朗らかにヴァルターの胸に飛び込む。）	
WALTHER ヴァルター	*(hingerissen)* O Himmel! Ja, nun wohl ich weiß, daß ich gewann den Meisterpreis. （喜びに有頂天になり） ああ，神さま！ 今こそ分かったぞ， マイスターの賞を貰ったのは，この俺だったのだ！	
EVA エーヴァ	Doch nun kein Besinnen! Von hinnen! Von hinnen! O, wären wir schon fort! 考え事をしている暇なんてないのよ， ここから逃げるのよ，ここから！ ああ，さっさと逃げ出していたらよかったのに！	
WALTHER ヴァルター	Hier durch die Gasse, dort finden wir vor dem Tor Knecht und Rosse vor. この小路を抜けてゆこう， 市門の外には 召使と馬を待たせてある。	

Als sich beide wenden, um in die Gasse einzubiegen, läßt Sachs, nachdem er die Lampe hinter eine Glaskugel gestellt, durch die ganz wieder geöffnete Ladentüre, einen grellen Lichtschein quer über die Straße fallen, sodaß Eva und Walther sich plötzlich hell erleuchtet sehen.

二人が小路に足を踏み入れようと向きを変えたとき，ランプの前に大きなガラス球を置いて準備を整えていたザックスは，扉をいっぱいに開いて，強烈な光線を通り越しに浴びせ，エーヴァとヴァルターは，自分の姿が突然明るく浮かび上がったのに気づく。

EVA エーヴァ	*(Walther hastig zurückziehend)* O weh! Der Schuster! — Wenn der uns säh'! — Birg dich, — komm ihm nicht in die Näh'! （慌ててヴァルターを引き止め） あら，困った！ 靴屋だわ，見られたらどうしよう！ 隠れなさい，あの人に近づいては駄目！	
WALTHER ヴァルター	Welch andrer Weg führt uns hinaus? ほかに，どんな道を行ったら出られる？	

EVA エーヴァ	Dort durch die Straße; doch der ist kraus, ich kenn' ihn nicht gut; auch stießen wir dort auf den Wächter. この通りを行く道よ。でも曲がりくねっているわ！ よく分からないわ，それに 夜回り番に出くわすかも知れない。	
WALTHER ヴァルター	Nun denn, durch die Gasse. 止むを得ん！ この小路を進もう。	
EVA エーヴァ	Der Schuster muß erst vom Fenster fort. 靴屋が窓からいなくならないと駄目よ！	
WALTHER ヴァルター	Ich zwing' ihn, daß er's verlasse. 脅してやるぞ，とっとと失せろ，と！	
EVA エーヴァ	Zeig dich ihm nicht: er kennt dich. 姿を見せてはいけない。あなたを知っているわ。	
WALTHER ヴァルター	Der Schuster? あの靴屋が？	
EVA エーヴァ	's ist Sachs. あれはザックスさんよ。	
WALTHER ヴァルター	Hans Sachs? Mein Freund! ハンス・ザックスか？ 僕の友人じゃないか！	
EVA エーヴァ	Glaub's nicht! von dir Übles zu sagen nur wußt' er. そうは思えないわ！ あなたの悪口ばっかり言っていたわ。	

Sechste Szene 第6場

WALTHER ヴァルター	Wie? Sachs? Auch er? — Ich lösch' ihm das Licht. — 何だって？ ザックスが？ 彼もか？ あいつの明かりなんか消してやる。

Beckmesser ist, dem Nachtwächter nachschleichend, die Gasse heraufgekommen, hat nach den Fenstern von Pogners Haus gespäht und, an Sachsens Haus angelehnt, stimmt er jetzt seine mitgebrachte Laute.

こっそりと夜回り番の後をつけてきたベックメッサーが，小路の奥に現れ，ポーグナーの家の窓々を窺った後，ザックスの家の壁にもたれ，持ってきたラウテの調弦をする。

EVA エーヴァ	Tu's nicht! — Doch horch! —	
	それは駄目よ！　あら，あの音は？	
WALTHER ヴァルター	Einer Laute Klang.	
	ラウテの音だな。	
EVA エーヴァ	Ach! meine Not!	
	ああ，困ったわ！	
WALTHER ヴァルター	Wie wird dir bang? *(Als Sachs den ersten Ton der Laute vernommen, hat er, von einem plötzlichen Einfall erfaßt, das Licht wieder etwas eingezogen und öffnet leise den unteren Teil des Ladens.)*	
	どうしてだ，こわいのか？ （ラウテの最初の音を耳にしたザックスは，とつぜん，何か閃いたのか，ランプを少し引っ込めて，そっと扉の下半分を開ける。）	
	Der Schuster, sieh! zog ein das Licht: so sei's gewagt!	
	ごらん，靴屋が明かりを引っ込めた。 今こそ，思い切ってやるんだ！	
EVA エーヴァ	Weh! Siehst du denn nicht? Ein andrer kam und nahm dort Stand.	
	駄目だわ，見えるでしょう？ 別の男がやってきて，あそこに立ったわ。	
WALTHER ヴァルター	Ich hör's und seh's: ein Musikant. Was will der hier so spät des Nachts?	
	僕にも聞こえたし，見えてもいる，楽師だ。 あいつ，こんな夜更けに何をするつもりだ？	
EVA エーヴァ	*(in Verzweiflung)* 's ist Beckmesser schon!	
	（絶望して） ベックメッサーがもう来たのよ！	
SACHS ザックス	*(hat unvermerkt seinen Werktisch ganz unter die Türe gestellt; jetzt erlauscht er Evas Ausruf)* Aha! — ich dacht's. *(Er setzt sich leise zur Arbeit zurecht.)*	
	（気づかれぬように，仕事台を戸口に据えて待っていたが，エーヴァの叫びを聞いて） なるほど，思っていたとおりだ。 （そっと仕事に取りかかる。）	

WALTHER
ヴァルター

Der Merker? Er? In meiner Gewalt?
Drauf zu! Den Lung'rer mach' ich kalt.

判定役のあいつか？ 奴の生殺与奪は、俺の手中にあるのか？
やっつけてやる！ あののらくら野郎を殺してやる。

EVA
エーヴァ

Um Gott! So hör! Willst du den Vater wecken?
Er singt ein Lied, — dann zieht er ab. —
Laß dort uns im Gebüsch verstecken! —
Was mit den Männern ich Müh' doch hab'! —

とんでもない！ ねえ、あなた父を起こしてしまいたいの？
一曲歌ったら、あの人は引き下がるわ。
私たちはあそこの茂みに隠れましょう。
それにしても、男たちには次から次へと苦労させられるわ！

Sie zieht Walther hinter das Gebüsch auf die Bank unter der Linde. Beckmesser eifrig nach dem Fenster lugend, klimpert voll Ungeduld heftig auf der Laute. Als er sich endlich auch zum Singen rüstet, schlägt Sachs sehr stark mit dem Hammer auf den Leisten, nachdem er soeben das Licht wieder hell auf die Straße hat fallen lassen.

エーヴァは茂みの後ろの、リンデの樹の下のベンチへヴァルターを引っ張ってゆく。ベックメッサーはしきりに窓の方を窺っていたが、待ちきれなくなって、ラウテを激しく爪弾く。彼がついに歌い始めようと身構えたとき、強い光をまた通りにあてていたザックスが、強く靴台をハンマーで叩く。

SACHS
ザックス

(sehr stark)
Jerum! Jerum!
Hallahallohe! O ho! Tralalei! Tralalei! O he! —
(Beckmesser springt ärgerlich von dem Steinsitz auf und gewahrt Sachs bei der Arbeit.)

（大声をあげて）
イェールム！ イェールム！
ハラハロヘー！ オー ホー！ トラララィ、トラララィ！ オ
ー ヘー！
（ベックメッサーは、腹を立てて石の台から跳びあがり、ザックスが仕事をしているのを認める。）

Als Eva aus dem Paradies
von Gott dem Herrn verstoßen,
gar schuf ihr Schmerz der harte Kies
an ihrem Fuß, dem bloßen.

エーヴァが楽園から
神様に追い出されたとき、
硬い小石が裸足に当たって
とっても痛かった。

Das jammerte den Herrn;
ihr Füßchen hatt' er gern:
und seinem Engel rief er zu:
da mach der armen Sünd'rin Schuh';

それを気の毒に思った主は,
彼女の足が好きだったのだ。
天使に命じた,
「憐れな罪の女に靴を作ってやれ」

und da der Adam, wie ich seh',
an Steinen dort sich stößt die Zeh',
daß recht fortan
er wandeln kann,
so miß dem auch Stiefeln an!

「それから,アダムも見たところ,
石に躓いて突き指してるようだ。
この先ずっと,しっかりと
歩いてゆけるように,
長靴の寸法を取ってやれ!」

BECKMESSER
ベックメッサー

Was soll das sein? —
Verdammtes Schrein!
Was fällt dem groben Schuster ein?

いったいどうしたわけだ?
忌々しいわめき声だ!
この無骨な靴屋はいったい,何を思いついたのだ?

WALTHER
ヴァルター

(flüsternd zu Eva)
Was heißt das Lied? Wie nennt er dich?

(エーヴァにささやく)
あの歌はどういう意味だ? なぜ,君の名が出てくる?

EVA
エーヴァ

(flüsternd zu Walther)
Ich hört' es schon; 's geht nicht auf mich:
doch eine Bosheit steckt darin.

(ヴァルターにささやく)
私にも聞こえたわ,私のことを言っているのではないのよ。
でも,意地悪に当てこすっているようだわ!

WALTHER
ヴァルター

Welch Zögernis! Die Zeit geht hin.

何てじれったい! 時間がどんどんたっちまう!

BECKMESSER ベックメッサー	*(tritt zu Sachs heran)* Wie? Meister! Auf? Noch so spät zur Nacht?	

(ザックスに近づいて話しかける)
どうしました？ 親方，こんなに遅くに起きていて？

SACHS ザックス	Herr Stadtschreiber! Was? Ihr wacht? — Die Schuh' machen euch große Sorgen? Ihr seht, ich bin dran: ihr habt sie morgen! — *(Arbeitet.)*	

おや，書記さんですかい！ どうしてあなたも起きてらっしゃる！

靴のことで，さぞ，ご心配でしょうな？

ごらんのとおりです。こうやって掛かってますから，明朝はお渡ししますよ。

(仕事を続ける。)

BECKMESSER ベックメッサー	*(zornig)* Hol' der Teufel die Schuh'! Hier will ich Ruh'!	

(腹を立てて)
靴なんか，糞食らえだ！
ここは静かにしてくれませんか！

SACHS ザックス	Jerum! Hallahallohe! o ho! Tralalei! Tralalei! O he!	

イェールム！

ハラハロヘー！

オ ホー！ トラララィ，トラララィ！ オー ヘー！

O Eva! Eva! Schlimmes Weib.
das hast du am Gewissen,
daß ob der Füß' am Menschenleib
jetzt Engel schustern müssen!

おお エーヴァ ひどい女よ！
おまえの良心は疼いているだろう，
人間の体に足なんぞがついているから
天使が靴を作らねばならんのだ！

Bliebst du im Paradies,
da gab es keinen Kies:

おまえが楽園から追われさえしなかったら，
そこには小石などなかったのに！

> um deiner jungen Missetat
> hantier' ich jetzt mit Ahl' und Draht,
> und ob Herrn Adams übler Schwäch'
> versohl' ich Schuh' und streiche Pech!

> おまえの若気の過ちのため，
> このわしは，突き錐と麻糸を手に大忙しだ！
> そのうえ，アダム殿のとんだ躓きで，
> 靴に底張りして，ピッチを塗らねばならない，ときた！

> Wär' ich nicht fein
> ein Engel rein,
> Teufel möchte Schuster sein!
> Je... *(Sich unterbrechend.)*

> わしが天使のように
> 気立てがよくなけりゃあ，
> 悪魔がわしの代わりに靴屋をやるだろうに！
> イェー……。（歌を中断する）

WALTHER *(wie vorher)*
ヴァルター
> Uns oder dem Merker,
> wem spielt er den Streich?

（まえと同じように）
> あれは，俺たちにか，それとも判定役に
> 当てこすりを言っているのか？

EVA *(wie vorher)*
エーヴァ
> Ich fürcht', uns dreien
> gilt er gleich.

（まえと同じように）
> どうやら，私たち三人を
> 平等に当てこすってるらしいわ！

> O weh, der Pein!
> Mir ahnt nichts Gutes.

> ああ，つらいこと！
> 何だか胸騒ぎがしてならない！

WALTHER
ヴァルター
> Mein süßer Engel,
> sei guten Mutes!

> 僕の優しい天使よ，
> 元気を出しなさい！

EVA
エーヴァ
> Mich betrübt das Lied.

> あの歌を聴いていると，今にも胸がつぶれそうな気持ちよ。

WALTHER ヴァルター	Ich hör' es kaum; du bist bei mir: welch holder Traum! *(Er zieht Eva zärtlich an sich.)*	

僕はほとんど聞いていない！
君がそばにいてくれるなんて，
ああ，なんと仕合わせな夢をみていることか！
(エーヴァをやさしく抱き寄せる。)

BECKMESSER ベックメッサー	*(drohend auf Sachs zufahrend)* Gleich höret auf! Spielt ihr mir Streich'? Bleibt ihr tags und nachts euch gleich?	

(形相おそろしくザックスに食ってかかって)
すぐに止めんか！
この私をおちょくる気か？
おまえは，昼も
夜も意地悪は相変わらずだな？

SACHS ザックス	Wenn ich hier sing', was kümmert's euch? Die Schuhe sollen doch fertig werden?	

わしがここで歌っているからといって，
それが貴方の，どこに障るとおっしゃるのかね？
だって，あなたの靴は
仕上げんわけにはいかんでしょう？

BECKMESSER ベックメッサー	So schließt euch ein und schweigt dazu still!	

それなら，中へ引きこもって
歌わずにいたらいいだろうに！

SACHS ザックス	Des Nachts arbeiten macht Beschwerden;	

夜なべ仕事は
なかなか，つらいものさ！

wenn ich da munter
bleiben will,
so brauch' ich Luft
und frischen Gesang:

　だから眠気ざましに
　元気を出そうとすれば
　新鮮な空気と
　歌がなくてはすまないのでね。

drum hört, wie der dritte
Vers gelang!
(Er wichst den Draht recht ersichtlich.)

　そこで，聴いていただきたい，
　でき上がったばかりの三行めを！
　（麻糸にわざとらしく蠟を引く。）

BECKMESSER
ベックメッサー

Er macht mich rasend! — Das grobe Geschrei!
Am End' denkt sie gar, daß ich das sei!

　ザックスのために気も狂いそうだ！　不躾なわめき声だ！
　このままだと，これが私だと彼女は思ってしまうぞ！

(Er hält sich die Ohren zu und geht, verzweiflungsvoll sich mit sich beratend, die Gasse vor dem Fenster auf und ab.)

　（ベックメッサーは両手で耳に蓋をして，あれかこれかと気も狂わんばかりに思案しながら窓の前の小路を行ったり来たりしている。）

SACHS
ザックス

Jerum! Jerum!
Hallahallohe!
Oho! Tralalei! Tralalei! O he!

　イェールム，イェールム！
　ハラハロヘー！
　オホー！　トラララィ，トラララィ！　オ　ヘー！

O Eva! hör mein' Klageruf,
mein' Not und schwer Verdrießen!
Die Kunstwerk', die ein Schuster schuf,
sie tritt die Welt mit Füßen!

　おお　エーヴァ！　わしの嘆きを聞いとくれ！
　わしの苦しみと腹立ちを！
　靴屋の作る作品は，
　世間が足で踏むと決まったもの！

Gäb' nicht ein Engel Trost,
der gleiches Werk erlost,
und rief mich oft ins Paradies,
wie ich da Schuh' und Stiefel ließ'!

同じ苦労を引き当てた天使が
慰めてくれ，
何度も天国へ呼んでくれて
靴と長靴を忘れさせてくれなかったら，どうなろう？

Doch wenn mich der im Himmel hält,
dann liegt zu Füßen mir die Welt,
und bin in Ruh'
Hans Sachs, ein Schuh-*
macher und Poet dazu!

だが，ひとたび天上に上がって，
足元に世間を見下ろしたときは，
本当に心が落ち着くわい，
このハンス・ザックス，靴屋にして
詩人のわしは！

BECKMESSER
ベックメッサー
Das Fenster geht auf!
(Er späht nach dem Fenster, welches jetzt leise geöffnet wird, und an welchem vorsichtig Magdalene in Evas Kleidung sich zeigt.)

や！ 窓が開いたぞ！
（彼が見やった窓がそっと開いて，エーヴァの服を身につけたマクダレーネが用心深く姿を見せる。）

EVA
エーヴァ
(mit großer Aufgeregtheit)
Mich schmerzt das Lied, ich weiß nicht wie!
O fort! Laß uns fliehen!

（ひどく気を高ぶらせて）
なぜだか，あの歌を聞くと心が痛むの！
さあ，逃げましょう！

WALTHER
ヴァルター
(auffahrend)
Nun denn: mit dem Schwert!

（力んで）
よし，こうなれば刀にかけてでも！

EVA
エーヴァ
Nicht doch! Ach, halt!

ああ，それは駄目よ，やめて！

BECKMESSER
ベックメッサー
Herr Gott! 's ist sie. —

有り難い！ あれはエーヴァだ！

＊訳註）この二行はハンス・ザックス自身の詩句の引用である。

WALTHER ヴァルター	*(die Hand vom Schwert nehmend)* Kaum wär' er's wert.	

(刀の柄から手をはなし)
あんな奴，刀にかける値打ちもない。

EVA エーヴァ	Ja, besser Geduld! O, bester Mann! Daß ich so Not dir machen kann!	

そうよ，我慢が大切！ ああ，ヴァルター！
あなたを，こんなにつらい目に合わせるのね！

WALTHER ヴァルター	*(leise zu Eva)* Wer ist am Fenster?	

(そっとエーヴァに)
窓に出てきたのは誰だ？

EVA エーヴァ	*(leise)* 's ist Magdalene.	

(小声で)
マグダレーネよ。

WALTHER ヴァルター	Das heiß' ich vergelten. Fast muß ich lachen.	

そいつはいい面当てだ！ 笑っちまうぜ！

EVA エーヴァ	Wie ich ein End' und Flucht mir ersehne!	

何とかして早く片がついて，逃げ出せたらいいのに！

WALTHER ヴァルター	Ich wünscht', er möchte den Anfang machen!	

あいつが始めてくれりゃあいいんだ！

(Walther und Eva, auf der Bank sanft aneinander gelehnt, verfolgen des Weiteren den Vorgang zwischen Sachs und Beckmesser mit wachsender Teilnahme.)

(ヴァルターとエーヴァはベンチの上で静かに身を寄せ合って，この後のザックスとベックメッサーのやりとりに，次第に興味を募らせて聴き入る。)

BECKMESSER ベックメッサー	Jetzt bin ich verloren, singt der noch fort! *(Er tritt zu Sachs an den Laden heran und klimpert, während des Folgenden, mit dem Rücken der Gasse zugewendet, seitwärts auf der Laute, um Magdalene am Fenster festzuhalten.)* Freund Sachs! So hört doch nur ein Wort! —	

このまま奴が歌い続けたら，私はお仕舞いだ！
(ザックスの戸口に近づき，以下，小路に背を向け，窓のマクダレーネの注意を引きつけようと，斜め向きになってラウテを爪弾きながら)
ザックスさん，ひとことでも聞いてもらえませんかね？

Wie seid ihr auf die Schuh' versessen!
Ich hatt' sie wahrlich schon vergessen. —
Als Schuster seid ihr mir wohl wert,
als Kunstfreund doch weit mehr verehrt.

 それにしても，あなたは靴に打ち込んでらっしゃる！
 私は靴のことなど，本当は忘れてしまっていた。
 たしかに靴屋としては大したものと思うけれども，
 芸術の友としての尊敬の方が私にとってはずっと大きい。

Eu'r Urteil, glaubt, das halt' ich hoch;
(Er klimpert wiederholt seitwärts, ängstlich nach dem Fenster gewandt.)
drum bitt' ich, hört das Liedlein doch,
mit dem ich morgen möcht' gewinnen,
ob das auch recht nach euren Sinnen.

 信じてほしいが，あなたの判断は高く買っている。
 （脇の方で，窓の方にむいて，何度も心配そうにラウテを爪弾く。）
 だから，お願いがある。歌を聴いてほしい。
 明日，この歌で賞を取りたいのだが，
 それが，あなたの心にもかなうかどうかを。

SACHS　O ha! Wollt mich beim Wahne fassen?
ザックス　Mag mich nicht wieder schelten lassen. —
Seit sich der Schuster dünkt Poet,
gar übel es um eu'r Schuhwerk steht:

 おや，私の弱みを突こうというお気持ちですかな？
 だが，この前のようなお小言をくらっては困りますな！
 「靴屋が詩人だなどと，自惚れてこのかた，
 私の靴は酷いことになった」などとね！

ich seh', wie's schlappt
und überall klappt;
drum lass' ich Vers' und Reim'
gar billig nun daheim,

 私には，どこもかも，ゆるゆるで，
 ぱたぱた言っているのが分かるので，
 当然ながら家では詩や歌をよしているのです。

Verstand und Witz und Kenntnis dazu,
mach' euch für morgen die neuen Schuh'!

 そのうえ，分別も洒落も知識もうっちゃって
 明日のため，あなたの靴を作っているのです。

BECKMESSER ベックメッサー	*(kreischend)* Laßt das doch sein! Das war ja nur Scherz. Vernehmt besser, wie's mir ums Herz. —

〔金切り声で〕
そんなことはいい加減にして欲しい！　あれはほんの冗談だったので，
私の心のうちをよく聴いてもらいたいのです。

Vom Volk seid ihr geehrt,
auch der Pognerin seid ihr wert:

あなたは民衆から尊敬されているし，
ポーグナーの娘からも一目おかれているのだから。

will ich vor aller Welt
nun morgen um die werben,
sagt! — könnt's mich nicht verderben,
wenn mein Lied ihr nicht gefällt?

さて，みなさんのいる前で
明日，彼女に求婚しようというのに，
私の致命傷になりはしないか，言っていただきたい，
もし，歌が彼女の気に入らなかったならば。

Drum hört mich ruhig an,
und sang ich, sagt mir dann,
was euch gefällt, was nicht, —
daß ich mich danach richt'.

そこでまず，静かに私の歌を聴き，
私が歌い終わったあとで，教えて欲しいのです，
どこがあなたの気に入り，どこが気に入らなかったかを。
そうすれば，それに従うことにしましょう。

SACHS ザックス	Ei! Laßt mich doch in Ruh', wie käme solche Ehr' mir zu?

おやおや，わしのことは放っておいてくれませんか！
そんな苗映いことは，わしには似合わない。

Nur Gassenhauer dicht' ich zum meisten:
drum sing' ich zur Gassen und hau' auf den Leisten! —

どうせ，わしの得意なのは路地裏の流行り歌だ。
だから路地裏でこうして歌って靴型を叩いているのですわい！

> Jerum! Jerum!
> Hallahallohe!
> O Ho! Tralalei! Tralalei! O he! —
>
> イェールム, イェールム！
> ハラハロヘー！
> オ ホー！ トラララィ, トラララィ！ オ ヘー！

BECKMESSER
ベックメッサー

> Verfluchter Kerl! Den Verstand verlier' ich,
> mit seinem Lied voll Pech und Schmierich!
> Schweigt doch! Weckt ihr die Nachbarn auf?
>
> 糞忌々しい野郎だ！ 分別をなくしそうになるぞ，
> ピッチと脂まみれの，あいつの歌を聞いていると。
> 黙らないか！ 隣近所を起こす気か？

SACHS
ザックス

> Die sind's gewöhnt, 's hört keiner drauf. —
> O Eva! Eva!
>
> 近所はみんな，慣れっこさ。誰一人，耳をそばだてたりしないさ。
> おお，エーヴァ，エーヴァ！

BECKMESSER
ベックメッサー

(in höchste Wut ausbrechend)
> Oh, ihr boshafter Geselle!
> Ihr spielt mir heut den letzten Streich:

（痴癇玉を破裂させて）
> おい，底意地の悪い職人め，
> おまえさんの悪さも今日これでおしまいだ！

> Schweigt ihr jetzt nicht auf der Stelle,
> so denkt ihr dran, das schwör' ich euch!
>
> いま，この場で黙らなければ，
> いつか思い知らされると，言っておくぞ！

(Er klimpert wütend.)
> Neidisch seid ihr, nichts weiter:
> dünkt ihr euch auch gleich gescheiter;
> daß andre auch was sind, ärgert euch schändlich:
> glaubt, ich kenne euch aus- und inwendig!

（怒り狂って爪弾きしながら）
> おまえさんは焼餅をやいている，唯それだけだ。
> 自分の方が賢いと思っているんだろうが，
> 他の人間だって馬鹿にならないことが，癪の種だろう。
> おまえの表も裏も私は知り尽くしているんだ。

Daß man euch noch nicht zum Merker gewählt,
das ist's, was den gallichten Schuster quält.
Nun gut! So lang' als Beckmesser lebt,
und ihm noch ein Reim an den Lippen klebt;

誰からも判定役に選んでもらえないことが
癇癪もちの靴屋の癪のたねだろう。
よかろう！ このベックメッサー様の目が青いうちは，
ひと言だろうと，韻が口をついて出るあいだは，

so lang' ich noch bei den Meistern was gelt', —
ob Nürnberg blüh' und wachs',
das schwör' ich Herrn Hans Sachs,
nie wird er je zum Merker bestellt.
(Er klimpert in höchster Wut.)

そして，親方の間でひとかどの才能と見なされるあいだは，
ニュルンベルクが《花咲き，栄えよう》＊と栄えまいと，
ハンス・ザックス殿にはっきり申し上げておくが，
おまえさんが判定役に選ばれることは金輪際ない，とね。
（激しい怒りにまかせてラウテを爪弾く。）

SACHS ザックス	*(der ihm ruhig und aufmerksam zugehört hat)* War das eu'r Lied? — （ベックメッサーの言葉を落ちつき払って注意深く聴いていたが） つまり，以上があなたの歌だったわけですな？
BECKMESSER ベックメッサー	Der Teufel hol's! かってにしゃあがれ！
SACHS ザックス	Zwar wenig Regel, doch klang's recht stolz. 規則はほとんど守ってないのに，やけに威張った歌でしたね。
BECKMESSER ベックメッサー	Wollt ihr mich hören? 私の歌を聴いてくれようというのか？
SACHS ザックス	In Gottes Namen, singt zu: ich schlag' auf die Sohl' die Rahmen. もちろんのことさ！ 続けなさい。わしは靴底に縁革を打ちつけるから。
BECKMESSER ベックメッサー	Doch schweigt ihr still? だが，黙っていてはくれるだろうね？

＊訳註）この一行もザックス自身の句で，「ハンス・ザックス」と韻を踏んでいる。

SACHS ザックス	Ei, singet ihr, die Arbeit, schaut, fördert's auch mir.	
	そうとも，歌いなさい，そうすりゃあ， ごらんのとおり，わしの仕事も捗るというもんだ。	
BECKMESSER ベックメッサー	Das verfluchte Klopfen wollt ihr doch lassen?	
	その忌々しいハンマーはやめてくれないか？	
SACHS ザックス	Wie sollt' ich die Sohl' euch richtig fassen?	
	こうしなくて，どうやって靴底を釘でとめられるのですか？	
BECKMESSER ベックメッサー	Was? Ihr wollt klopfen, und ich soll singen?	
	なんだと，あんたが叩いているのに，歌えだと？	
SACHS ザックス	Euch muß das Lied, mir der Schuh gelingen.	
	あなたは歌が，私は靴が仕上がらなくちゃあなりますまい。	
BECKMESSER ベックメッサー	Ich mag keine Schuh'!	
	靴なんか糞喰らえだ，要るもんか！	
SACHS ザックス	Das sagt ihr jetzt: in der Singschul' ihr mir's dann wieder versetzt. —	
	今はそうおっしゃるが， 歌学校ではまた私に文句をつけるでしょう。	
	Doch hört! Vielleicht sich's richten läßt; zwei—einig geht der Mensch am best'. Darf ich die Arbeit nicht entfernen, die Kunst des Merkers möcht' ich erlernen;	
	それはそれとして，こうしたらうまくいきませんか？ 二人三脚なら一人よりも仕事が捗ると。 わしは仕事を放り出すことは許されんが， 判定役の技術は身につけたいと思います。	
	darin kommt euch nun keiner gleich: ich lern' sie nie, wenn nicht von euch. Drum, singt ihr nun, ich acht' und merk' und fördr' auch wohl dabei mein Werk.	
	この役目では，あなたは第一人者ですから， あなたからでなければ，私がそれを学ぶ手立てはない。 だから，あなたに歌ってもらい，わしはわしで注意し， 採点し，そのうえ，仕事まで捗らせましょう。	

BECKMESSER ベックメッサー	Merkt immer zu; und was nicht gewann, nehmt eure Kreide und streicht mir's an.

審判の仕事はどんどんおやりなさい，間違った箇所は
チョークで印をつけてくださいよ。

SACHS ザックス	Nein, Herr! Da fleckten die Schuh' mir nicht: mit dem Hammer auf den Leisten halt' ich Gericht.

いいえ，書記どの，それでは靴が捗りません。
ハンマーで靴型を打って点をつけましょう。

BECKMESSER ベックメッサー	Verdammte Bosheit! — Gott, und 's wird spät! Am End' mir die Jungfer vom Fenster geht! *(Er klimpert eifrig.)*

何と忌々しい底意地の悪さだ！　いかん，遅くなるぞ！
あの娘，ついには窓ぎわから退いてしまうぞ！
(激しく爪弾きする。)

SACHS ザックス	Fanget an, 's pressiert: sonst sing' ich für mich. —

始めよ！　時間がありませんぞ，それともわしが代わりに歌い
ましょうか？

BECKMESSER ベックメッサー	Haltet ein! Nur das nicht! —（Teufel! Wie ärgert mich!)—

やめてくれ！　それだけは御免だ！（糞忌々しい，腹がたつ！）

	Wollt ihr euch denn als Merker erdreisten, nun gut, so merkt mit dem Hammer auf den Leisten: nur mit dem Beding, nach den Regeln scharf, aber nichts, was nach den Regeln ich darf.

では，厚かましくも判定役を務めようと言うのなら，
結構。ハンマーで靴型を叩いて採点をやりなさい。
ただ，規則どおりにびしびしやっていただくが，
規則で許されているところで，ハンマーを打ってはいけませ
んぞ。

SACHS ザックス	Nach den Regeln, wie sie der Schuster kennt, dem die Arbeit unter den Händen brennt.

靴屋が心得ている規則に従いましょう，
なにしろ，仕事が続けたくてむずむずしてるわしだから。

BECKMESSER ベックメッサー	Auf Meisterehr'?

マイスターの名誉にかけて誓いますか？

SACHS ザックス	Und Schustermut!

靴屋の心意気にもかけましょう！

第2幕第6場

BECKMESSER
ベックメッサー
Nicht einen Fehler: glatt und gut.

一つのしくじりもなく，すらすら歌ってのけましょう。

SACHS
ザックス
Dann gingt ihr morgen unbeschuht! —
(Nachtwächter sehr entfernt auf dem Horn. Beckmesser zieht sich nach der Ecke des Hauses zurück.)
(auf den Steinsitz vor der Ladentür deutend)
Setzt euch denn hier!

それでは，あなたは，明日，裸足で歩くことになりますぞ。
(夜回り番の角笛の音がはるか遠くで響く，ベックメッサーは家の角まで退がる。)
(扉の前の石の台を指して)
ここに坐ったらいいじゃないですか！

BECKMESSER
ベックメッサー
Laßt hier mich stehen.

ここに立たせていただきたい。

SACHS
ザックス
Warum so weit?

なぜ，そんなに遠くに？

BECKMESSER
ベックメッサー
Euch nicht zu sehen,
wie's Brauch der Schul' vor dem Gemerk.

あなたが眼に入らないようにするためです。
これは，判定席に対する，歌学校の習慣どおりです。

SACHS
ザックス
Da hör' ich euch schlecht.

それでは，あなたの声がよく聞こえない。

BECKMESSER
ベックメッサー
Der Stimme Stärk'
ich so gar lieblich dämpfen kann.
(Er stellt sich ganz um die Ecke dem Fenster gegenüber auf.)

私の声は大きいから，
こうやって弱めて，やさしい声にできるのです。
(窓の真向かいの，ちょうど角に立つ。)

SACHS
ザックス
(Wie fein!) — Nun gut denn! Fanget an!
(Er [Beckmesser] stimmt die in der Wut unversehens zuvor hinaufgeschraubte D-Saite wieder herunter.)

(しめしめ！) さあ，これで結構！——始めよ！
(ベックメッサーは，腹立ちまぎれに思わず高く調弦してしまっていたD弦を低く調弦し直す。)

WALTHER ヴァルター	*(leise zu Eva)* Welch toller Spuk! Mich dünkt's ein Traum: den Singstuhl, scheint's, verließ ich kaum.

（エーヴァに小声で）
何て馬鹿馬鹿しい光景だ！　まるで夢でも見ている具合だ！
あの歌の椅子からおりて，さほど経っていないと言うのに。

EVA エーヴァ	*(sanft an Walthers Brust gelehnt)* Die Schläf' umwebt mir's wie ein Wahn: ob's Heil, ob Unheil, was ich ahn'?

（ヴァルターの胸にやわらかにもたれて）
こめかみに迷いの靄がかかったみたいで，
吉なのか，凶なのか，さっぱり分からないわ！

BECKMESSER ベックメッサー	»Den Tag seh' ich erscheinen, *(Sachs holt mit dem Hammer aus.)* der mir wohl gefall'n tut;

《新しい日が現れる，
（ザックスはハンマーを振りかぶる。）
私に喜びをもたらす日が。

(Er [Sachs] schlägt auf.)
(Er [Beckmesser] schüttelt sich.)
Da faßt mein Herz sich einen...
([Sachs] schlägt.)

（ザックスは一発叩く。）
（ベックメッサーは驚いて身震いする。）
そこで，我が胸は……。
（ザックスは一発叩く。）

(Er [Beckmesser] setzt heftig ab, singt aber weiter.)
guten und frischen« —
([Sachs] schlägt)

（ベックメッサーは一瞬，歌を途切らせたが，すぐに続ける。）
溌剌とした，……》
（ザックスは一打ち）

(Er [Beckmesser] wendet sich wütend um die Ecke herum.)
Treibt ihr hier Scherz?
Was wär' nicht gelungen?

（怒ったベックメッサーは角ごしに振り向く）
悪ふざけをやってるつもりかね？
どこが，おかしかったのかね？

SACHS ザックス	Besser gesungen: »Da faßt mein Herz sich einen guten, frischen«—?	
	こうした方がいいのでは， 《そこで，我が胸は》で，切って 《溌剌とした……》と続けたほうが？	
BECKMESSER ベックメッサー	Wie soll sich das reimen auf »seh' ich erscheinen«?	
	それじゃあ，韻を 《現れる》とどう踏むのかね？	
SACHS ザックス	Ist euch an der Weise nichts gelegen? Mich dünkt, sollt' passen Ton und Wort?	
	あなたには，節回しはどうでもいいんで？ 節と言葉は調和しなければいかん，とわしは思いますがね！	
BECKMESSER ベックメッサー	Mit euch zu streiten? Laßt von den Schlägen, sonst denkt ihr mir dran!	
	あなたと議論をしても？ ハンマーはやめてくれないか！ さもないと後悔することになりますぞ！	
SACHS ザックス	Jetzt fahret fort!	
	さあ，続けなさい！	
BECKMESSER ベックメッサー	— Bin ganz verwirrt! —	
	ああ，まったく気も狂いそうだ！	
SACHS ザックス	So fangt noch mal an: drei Schläg' ich jetzt pausieren kann.	
	さあ，もいちど，始めよ！ ハンマーを三回分，休ませておけるから。	
BECKMESSER ベックメッサー	*(beiseite)* Am besten, wenn ich ihn gar nicht beacht': wenn's nur die Jungfer nicht irre macht! *(Im folgenden zahlreiche Hammerschläge von Sachs.)*	
	（独り言で） いちばん，いいのは，あいつを気にしないことだ。 ただ，お嬢さんが惑わねばいいが！ （以下，ザックスは無数にハンマーで叩く。）	

»Den Tag seh' ich erscheinen,
der mir wohl gefall'n tut;
da faßt mein Herz sich einen
guten und frischen Mut:

　《新しい日が現れる，
　私に喜びをもたらす一日が。
　そして，我が胸は，
　潑剌とした勇気を奮い起こす。

da denk' ich nicht an Sterben,
lieber an Werben
um jung Mägdeleins Hand.

　そこで私は，死ぬことは考えず，
　若い娘に
　求婚することを考える。

Warum wohl aller Tage
schönster mag dieser sein?
(Ärgerlich.)
Allen hier ich es sage:

　なぜ，あらゆる日の中で，この日が
　最も素晴らしい一日となるのか？
　(腹立たしく)
　ここにいる皆の衆に告げよう，

weil ein schönes Fräulein
von ihrem lieb'n Herrn Vater,
(Er [Sachs] nickt ironisch beifällig.)
wie gelobt hat er,
ist bestimmt zum Eh'stand.

　それは美しい令嬢が，
　その優しい父上の
　(ザックスは皮肉っぽくうなずく)
　お誓いになったとおり，
　結婚するように取り決められたから。

(Sehr ärgerlich.)
Wer sich getrau',
der komm' und schau'
da stehn die hold lieblich Jungfrau.
auf die ich all' mein Hoffnung bau',

　(ひどく腹立たしく)
　われと思わん者は
　来て，見るがいい。
　やさしく愛らしい令嬢の立ち姿を。
　私が望みのすべてをかけた令嬢の。

＊訳註）ここから〈ベックメッサーのセレナーデ〉が始まる。

darum ist der Tag so schön blau,
als ich anfänglich fand.« —

だからこそ，今日という日は青く晴れ渡る，
私が初めに見たとおりに》

(Er springt wütend auf.)
Sachs! Seht, ihr bringt mich um!
Wollt ihr jetzt schweigen?

(怒って飛び上がる。)

ザックス，どうです，あんたは私を殺してしまう！
いい加減に口をつぐんでくれまいか？

SACHS
ザックス

Ich bin ja stumm?
Die Zeichen merkt' ich; wir sprechen dann:
derweil' lassen die Sohlen sich an.

わしは口をつぐんでいますよ。
印を次々とつけているんで，それについては後で話すことにして，
そのうちに，靴底も仕上がることですから。

BECKMESSER
ベックメッサー

(gewahrt, daß Magdalene sich vom Fenster entfernen will)
Sie entweicht? — Bst! Bst! — Herr Gott, ich muß!
(Um die Ecke herum die Faust gegen Sachs ballend.)
Sachs, euch gedenk' ich die Ärgernuß.
(Er macht sich zum 2. Vers fertig.)

(マクダレーネが窓から身を退こうとしているのに気づいて)

彼女は逃げるのか？ シッ，シッ！ 困ったな，歌を続けねば！
(家の角からザックスにげんこつを振り上げながら。)
ザックス，この恨みは忘れないぞ！
(第二節の準備をする。)

SACHS
ザックス

(mit dem Hammer nach dem Leisten ausholend)
Merker am Ort:
fahret fort!

(ハンマーを靴型に向けて振りかぶり)

判定役は着席している！
続けよ！

BECKMESSER
ベックメッサー

(immer stärker und atemloser)
»Will heut mir das Herz hüpfen,
werben um Fräulein jung,

(次第に大声になり，息を切らす。)

《今日という日，我が胸の小躍りはやまず，
若き令嬢に求婚しようとして。

doch tät der Vater knüpfen
daran ein Bedingung
für den, wer ihn beerben
will und auch werben
um sein Kindelein fein.

　しかし，父上がなされたのは，
　そのことに条件をつけること。
　彼の家の相続するため，
　その素晴らしい令嬢に
　求婚しようとする男に。

Der Zunft ein bied'rer Meister,
wohl sein' Tochter er liebt,
doch zugleich auch beweist er,
was er auf die Kunst gibt:

　組合の実直なマイスターで，
　その令嬢を愛する男であり，
　それと同時に示さねばならないのは，
　芸術に打ち込んでいる度合い。

zum Preise muß es bringen
im Meistersingen,
wer sein Eidam will sein.

　マイスタージンガーの歌くらべで，
　賞を得なければならない，
　この父の婿殿となろうと思う者は。

(Er stampft wütend mit den Füßen.)
Nun gilt es Kunst,
daß mit Vergunst,
ohn' all' schädlich gemeinen Dunst
ihm glücke des Preises Gewunst,

　（ベックメッサーは地団太踏んで怒りながら）
　さて，芸術が肝心のことであるとするなら，
　僭越ながら，
　いかがわしい空手形はぬきにして，
　賞の栄冠に輝くのは，

wer begehrt mit wahrer Inbrunst
(Sachs, welcher kopfschüttelnd es aufgibt, die einzelnen Fehler anzumerken, arbeitet hämmernd fort, um den Keil aus dem Leisten zu schlagen.)
um die Jungfrau zu frein!« —

　真の情熱の火を胸に
　（ザックスは，首を振り振り，いちいちの過ちを数え上げるのは諦め，ただ靴型のくさびをはずすため，ハンマーで叩き続ける。）
　令嬢に求婚する男！——》

SACHS ザックス	*(über den Laden weit herausgelehnt)* Seid ihr nun fertig? （扉の下半分の上から身を乗り出して） もうお仕舞いですかな？
BECKMESSER ベックメッサー	*(in höchster Angst)* Wie fraget ihr? （ひどく不安になって） どうしてそんな質問を？
SACHS ザックス	*(hält die fertigen Schuhe triumphierend heraus)* Mit den Schuhen ward ich fertig schier. — （誇らしげに，でき上がった靴を見せながら） 靴はなんとかでき上がりましたぞ。 *(Während er die Schuhe an den Bändern hoch in der Luft tanzen läßt.)* Das heiß' ich mir echte Merkerschuh': mein Merkerssprüchlein hört dazu! — （紐でぶら下げた靴を空中に振り回しながら） これこそ，正真正銘の判定役の靴だ！ さて，私の唱える審判の格言でもお耳にいれましょう！
BECKMESSER ベックメッサー	*(der sich ganz in die Gasse zurückgezogen hat und an die Mauer mit dem Rücken sich anlehnt, singt, um Sachs zu übertäuben, mit größter Anstrengung, schreiend und atemlos hastig, während er die Laute wütend nach Sachs zu schwingt.)* （小路の中に完全に引き退がっていたが，［ザックスの］家の壁に背をもたせかけ，ザックスの歌を声量で圧倒しようと，ラウテをザックスに向かい怒って振り上げながら，無理して大声をあげ，息を切らさんばかりに急いで歌う。） »Darf ich mich Meister nennen, das bewähr' ich heut gern, weil ich nach dem Preis brennen muß, dursten und hungern. 《私もマイスターと呼ばれるほどの身であるから， 今日はふさわしい腕を披露したいもの。 それというのも，マイスタージンガーの賞に 憧れ，渇え，熱望しているから。
SACHS ザックス	*(Sehr kräftig.)* Mit lang' und kurzen Hieben steht's auf der Sohl' geschrieben: （たっぷりと力を込めて） 大上段から振り下ろしたり，小刻みに叩いたり， 長短とり混ぜ，靴底に記しておきましたぞ，

DAVID
ダーヴィット

(hat den Fensterladen, dicht hinter Beckmesser, ein wenig geöffnet und lugt daraus hervor)
Wer Teufel hier? —
(Er wird Magdalene gewahr.)
Und drüben gar?

(ベックメッサーの真後ろの鎧戸を少し開け，外を窺う。)
畜生，誰がそこにいるんだ？
(マクダレーネの姿に気づき)
それに，あっちの方には？

BECKMESSER
ベックメッサー

Nun ruf' ich die neun Musen,
daß an sie blusen
mein dicht'rischen Verstand.

さて，ここで九人のミューズの女神を呼び出し，
私の詩の力を
鼓舞してもらおう。

SACHS
ザックス

da lest es klar
und nehmt es wahr
und merkt's euch immerdar.

冷静に読んで，
肝に銘じ，
いついつまでも忘れませんように！

DAVID
ダーヴィット

Die Lene ist's, — ich seh' es klar!

あれはレーネだ，はっきり俺には見える！

NACHBARN
[Vogelgesang, Nachtigal]
近隣の人たち
[フォーゲルゲザング，
ナハティガルなど]

(erst einige, dann immer mehr, öffnen in der Gasse die Fenster und gucken heraus)
Wer heult denn da? Wer kreischt mit Macht?
Ist das erlaubt so spät zur Nacht?

(最初は数人だったが，次第に数を増し，小路に面した窓を開け，外を覗いて)
誰だ，あそこでがなりたてているのは？　金切り声を振り絞っているのはどいつだ？
こんな夜更けに許されることか？

SACHS
ザックス

Gut Lied will Takt:
wer den verzwackt,
dem Schreiber mit der Feder
haut ihn der Schuster aufs Leder. —

よい歌には拍子が肝心。
拍子を乱した，筆遣いの出鱈目な
書記殿の靴の革を
靴屋は打ち据えておきました。

BECKMESSER ベックメッサー	Wohl kenn' ich alle Regeln, halte gut Maß und Zahl;	

　　私は歌の規則のすべてに通じ，
　　拍子や韻律も正しく保つことができる。

> doch Sprung und Überkegeln
> wohl passiert je einmal,
> wann der Kopf ganz voll Zagen
> zu frein will wagen
> um jung Mägdeleins Hand.

　　だが《とび越し》や《とんぼ返り》を
　　ときに起こしはする。
　　私の頭が気後れしながら，
　　思い切って若いお嬢さんに
　　求婚しようとすれば。

DAVID ダーヴィット	Herr Je! Der war's! Den hat sie bestellt. Der ist's, der ihr besser als ich gefällt! *(Er entfernt sich nach innen.)*

　　これはしたり，こいつだったのか！ レーネがこいつを呼んだ
　　のだな！
　　レーネはこいつの方に気があるのか！
　　（家の中に姿を消す。）

NACHBARN 近隣の人たち	*(Grob.)* Gebt Ruhe hier! 's ist Schlafenszeit. Mein', hört nur, wie der Esel schreit!

　　（荒々しく）
　　静かにしないか，安眠の時間だぞ！
　　やっ，あの頓馬のがなりようを聞くがいい！

DAVID ダーヴィット	Nun warte, du kriegst's! Dir streich' ich das Fell!

　　待ってろ，一発くらわすぞ！ 叩きのめしてやる！

BECKMESSER ベックメッサー	*(Er verschnauft sich.)* Ein Junggesell' trug ich mein Fell, mein' Ehr', Amt, Würd' und Brot zur Stell',

　　（ひと息つく。）
　　ご覧のとおりの
　　独り者の私の身が，
　　自分の名誉，職，体面，収入もここに投げ出し，

SACHS ザックス	Nun lauft in Ruh': habt gute Schuh', der Fuß euch drin nicht knackt, ihn hält die Sohl' im Takt! Takt! Takt! Takt! Takt! Takt! さあ，安心してお歩きあれ， 立派な靴が仕上がりましたぞ。 靴のなかで，足がばたばつくことはなく， この靴底は足（詩脚）の拍子を守ってくれます！ 拍子！ 拍子！ 拍子！ 拍子！ 拍子！ 拍子！
NACHBARN 近隣の人たち	Ihr da! Seid still! Seid still! und schert euch fort! おい，そこの奴，静かに，静かにしろ！ とっとと失せろ！
BECKMESSER ベックメッサー	daß euch mein Gesang wohl gefäll', und mich das Jungfräulein erwähl', wenn sie mein Lied gut fand.« — 私の歌がお気に召すよう， 令嬢が私を選ばれるよう，お願いしますぞ！ 我が歌をよし，とされたならば》
NACHBARN 近隣の人たち	Heult, kreischt und schreit an andrem Ort! 吼えて，金切り声で叫ぶのは，別のところでやってくれ！

Sachs beobachtet noch eine Zeitlang den wachsenden Tumult, löscht aber alsbald sein Licht aus und schließt den Laden so weit, daß er, ungesehen, stets durch eine kleine Öffnung den Platz unter der Linde beobachten kann. — Walther und Eva sehen mit wachsender Sorge dem anschwellenden Auflaufe zu; er schließt sie in seinen Mantel fest an sich und birgt sich hart an der Linde im Gebüsch, so daß beide fast ungesehen bleiben. — Die Nachbarn verlassen die Fenster und kommen nach und nach in Nachtkleidern einzeln auf die Straße herab.

ザックスはなおしばらく，募ってくる騒ぎを見ていたが，間もなく明かりを消し，他人からは見られず，自分はリンデの樹の下の場所をいつも観察できる程度に扉を少しだけ開けている。ヴァルターとエーヴァは膨れ上がる人だかりを不安を募らせて見守っている。彼は彼女をしっかりマントでくるんで抱きよせ，リンデの樹の脇の茂みにかろうじて身を隠し，見られずにすんでいる。隣人たちは窓辺から去って，次々に，寝巻きのまま，通りへ降りてくる。

Siebente Szene 第 7 場

Magdalene winkt, da sie David wiederkommen sieht, diesem heftig zurück, was Beckmesser, als Zeichen des Mißfallens deutend, zur äußersten Verzweiflung im Gesangsausdrucke bringt.

マクダレーネは，ダーヴィットが戻ってくるのを見て懸命に制止しようと合図するが，ベックメッサーはそれを歌が気に入られなかったためと解し，やけになって，いっそう歌に精を出す。

DAVID
ダーヴィット

(ist, mit einem Knüppel bewaffnet, zurückgekommen, steigt aus dem Fenster und wirft sich nun auf Beckmesser)
Zum Teufel mit dir, verdammter Kerl!

（棍棒を手にして戻ってきて窓から外に出て，ベックメッサーに跳びかかる。）
忌々しい奴め，これでも喰らえ！

MAGDALENE
マクダレーネ

(am Fenster, schreiend)
Ach, Himmel! David! Gott, welche Not!
Zu Hilfe! Zu Hilfe! Sie schlagen sich tot!

（窓で，金切り声を上げる。）
ああ，神さま！　ダーヴィット！　なんとつらい！
助けて，助けて！　殴り合ってたら死ぬわ！

BECKMESSER
ベックメッサー

(wehrt sich, will fliehen; David hält ihn am Kragen)
Verfluchter Bursch! Läßt du mich los?

（抵抗し，逃げようとする。ダーヴィットは彼の襟首を摑んではなさない）
忌々しい若僧だ！　離さないか！

DAVID
ダーヴィット

Gewiß! die Glieder brech' ich dir bloß!

いいとも！　手足をへし折ってからの話だが……

NACHBARN
[Vogelgesang, Zorn, Moser, Eisslinger, Nachtigal, Kothner, Ortel, Foltz]
近隣の人たち
[フォーゲルゲザング，ツォルン，モーザー，アイスリンガー，ナハティガル，コートナー，オルテル，フォルツ]

Seht nach! Springt zu! Da würgen sich zwei!
(Sie kommen herab. In die Gasse laut schreiend.)

おい，見ろ！　駈けてこい！　二人が首の締め合いっこだ！
（降りてきて，小路に向かって大声で呼ばわる。）

ORTEL
オルテル

's gibt Schlägerei! Heda! Herbei!

殴り合いだ！　見ろよ！　こっちへ来い！

Beckmesser und David balgen sich fortwährend; bald verschwinden sie gänzlich, bald kommen sie wieder in den Vordergrund, immer Beckmesser auf der Flucht, David ihn einholend, festhaltend und prügelnd.

ベックメッサーとダーヴィットはつかみ合いを続ける。姿が消えたと思うと，また前景に出てくるが，いつもベックメッサーが逃げ腰で，ダーヴィットが追いついては摑まえて，殴り据える。

LEHRBUBEN
徒弟たち

(einzeln, dann mehr kommen von allen Seiten dazu. Einzelne)
Herbei! Herbei! 's gibt Keilerei!

（初めは一人ずつ，次第に四方八方から集まって。口々に）
こっちへ来いよ！　殴り合いだぞ！

NACHBARN 近隣の人たち	*(Bereits auf der Gasse.)* Ihr da! Laßt los! Gebt freien Lauf! Laßt ihr nicht los, wir schlagen drauf! Gleich auseinander da, ihr Leut'!

（小路に降り立っていて）
そこの人！ 離せよ！ 通してくれ！
離してくれなけりゃあ，殴るぞ！
すぐに離れるんだ，そこの人たち！

MAGDALENE マクダレーネ	*(am Fenster, schreiend)* Ach, Himmel! Welche Not! Zu Hilfe! David! Sie schlagen sich tot! David, bist du toll? Himmel, welche Not! Sie schlagen sich tot!

（窓で，金切り声を上げ）
ああ，神さま！ なんとつらい！ 助けて，助けて！ ダーヴィット！ 殴り合っていたら死ぬわ！
ダーヴィット！ あなた，どうかしているの？ 神さま，なんとつらい！ 殴り合っていたら死ぬわ！

LEHRBUBE 2, 4 徒弟 2，4	's sind die Schuster! あれは靴屋の連中だ！
LEHRBUBE 1, 3 徒弟 1，3	Nein, 'sind die Schneider! いや，仕立屋だ！
LEHRBUBE 2, 3 徒弟 2，3	Die Trunkenbolde! 大酒喰らいめ！
LEHRBUBE 1 徒弟 1	Die Hungerleider! びんぼう野郎！
GESELLEN 職人たち	*(die Gesellen, mit Knitteln bewaffnet, kommen von verschiedenen Seiten dazu)* Heda! Gesellen 'ran! Dort wird mit Zank und Streit getan;

（棍棒で武装して，四方八方から集まってくる。）
おおい，職人は集合だ！
あそこは，口論といさかいが始まっている。

NACHBARINNEN 近隣の女たち	*(die Nachbarinnen haben die Fenster geöffnet und gucken heraus)* Was ist das für Zanken und Streit? Da gibt's gewiß noch Schlägerei. Wär' nur der Vater nicht dabei! Da ist mein Mann gewiß dabei!	
	(近くの女たちが窓を開け,外を窺う。) これはまあ,何という口論に喧嘩でしょう! これなら,間違いなく,殴り合いになるわ! 父ちゃんが加わってなければいいのに! あそこでやっているのは,うちの亭主だわ!	
LEHRBUBEN 徒弟たち	Kennt man die Schlosser nicht, die haben's sicher angericht't! Ich glaub', die Schmiede werden's sein. Nein, 'sind die Schlosser dort, ich wett'.	
	錠前屋を知っているだろう, きっと奴らがおっぱじめたんだ! 俺が思うに,それは鍛冶屋たちだろう。 違う,あそこにいる錠前屋だ,賭けてもいい。	
ZORN ツォルン	*(auf den 1. Nachbar—Vogelgesang—stoßend)* Ei seht, auch ihr hier?	
	(隣人1,フォーゲルゲザングを突きながら) おい! あんたもここにか?	
VOGELGESANG フォーゲルゲザング	*(dem 2. Nachbar — Zorn — entgegentretend)* Was sucht ihr hier?	
	(隣人2,ツォルンに向かって行き) ここで,何の用だ?	
GESELLEN 職人たち	da gibt's gewiß noch Schlägerei; Gesellen haltet euch dabei!	
	このうえは間違いなく,殴り合いだ! 職人は,この場を退くな!	
ZORN ツォルン	Geht's euch was an?	
	それがあんたに,関係あるか?	
VOGELGESANG フォーゲルゲザング	Hat man euch was getan?	
	何か,おまえさんにしたか?	

LEHRBUBEN 徒弟たち	Ich kenn' die Schreiner dort. Gewiß, die Metzger sind's! あそこにいる家具職人は知ってるぞ。 間違いない，あれは肉屋だ！
GESELLEN 職人たち	Gibt's Schlägerei, wir sind dabei! 殴り合いとなれゃあ，指を咥えちゃあいないぞ！
NACHBARINNEN 近隣の女たち	Ach, welche Not! — Mein', seht nur dort! — Mein', seht nur hier! ああ，何て困ったこと！ おやまあ，あそこをごらん！ おやまあ，こちらを見て！
	Der Zank und Lärm! Der Lärm und Streit: 's wird einem wahrlich angst und bang! 口論のやかましさ！ やかましい，喧嘩だこと！ 本当にそら恐ろしくなってくるわ！
LEHRBUBEN 徒弟たち	Hei! Schaut die Schäffler dort beim Tanz! Dort seh' die Bader ich im Glanz; Herbei, herbei! Jetzt geht's zum Tanz! おい，見ろよ，桶屋が喧嘩してるぞ！ あっちでは床屋がいいとこ見せてるぞ！ 来いよ，来いよ，喧嘩に加わろう！
ZORN ツォルン	Euch kennt man gut. おまえのことならよく知ってるぞ。
VOGELGESANG フォーゲルゲザング	Euch noch viel besser. そっちの方こそ，もっと知ってらい！
ZORN ツォルン	Wieso denn? どんなにだ？
VOGELGESANG フォーゲルゲザング	Ei, so! *(Er schlägt ihn.)* それ，このとおり！ (相手を殴る。)

GESELLEN 職人たち	'sind die Weber! 'sind die Gerber!	
	奴らは機織り職人だ！　こいつらは革なめし職人だ！	
MEISTER 親方たち	*(die Meister und älteren Bürger kommen von verschiedenen Seiten dazu)* Was gibt's denn da für Zank und Streit?	
	（親方たちや，年配の市民が四方八方から集まってくる）	
	これは，何と言う口論に喧嘩だ！	
ZORN ツォルン	Esel! *(Er schlägt wieder.)*	
	頓馬な野郎！	
	（殴る。）	
VOGELGESANG フォーゲルゲザング	Dummrian!	
	愚か者め！	
LEHRBUBEN 徒弟たち	Immer mehr! 's gibt große Keilerei!	
	ますますやってくるぞ，大変な殴り合いだ！	
MAGDALENE マクダレーネ	*(mit größter Anstrengung)* Hör doch nur, David! So laß doch nur den Herrn dort los, er hat mir nichts getan!	
	（精いっぱい）	
	ねえ，ダーヴィット，聞いて！ そこの方を放してあげて！ その方は何も私にしていないんだから！	
GESELLEN 職人たち	Dacht' ich mir's doch gleich: Spielen immer Streich'. Die Preisverderber! Wischt's ihnen aus!	
	やっぱり思ってたとおりだ， 悪さばっかりやっていゃあがる！ この安売り屋め， 一発，とっちめてやれ！	
KOTHNER コートナー	*(Er stößt auf einen Nachbar — Nachtigal)* Euch gönnt' ich's schon lange!	
	（隣人ナハティガルにつっかかる）	
	ずっと前から一発くらわしてやりたかった。	

NACHBARINNEN 近隣の女たち	He da! ihr dort unten, so seid doch nur gescheit! Ei hört, was will die Alte da?
	おおい，そこの下の男たち， 馬鹿な真似は，よしなさい！ ねえ，あそこの婆さんは何するつもり？
MOSER モーザー	*(Moser, Eisslinger beide im Streit.)* Wird euch wohl bange?
	（モーザーとアイスリンガーの二人が争っている。） あんた，怖気づいたか？
NACHTIGAL ナハティガル	*(schlägt Kothner)* Das für die Klage!
	（コートナーを殴り） こいつが，その褒美だ！
NACHBARINNEN 近隣の女たち	Seid ihr denn alle gleich zu Streit und Zank bereit?
	あんたたち，みんながみんな， 喧嘩口論したいのかしら？
EISSLINGER アイスリンガー	Hat euch die Frau gehetzt?
	女房に嗾(け)けられたか？
MOSER モーザー	Schaut, wie es Prügel setzt. *(Sie schlagen sich.)*
	ようく見ろ，棍棒はこう使うんだ！ （殴りあう。）
GESELLEN 職人たち	Gebt's denen scharf!
	こっぴどく，叩きのめしてやれ！
MEISTER 親方たち	Das tost ja weit und breit!
	騒ぎが遠くまで聞こえているぞ！
EISSLINGER アイスリンガー	Lümmel!
	ならず者！
MOSER モーザー	Grobian!
	乱暴者！

GESELLEN 職人たち	Immer mehr! Die Keilerei wird groß! Dort den Metzger Klaus kenn' ich heraus! どんどんやってくる，騒ぎは大きくなるぞ！ あそこにいるのは，肉屋のクラウスだ， よおく知ってるさ。
MAGDALENE マクダレーネ	So hör mich doch nur an! ねえ，わたしの言うことをきいて！
KOTHNER コートナー	*(holt einen Stock hervor)* Seht euch vor, wenn ich schlage! (杖を持ち出してきて) 用心しろよ，ぶん殴るぞ！
NACHTIGAL ナハティガル	Seid ihr noch nicht gewitzt? これでも，懲りないか？
GESELLEN 職人たち	's ist morgen der Fünfte. 's brennt manchem da im Haus! 明日こそ年貢のおさめ時だ。 まるで，家に火がついたみたいだ！
LEHRBUBEN 徒弟たち	*(Jubelnd.)* Krämer finden sich zur Hand, mit Gerstenstang' und Zuckerkand; mit Pfeffer, Zimt, Muskatennuß, (歓声を上げて) 乾物屋たちが加勢にきたぞ 手にしているのは，麦芽糖や，氷砂糖， それに胡椒にナツメグにシナモンだ。 sie riechen schön, doch machen viel Verdruß; Sie riechen schön und bleiben gern vom Schuß. 匂いは素晴らしいが， まったく食い気を殺ぐ奴だ。 匂いは素晴らしいが，奴ら， 臆病に高みの見物を決めていやがる。
KOTHNER コートナー	Nun, schlagt doch! さあ，殴ってみろ！

NACHTIGAL ナハティガル	*(schlägt)* Das sitzt!
	（殴る） どうだ，こたえたか！
KOTHNER コートナー	Daß dich Halunken gleich ein Donnerwetter träf'! *(Verfolgt ihn.)*
	ならば，悪党のおまえの目から火がでるほどやるぞ！ （相手を追いかける。）
NACHTIGAL ナハティガル	*(nachrufend)* Das für die Klage!
	（背後から叫ぶ） こいつがその褒美だ！
MEISTER 親方たち	Gebt Ruh' und schert euch jeder gleich nach Hause heim, sonst schlag' ein Hageldonnerwetter drein!
	争いを収めて，めいめい，すぐに家に帰れ！ さもないと，拳骨を雨あられと見舞うぞ！
GESELLEN 職人たち	Herbei! Hei! hier setzt's Prügel!
	やって来い！ おい，一発喰らえ！
NACHBARINNEN 近隣の女たち	Mein'! dort schlägt sich mein Mann! Ach, Gott! säh' ich nur meinen Hans!
	おや，あそこで，父ちゃんがやっている！ おお，神さま，ハンスが見つかりますように！
ORTEL オルテル	Daß dich Halunke!
	おまえ，ごろつき野郎！
LEHRBUBEN 徒弟たち	Meinst du damit etwa mich? Halt's Maul! Mein' ich damit etwa dich?
	それは俺のことを言っているのか？ 大口を叩くな！ おまえのことなど，言ってると思うか？
MAGDALENE マクダレーネ	Ach! welche Not!
	ああ，何という災難！

EISSLINGER アイスリンガー	Wartet, ihr Racker!	
	待たんか，役立たずめ！	
NACHBARINNEN 近隣の女たち	Sind die Köpfe vom Wein euch voll? Säh' die Not ich wohl an?	
	あんたたちの頭はワインでいっぱいなの？ こんなひどいありさまを見るなんて！	
GESELLEN 職人たち	Schneider mit dem Bügel! Zünfte heraus!	
	仕立屋は火熨斗をもって来い！ 組合仲間よ。前へ進め！	
MOSER モーザー	Maßabzwacker!	
	いんちき商人め！	
FOLTZ フォルツ	Euch gönnt' ich's lang'!	
	ずっと前から一発くらわしてやりたかった！	
NACHBARINNEN 近隣の女たち	Seh ich das an? Ach! Sieht man die an? Seid ihr alle denn toll? Seid ihr alle blind und toll? Sind euch vom Wein die Köpfe voll?	
	ああ，何という光景！ ああ，何という人たち！ あなたたち，みんな，気が狂ったの？ あなたたち，みんな，気が狂って目が見えなくなったの？ あんたたちの頭はワインでいっぱいなの？	
GESELLEN 職人たち	Bald' ist der Fünfte. 's brennt manchem da im Haus! Nur tüchtig drauf und dran, wir schlagen los!	
	やがて，年貢のおさめ時だ。 まるで，家に火がついたみたいだ！ さあ，こっぴどく，殴ってやろう。	
LEHRBUBEN 徒弟たち	Hei! Das sitzt. Seht nur, der Has'! hat überall die Nas'.	
	えい，これでも喰らえ！ みろよ，あの臆病者を， あちこち，嗅ぎまわってらあ！	

MAGDALENE マクダレーネ	David! So hör doch nur einmal! ダーヴィット，ねえ，聴いてよ！
ZORN ツォルン	Racker! ごろつきめ！
VOGELGESANG フォーゲルゲザング	Zwacker! いんちき商人め！
ZORN ツォルン	Wird euch bang? 怖気づいたか？
VOGELGESANG フォーゲルゲザング	Euch gönnt' ich's lang'! ずっと前から一発くらわしてやりたかった！
LEHRBUBEN 徒弟たち	Immer mehr heran! Jetzt fängt's erst richtig an! どんどん寄ってこい！ これでようやく本番だ，これから始まるんだ！
NACHBARINNEN 近隣の女たち	Seht dort den Christian, er walkt den Peter ab! ごらん，クリスティアンが ペーターをさんざん打ちのめしてるわ！
	Mein'! dort den Michel seht, der haut dem Steffen eins! Hilfe! Der Vater! Der Vater! Ach, sie haun ihn tot! まあ，あそこのミッヒェルをごらん， シュテッフェンに一発かましているわ。 助けて，父さんよ， 奴らは父さんを殺してしまうわ！
KOTHNER, ORTEL コートナー，オルテル	Packt euch jetzt heim, sonst kriegt ihr's von der Frau! さっさと，家に帰れ！　さもないと おかみさんに，ど突かれるぞ！
ZORN ツォルン	Wollt ihr noch mehr? もっと喰らいたいか？

LEHRBUBEN 徒弟たち	Lustig, wacker! Jetzt geht's erst richtig an! Nur immer mehr heran zu uns!	
	陽気に，勇ましく行こう！ 本番はこれから始まるんだ！ さあ，どんどん，こっちへ寄ってこい！	
GESELLEN 職人たち	Ihr da, macht! packt euch fort! Wir sind hier grad am Ort. Wolltet ihr etwa den Weg uns hier verwehren?	
	そこの奴，さっさと失せろ！ 俺たちは今，来たばっかりだ！ まさか，俺たちの道の邪魔はすまいな？	
VOGELGESANG フォーゲルゲザング	Packt euch jetzt heim, sonst kriegt ihr's von der Frau!	
	さっさと，家に帰れ！ さもないと お神さんに，ど突かれるぞ！	
FOLTZ, SCHWARZ フォルツ，シュヴァルツ	Lauft heim, sonst kriegt ihr's von der Frau!	
	走って帰れ！ さもないと お神さんに，ど突かれるぞ	
MAGDALENE マクダレーネ	*(Hinabspöhend.)* Herr Gott, er hält ihn noch!	
	(下をうかがって) まぁ，まだ，あの方を放さないわ！	
ZORN, MOSER ツォルン，モーザー	Geht's euch was an, wenn ich nicht will?	
	俺がその気にならんとして，何か文句があるか？	
NACHTIGAL ナハティガル	Was geht's euch an, wenn ich nun grad' hier bleiben will?	
	どうしたと言うんだ， 俺がここに居残りたいと言ったら？	
GESELLEN 職人たち	Macht Platz, wir schlagen drein!	
	どけ，どくぅえ，一発見舞うぞ！	
NACHBARINNEN 近隣の女たち	Peter! So höre doch! Jesus! Der Hans hat einen Hieb am Kopf. — Hans! ei, so höre doch!	
	ペーター，言うことを聞きなさい！ イエスさま！ うちのハンスが頭を殴られた！ ハンス，ねえ，言うことを聞きなさい！	

	Jesus! Sie schlagen meinen Jungen tot! Gott! wie sie walken, wie sie wackeln hin und her! イエスさま，奴らはうちの子を殺してしまうわ！ 神さま，奴らの殴りようったら， ほら，あんなふらふらよろめき歩いているわ！
VOGELGESANG フォーゲルゲザング	Auf, schert euch heim! さあ，とっとと帰りやがれ！
LEHRBUBEN 徒弟たち	(Jubelnd.) Hei! nun geht's! Plautz, hast du nicht gesehn! Hast's auf die Schnauz'! (歓声をあげ) やい，そら行くぞ！ ドスン，これが見えねえか！ てめえの鼻っ面に喰らわしたぞ！
KOTHNER, ORTEL, FOLTZ, SCHWARZ, MOSER コートナー，オルテル，フォルツ， シュヴァルツ，モーザー	Schickt die Gesellen heim! 職人を家へ帰らせろ！
GESELLEN 職人たち	Gürtler! Spengler! 帯皮屋！ ブリキ屋！
EISSLINGER アイスリンガー	Was geht's euch an, wenn mir's gefällt? 何か文句があるかい， 俺が好きでやっていることに？
NACHBARINNEN 近隣の女たち	Gott steh' uns bei, geht das noch lange hier so fort! Gott, welche Höllennot! 神さま。お助けください， もし，このままずっと，喧嘩が続くのなら！ 神さま，何と言うひどいありさま！
GESELLEN 職人たち	Macht ihr euch selber fort! おまえたちこそ，とっとと失せやがれ！
NACHBARINNEN 近隣の女たち	Hei! mein Mann schlägt wacker auf sie drein! おや，うちの亭主は勇敢に奴らに殴りかかっているわ！
GESELLEN 職人たち	Zinngießer! Leimsieder! Lichtsieder! 錫職人だ，にかわ造りだ，蠟燭屋だ。

ZORN ツォルン	So gut wie ihr bin Meister ich!	
	俺だって，おまえと同じマイスターだぞ！	
NACHBARINNEN 近隣の女たち	Wer hört sein eigen Wort?	
	自分の喋ってる言葉だって聞こえゃしない！	
LEHRBUBEN 徒弟たち	Ha, nun geht's: Krach! Hagelwetterschlag! Ha! nun geht's: Pardauz!	
	さあ，行くぞ！ ドッシーン，まるで落雷だぞ！ さあ，行くぞ！ バタン！	
EISSLINGER アイスリンガー	Dummer Kerl!	
	馬鹿な野郎め！	
KOTHNER コートナー	Macht euch fort!	
	さっさと失せやがれ！	
GESELLEN 職人たち	Scheert euch selber fort!	
	さっさと 逃げやがれ！	
MAGDALENE マクダレーネ	Mein'! David, ist er toll?	
	ああ，ダーヴィット，気でも狂ったの？	
NACHTIGAL ナハティガル	Schert euch heim!	
	とっとと行きやがれ！	
VOGELGESANG フォーゲルゲザング	Schert doch ihr euch selber fort!	
	そう言うおまえたちが行けゃあ，いいんだ！	
NACHBARINNEN 近隣の女たち	Die Köpf' und Zöpfe wackeln hin und her!	
	頭やら，鬘やら，ぐらぐら，ふらふら揺れている！	
LEHRBUBEN 徒弟たち	Wo es sitzt, da wächst nichts so bald nach! Wo es sitzt, da fleckt's, da wächst kein Gras so bald nicht wieder nach! —	
	これが決まれば，あとには何も生えまい！ あれを喰らえば，鬘が残るぞ！ このあとには，草もすぐには生えまい！	
ZORN, MOSER, ORTEL ツォルン，モーザー， オルテル	Macht euch fort!	
	行ってしまえ！	
GESELLEN 職人たち	Wir sind grad' am Ort!	
	ちょうど，間に合ったぞ！	

NACHBARINNEN 近隣の女たち	Franz, sei doch nur gescheit! Ach, wie soll das enden? Gott steh' uns bei, geht das so weiter fort! Welches Toben! Welches Krachen! フランツ，馬鹿なまねはいい加減におよし！ いったい，これはどうやったら，終わるのかしら？ 神さま，このまま進行するなら，どうか，お助けを！ 何という荒れよう！ 何というやかましさ！
GESELLEN 職人たち	Nicht gewichen! Schlagt sie nieder! 退くもんか！ 奴らを打ちのめせ！
VOGELGESANG, EISSLINGER フォーゲルゲザング， アイスリンガー	Haltet's Maul! 黙れ！
ORTEL, FOLTZ, SCHWARZ オルテル，フォルツ， シュヴァルツ	Schlagt sie nieder! 奴らを叩き伏せろ！
VOGELGESANG, EISSLINGER, ZORN, MOSER フォーゲルゲザング，アイスリンガー， ツォルン，モーザー	Wir weichen nicht! みんな，一歩も退くまいぞ！
LEHRBUBEN 徒弟たち	Der hat's gekriegt! 奴は，一発，喰らったぜ！
KOTHNER, NACHTIGAL コートナー，ナハティガル	Keiner weiche! 誰一人，退くな！
GESELLEN 職人たち	Keiner weiche! 一人として退くな！
LEHRBUBEN 徒弟たち	Jetzt fährt's hinein wie Hagelschlag! Bald setzt es blut'ge Köpf', Arm' und Bein'! 雹のように拳骨が食い込んだ！ すぐに頭も，腕も足も血まみれになるぞ！
MAGDALENE マクダレーネ	*(Schreiend.)* Ach! — Ach! David, hör: （金切り声になって） ああ，ああ，ダーヴィット，ねえったら！
ZORN, MOSER ツォルン，モーザー	Tuchscherer! 布切り職人め！

GESELLEN 職人たち	Tuchscherer! Leinweber!	

布切り職人め!
機織職人め!

NACHBARINNEN 近隣の女たち	So hör' doch! Schon hört man nicht sein eigen Wort!	

お聴きなさいってば!
もう自分の声だって聞こえゃしない!

VOGELGESANG, **EISSLINGER** フォーゲルゲザング, アイスリンガー	Leinweber!

機織り職人め!

NACHTIGAL ナハティガル	Schlagt sie nieder!

やつらを叩き伏せろ!

NACHBARINNEN 近隣の女たち	Auf, schaffet Wasser her!

さあ,水を持っといで!

ORTEL, FOLTZ, SCHWARZ オルテル,フォルツ, シュヴァルツ	Stemmt euch hier nicht mehr zu Hauf.

そんなに団子になって道をふさぐな!

MEISTER 親方たち	Stemmt euch hier nicht mehr zu Hauf, oder sonst wir schlagen drein!

ここで,団子みたいに道を塞ぐな!
さもないと,殴り込むぞ!

VOGELGESANG, EISSLINGER, **ZORN, MOSER** フォーゲルゲザング,アイスリンガー, ツォルン,モーザー	Immer' ran!

どんどん,やれ!

KOTHNER, NACHTIGAL コートナー,ナハティガル	Wacker zu!

勇敢に,続けろ!

GESELLEN 職人たち	Immer 'ran! Wacker zu! Immer drauf!

ひっきりなしにかかれ! したたかにやれ!

NACHBARINNEN 近隣の女たち	Wasser ist das allerbest' für ihre Wut! Da gießt ihn' auf die Köpf' hinab! Das gießt ihn' auf die Köpf' hinab!

癇癪だまには,水をかけるのが一番だわ!
さあ,やつらの頭の上にぶっ掛けておやり!
それを,やつらの頭の上にぶっ掛けておやり!

MAGDALENE マクダレーネ	*(Mit höchster Anstrengung.)* 's ist Herr Beckmesser!	
	（精いっぱい） それは，ベックメッサーさんよ！	
GESELLEN 職人たち	Immer 'ran, wer's noch wagt! Schlagt's ihn' hin! Haltet's Maul!	
	どしどしかかれ！ 元気を見せたいやつは！ あいつを凹ましてやれ！ 大口をたたくな！	
LEHRBUBEN 徒弟たち	Dort, der Pfister denkt daran! hei! der hat's! Der hat genug!	
	あそこの，パン屋は思い知らされたぞ！ やあ，あいつは喰らった，たっぷり喰らった！	
NACHBARINNEN 近隣の女たち	Auf, schreit um Hilfe: Mord und Zeter, herbei!	
	さあ，助けを呼びましょう， 助けて，人殺しよ！	
GESELLEN 職人たち	Schert euch selber fort und macht euch heim! Schert euch fort, hier geht's los!	
	おまえらこそ，立ち去って，家へ帰れ！ とっとと失せろ，ここは修羅場だ！	
LEHRBUBEN 徒弟たち	Scher' sich jeder heim, wer nicht mit keilt!	
	喧嘩に加わらない奴は， 帰れ，家へ帰れ！	
GESELLEN 職人たち	Ihr, macht euch fort, wir schlagen drein!	
	おまえたち，さっさと行ってしまえ，殴り込むぞ！	
LEHRBUBEN 徒弟たち	Tüchtig gekeilt! Immer lustig! Heisa, lustig! Keilt euch wacker! Immer mehr! Immer mehr! Keiner weiche!	
	思う存分，殴るんだ！ どんどん陽気にやれ！ ほいほい，陽気にな！ 殴るんだ，勇ましく！ どんどんやれ！ どんどんやれ！ 一歩も退くな！	

MEISTER UND NACHBARN 親方たちと隣人たち	Gebt Ruh', und scher' sich jeder heim! 争いを収めて，めいめい家に帰れ！
GESELLEN 職人たち	Immer drauf und dran! Zünfte! Zünfte heraus! ひっきりなしにかかれ！ 組合の仲間よ，出て来い！
POGNER ポーグナー	*(ist im Nachtgewand oben an das Fenster getreten)* Um Gott! Eva! Schließ zu! Ich seh', ob unt' im Hause Ruh'! (上の窓に寝間着すがたで現れ) これは，いったいどうしたことだ！ エーヴァ，窓を閉めろ！ わしは，下が大丈夫か，見てくる。 *(Er zieht Magdalenen, welche jammernd die Hände nach der Gasse hinab gerungen, herein und schließt das Fenster.)* (小路に向かって，手を差し伸べて嘆いていたマクダレーネを室内に引っ張り込むと，窓を閉じる。)
LEHRBUBEN 徒弟たち	Nun haltet selbst Gesellen mutig stand! Wer wich', 's wär' wahrlich eine Schand'! 職人たちだって勇敢に持ちこたえているぞ！ ひるむ奴は，本当の面汚しだ！
NACHBARINNEN 近隣の女たち	Auf! Schafft nur Wasser her, und giesst's ihnen nieder auf die Köpf'! さあ，水を持っといで！ そして，奴らのど頭にかけておやり！
MEISTER UND NACHBARN 親方たちと隣人たち	Sonst schlagen wir Meister selbst noch drein! Jetzt hilft nichts, Meister! Schlagt selbst drein! さもないと，俺たち親方が殴り込むぞ！ こうなったら，もう手がない！ 親方たち，おれたちで打ちのめそう！
NACHBARINNEN 近隣の女たち	Immer toller, Hier an's Fenster! どんどん非道くなるわ， さあ，この窓ぎわまで！
GESELLEN 職人たち	Jetzt gilt's: keiner weiche hier! 今こそ正念場だ！ ここを一歩も退くな！

LEHRBUBEN 徒弟たち	Hei, Juchhe! Immer lustig, nicht gewichen! Wacker drauf und dran! Wir stehen alle wie ein Mann!

そらあ，どうだあー！
どんどん陽気にやれ，ひるむなよ！
勇ましく，かかってゆけ！
一致団結して，男らしく行こう！

NACHBARINNEN 近隣の女たち	wie sie lärmen, toben, schlagen! Hier hilft einzig Wasser noch!

あの騒ぎよう！　暴れよう，殴りよう！
ここは，水しか，助けにならないわ！

GESELLEN 職人たち	Zünfte! Zünfte! Zünfte heraus! Alle Zünfte 'raus!

組合の仲間よ，出て来い！
どの組合も，みんなやって来い！

NACHBARINNEN 近隣の女たち	Hier, an die Fenster her, bringt Wasser nur, sonst schlagen sie sich tot!

さあ，この窓ぎわまで
水を運んどいで！
さもないと，殴り合って，死人がでるわ！

WALTHER ヴァルター	*(der bisher mit Eva sich hinter dem Gebüsch verborgen, faßt jetzt Eva dicht in den linken Arm und zieht mit der rechten Hand das Schwert.)* Jetzt gilt's zu wagen, sich durchzuschlagen!

（これまでエーヴァと茂みの後ろに隠れていたが，ここで，エーヴァを左腕にしっかと抱き寄せ，右手で剣を抜く。）
今こそ，潮どき！
さあ，血路を開くぞ！

Er dringt mit geschwungenem Schwerte bis in die Mitte der Bühne vor, um sich mit Eva durch die Gasse durchzuhauen. — Da springt Sachs mit einem kräftigen Satze aus dem Laden, bahnt sich mit geschwungenem Knieriemen Weg bis zu Walther und packt diesen beim Arm.

剣を振りかざして，舞台の中央へとび出し，エーヴァを連れて，小路を突進しようとする。そこへザックスが勢いよくとび出し，膝革紐を振り回しながら道を開いて，ヴァルターに近づき，その腕をつかむ。

NACHBARINNEN 近隣の女たち	Topf und Hafen! Krug und Kanne, Alles voll, und gießt's ihn' auf den Kopf! 鍋や鉢にいれて， つぼや，薬缶にいれて！ いっぱいのところを， 奴らの頭にかけてやるのよ！
LEHRBUBEN 徒弟たち	Wie ein Mann stehn wir alle fest zur Keilerei! 男らしく，一致団結して， 喧嘩に負けるな！
POGNER ポーグナー	*(auf der Treppe)* He! Lene! Wo bist du? （[玄関の]階段の上から） おおい，レーネ*！ どこにいる？
SACHS ザックス	*(die halb ohnmächtige Eva die Treppe hinaufstoßend)* Ins Haus, Jungfer Lene! （なかば失神したエーヴァを，階段の上へ押し上げながら） 家にお入り，レーネさん！

Pogner empfängt Eva und zieht sie am Arm in das Haus. Sachs, mit dem Knieriemen David eines überhauend und mit einem Fußtritt ihn voran in den Laden stoßend, zieht Walther, den er mit der andren Hand fest gefaßt hält, gewaltsam schnell ebenfalls in sich hinein und schließt sogleich fest hinter sich zu. — Beckmesser, durch Sachs von David befreit, sucht sich, jämmerlich zerschlagen, eilig durch die Menge zu flüchten. Sogleich mit dem Eintritt des Nachtwächterhornes [3/4Takt] haben die Frauen aus allen Fenstern starke Güsse von Wasser aus Kannen, Krügen und Becken auf die Streitenden hinabstürzen lassen; dieses, mit dem besonders starken Tönen des Hornes zugleich, wirkt auf alle mit einem panischen Schrecken: Nachbarn, Lehrbuben, Gesellen und Meister suchen in eiliger Flucht nach allen Seiten hin das Weite, so daß die Bühne sehr bald gänzlich leer wird; die Haustüren werden hastig geschlossen; auch die Nachbarinnen verschwinden von den Fenstern, welche sie zuschlagen.

ポーグナーはエーヴァを抱き取り，腕をとって家の中へ入る。ザックスは，膝革紐でダーヴィットを一発どやしつけ，一蹴りくれて家の中へ突き飛ばすと，別の手で離さずにいたヴァルターを有無を言わさず，すばやく家の中に連れ込んですぐに後ろ手に戸を閉める。ザックスのため，ダーヴィットの手から逃れることのできたベックメッサーは，打ちのめされた，惨めな姿で群集の中に慌てて逃げ道を探す。夜回り番の角笛の響きが聞こえ［拍子が3/4に変わり］，それと同時に，女たちは，あらゆる窓から，水差し，壺，鉢の水を争っている男たちの頭上に滝のようにぶちまけたので，角笛の特に大きな響きと相まって，みんなにパニックを引き起こす。隣人も，徒弟も，職人も，親方も大あわてで，四方八方へ蜘蛛の子を散らすように逃げてゆき，まもなく舞台から人の姿が消える。家々の戸がばたばた閉じ，女たちも窓から引っ込んで，窓をばたんとしめる。

＊訳註）ポーグナーは最初に窓ぎわにいたレーネを服装からエーヴァと勘ちがいしたので，今まで外にいたエーヴァをレーネと思ったのである。万事承知のザックスの台詞はそれに符丁を合わせている。

NACHTWÄCHTER 夜回り番	*(als die Straße und Gasse leer geworden und alle Häuser geschlossen sind, betritt der Nachtwächter im Vordergrunde rechts die Bühne, reibt sich die Augen, sieht sich verwundert um, schüttelt den Kopf und stimmt, mit leise bebender Stimme, den Ruf an:)* (通りも小路も空っぽになり,どの家も閉ざされたところで,舞台の上手,前方に姿を見せ,目をこすり,不思議そうに辺りを見回し,首を振り,か細い,ふるえる声で,呼ばわる。)

Hört, ihr Leut', und laßt euch sagen,
die Glock' hat Eilfe geschlagen:
bewahrt euch vor Gespenstern und Spuk,
daß kein böser Geist eu'r Seel' beruck'!
Lobet Gott, den Herrn!

さあさ,皆の衆,よく聞くがよかろう,
時計は十一時を打ちました。
妖怪と化け物にご用心!
どなたも悪魔に魂をさらわれぬように!
主なる神を讃えましょう!

(Der Vollmond tritt hervor und scheint hell in die Gasse hinein; der Nachtwächter schreitet langsam dieselbe hinab. — Als hier der Nachtwächter um die Ecke biegt, fällt der Vorhang schnell, genau mit dem letzten Takte.)

(満月が姿を現し,小路に明るく射しこむ。小路を下って行った夜回り番が角を曲がると,正確に最後の小節に合わせて,すばやく幕が落ちる。)

第3幕
Dritter Aufzug

Erste Szene 第１場

In Sachsens Werkstatt. (Kurzer Raum.) Im Hintergrund die halbgeöffnete Ladentüre, nach der Straße führend. Rechts zur Seite eine Kammertüre. Links das nach der Gasse gehende Fenster, mit Blumenstöcken davor, zur Seite ein Werktisch. Sachs sitzt auf einem großen Lehnstuhle an diesem Fenster, durch welches die Morgensonne hell auf ihn hereinscheint; er hat vor sich auf dem Schoße einen großen Folianten und ist im Lesen vertieft. — David zeigt sich, von der Straße kommend, unter der Ladentüre; er lugt herein, und, da er Sachs gewahrt, fährt er zurück. — Er versichert sich aber, daß Sachs ihn nicht bemerkt, schlüpft herein, stellt seinen mitgebrachten Handkorb auf den hinteren Werktisch beim Laden und untersucht seinen Inhalt; er holt Blumen und Bänder hervor, kramt sie auf dem Tische aus und findet endlich auf dem Grunde eine Wurst und einen Kuchen; er läßt sich an, diese zu verzehren, als Sachs, der ihn fortwährend nicht beachtet, mit starkem Geräusch eines der großen Blätter des Folianten umwendet.

ザックスの仕事場（奥行きは浅い）。奥には，通りに面して半開きの店の扉。右手には，住まいの奥の部屋に通ずる扉。左手には小路に面した窓があり，外に草花の鉢が載っている。その脇には仕事台。ザックスはこの窓にそった大きな肘掛椅子に腰をおろし，さんさんと窓から差しこむ朝日を浴びて，膝の上に広げた，大きな二つ折り版の書物に読み耽っている。通りをやってきたダーヴィットが戸口に姿を見せ，覗き込んで，ザックスに気づき，びっくりして退く。ザックスに気づかれなかったことを確かめると，忍び足で室内に入って，持ってきた手籠を，扉のきわの，奥の仕事台において，中身を調べる。花やリボンを取り出し，台の上に広げ，最後に籠の底に腸詰めと菓子を見つけて，さっそく食べようとする。それまで，ずっとダーヴィットには気づいていなかったザックスが，二つ折り本の大きなページをやかましく音立ててめくる。

DAVID
ダーヴィット

(fährt zusammen, verbirgt das Essen und wendet sich zurück)
Gleich, Meister! Hier! —
Die Schuh' sind abgegeben
in Herrn Beckmessers Quartier. —
Mir war's, als rieft ihr mich eben? —

（びっくりして，食べ物を隠し，振り返る）
はい，ただいま，親方，ここにおります！
あの靴はお届けしてまいりました，
ベックメッサーさんのお宅に。
親方が僕をお呼びになったような気がしたものですから。

(Beiseite.)
Er tut, als säh' er mich nicht?
Da ist er bös', wenn er nicht spricht! —

（小声で）
俺はまるで眼中にないみたいだなあ。
きっと虫の居所が悪いんだよ，何も口をきかないときは。

(Er nähert sich, sehr demütig, langsam Sachs.)
Ach, Meister! Wollt mir verzeihn;
kann ein Lehrbub' vollkommen sein?

（ひどくかしこまってザックスにゆっくりと近づき）
親方，赦していただけますか？
徒弟なら，誰だって，何か欠点はあるものでしょう？

Kennet ihr die Lene, wie ich,
dann vergäbt ihr mir sicherlich.
Sie ist so gut, so sanft für mich
und blickt mich oft an so innerlich.

レーネのことを，僕と同じくらいご存知なら，
僕のことはきっと赦してくださるでしょうに。
レーネは，それはそれは優しく親切にしてくれ，
心のこもった目で，よく僕を見つめるのです。

Wenn ihr mich schlagt, streichelt sie mich
und lächelt dabei holdseliglich;
muß ich karieren, füttert sie mich
und ist in allem gar liebelich!

僕が親方のお仕置きを受けるたびに，
僕をなでてくれ，しかもうっとりと微笑むのです。
罰をくらって，食事を取り上げられたときには，
食べ物をくれ，何につけ，愛情が細やかになります。

Nur gestern, weil der Junker versungen,
hab' ich den Korb ihr nicht abgerungen.

ただ昨日だけは，騎士殿が歌いそこねたために，
機嫌ななめなレーネから，食物の籠をもらいそこねました。

Das schmerzte mich: — und da ich fand,
daß nachts einer vor dem Fenster stand
und sang zu ihr und schrie wie toll, —
da hieb ich dem den Buckel voll:

それがとてもつらかったのでしたが，夜更けに
ふと，気がつくと，僕の窓の前に誰かが立って，
レーネに歌いかけ，狂ったようにわめいているのです。
それで，思いきり背中をどやしつけてやりました。

wie käm' nun da was Großes drauf an? —
Auch hat's unsrer Liebe gar wohl getan!
Die Lene hat mir eben alles erklärt
und zum Fest Blumen und Bänder beschert. —

そんなことが，何で大変なのでしょうか？
それに，あのために，僕らの仲もめでたく収まりました。
レーネは起こったことをすべて教えてくれ，
今日の晴れの日に花とリボンをくれたのです。

(Er bricht in größere Angst aus.)
Ach, Meister! Sprecht doch nur ein Wort! —
(Hätt' ich nur die Wurst und den Kuchen erst fort!)

（不安をつのらせて）
親方，どうぞひと言だけでも口をきいてください！
（ああ，さっさと腸詰めと菓子を片づけとけばよかった！）

Sachs hat unbeirrt immer weiter gelesen. Jetzt schlägt er den Folianten zu. Von dem starken Geräusch erschrickt David so, daß er strauchelt und unwillkürlich vor Sachs auf die Knie fällt. — Sachs sieht über das Buch, das er noch auf dem Schoße behält, hinweg, über David, welcher, immer auf den Knien, furchtsam nach ihm aufblickt, hin und heftet seinen Blick unwillkürlich auf den hinteren Werktisch.

ザックスは，一心不乱に読みつづけていたが，二つ折りの本をばたんと閉じ，その大きな物音に驚いたダーヴィットはよろめき，思わずザックスの前に膝をついてしまう。
ザックスは膝の上にのせたままの本ごしに，自分をこわごわ見上げているダーヴィットを無視して，奥の仕事台に思わず目をやる。

SACHS *(sehr leise)*
ザックス　Blumen und Bänder seh' ich dort?
Schaut hold und jugendlich aus.
Wie kamen mir die ins Haus?

（ごく小さな声で）
ほう，花とリボンがあそこにある。
何とも優しく，初々しい眺めだ。
なぜ，あのような物がこの家に入ってきたのか？

DAVID *(verwundert über Sachs' Freundlichkeit)*
ダーヴィット　Ei, Meister! 's ist heut festlicher Tag;
da putzt sich jeder, so schön er mag.

（ザックスの態度が穏やかなのをいぶかりながら）
はい親方，今日は晴れの日ですから，
誰もが精一杯のおめかしをするのです。

SACHS *(immer leise, wie für sich)*
ザックス　Wär' heut Hochzeitsfest?

（相変わらず，独り言のように）
はて，今日は結婚式でもあるのかな？

第3幕第1場

DAVID / ダーヴィット
Ja, käm's erst so weit,
daß David die Lene freit!

ええ，ダーヴィットがレーネに求婚する，
そこまで行けば，おめでたいのですが！

SACHS / ザックス
(immer wie zuvor)
's war Polterabend, dünkt mich doch?

（やはり，独り言のように）
昨夜はその前夜祭の大騒ぎ＊だったようだが？

DAVID / ダーヴィット
(Polterabend?... Da krieg' ich's wohl noch? —)
Verzeiht das, Meister; ich bitt', vergeßt!
Wir feiern ja heut Johannisfest.

（大騒ぎだって？……これでまた叱られるのか？）
親方，お赦しください。お願いです，昨夜の件はお忘れください！
今日は，聖ヨハネ祭を祝うのですから。

SACHS / ザックス
Johannisfest?

ヨハネ祭だと？

DAVID / ダーヴィット
(Hört er heut schwer?)

（今日の親方は耳が遠いのかな？）

SACHS / ザックス
Kannst du dein Sprüchlein, so sag es her!

では，聖ヨハネ祭の唱え歌を歌えるか？　唱えてみろ！

DAVID / ダーヴィット
(ist allmählich wieder zu stehen gekommen)
Mein Sprüchlein? Denk', ich kann's gut. —
('setzt nichts! Der Meister ist wohlgemut.) —

（やっと立ち上がり）
唱え歌ですか？　うまくできると思いますよ。
（これなら，心配ない！　親方は上機嫌だ！）

(Stark und grob.)
»Am Jordan Sankt Johannes stand« ...
[zur Melodie von Beckmessers Ständchen!]

（大声で，荒っぽく）
《ヨルダン川のほとりに聖ヨハネ立ちて……》
［前夜のベックメッサーのセレナーデの旋律で］

SACHS / ザックス
Wa... was?

何？　何だと？

＊訳註）結婚式の前夜には陶器などを割って大騒ぎする習慣がある。前夜の殴り合いのことをそれになぞらえている。

	DAVID ダーヴィット	*(lächelnd)* Verzeiht das Gewirr! Mich machte der Polterabend irr'. *(Er sammelt und stellt sich gehörig auf)*

(照れ笑いをして)
すみません,混乱してしまって。
あの大騒ぎのせいで,こんぐらかったのです。
(気を取り直し,正しい姿勢をとる)

»Am Jordan Sankt Johannes stand,
all' Volk der Welt zu taufen;
kam auch ein Weib aus fernem Land,
aus Nürnberg gar gelaufen:
sein Söhnlein trug's zum Uferrand,
empfing da Tauf' und Namen;

《ヨルダン川のほとりに聖ヨハネ立ちて,
　世のもろびとに洗礼を施さんとせしおり,
　一人の女,はるかのかなた,
　ニュルンベルクより走り来たりて,
　その愛しき男児を川べりに運び,
　洗礼と命名とを受けたり。

doch als sie dann sich heimgewandt,
nach Nürnberg wieder kamen,
'in deutschem Land gar bald sich fand's,
daß wer am Ufer des Jordans
Johannes war genannt,
an der Pegnitz hieß der Hans«.

　やがて,親子はふるさとに向かい,
　ニュルンベルクに戻りたるとき,
　ドイツの地にて間もなく分かりしことは,
　ヨルダンの岸辺にて,
　ヨハネと呼ばれし人,
　ペーグニッツ川のほとりにては,ハンスと呼ばるることなり》

(Sich besinnend.)
Hans?... Hans!...
(Feurig.)
Herr — Meister! 's ist heut eu'r Namenstag!
Nein! Wie man so was vergessen mag!

(考え込み)
ハンス？……はて,ハンス！
(感激して)
親方,今日はあなたの命名祝日ですよ！
いけない！ こんなことまで忘れてしまうなんて！

	Hier! hier die Blumen sind für euch, —
	die Bänder, und was nur alles noch gleich?
	Ja, hier, schaut! Meister, herrlicher Kuchen!
	Möchtet ihr nicht auch die Wurst versuchen? —

さあ、ここにある、花も、リボンも
他の物も何だって、あなたに差し上げます！
そうだ、ごらんなさい、素晴らしいお菓子でしょう？
この腸詰めも試してごらんになりませんか？

SACHS ザックス	*(immer ruhig, ohne seine Stellung zu verändern)* Schön' Dank, mein Jung'! Behalt's für dich. Doch heut auf die Wiese begleitest du mich; mit Blumen und Bändern putz dich fein: sollst mein stattlicher Herold sein!

（落ち着き払ったまま、姿勢も元のまま）
大きに有り難う、ダーヴィット！ 全部、おまえのために取っておくがいい。
だが、今日の歌くらべの草地にはついて来てくれるだろうね？
花とリボンできれいに身を飾るといい。
わしの堂々たる旗持ちを務めてもらうのだからな。

DAVID ダーヴィット	Sollt' ich nicht lieber Brautführer sein? Meister, ach! Meister, ihr müßt wieder frein.

私はむしろ、花嫁の手を引く役の方がいいのでは？
ザックス親方、もう一度お嫁さんを迎えなければいけませんよ。

SACHS ザックス	Hättst wohl gern eine Meist'rin im Haus;

おまえは、この家に奥さんがいたらいい、と思うのだな？

DAVID ダーヴィット	Ich mein', es säh' doch viel stattlicher aus.

そうした方が、家の中だってずっと立派に見えますよ。

SACHS ザックス	Wer weiß? Kommt Zeit, kommt Rat.

さあ、どうだろうか。時が来たら、知恵も浮かぶだろう。

DAVID ダーヴィット	's ist Zeit.

時が来ているんですよ！

SACHS ザックス	Dann wär' der Rat wohl auch nicht weit?

それなら、知恵が浮かぶのもそう遠くではあるまい。

DAVID ダーヴィット	Gewiß! Gehn schon Reden hin und wieder; den Beckmesser, denk' ich, sängt ihr doch nieder? Ich mein', daß der heut sich nicht wichtig macht!

そのとおりですよ！ もう噂が飛びかっていませんか，
あのベックメッサーを親方が歌い負かすのだ，とか言う？
あの男，今日という日は威張れないと思うんです。

SACHS ザックス	Wohl möglich; hab' mir's auch schon bedacht. ―

そうかも知らん。そんなことも考えたことはある。

Jetzt geh und stör mir den Junker nicht.
Komm wieder, wann du schön gericht'.

さあ，騎士殿の眠りの邪魔をしないように，行け！
支度が立派に整ったら，やって来い！

DAVID ダーヴィット	*(küßt Sachs gerührt die Hand)* So war er noch nie, wenn sonst auch gut! ― (Kann mir gar nicht mehr denken, wie der Knieriemen tut!)― *(Er packt seine Sachen zusammen und geht in die Kammer ab.)*

(感動してザックスの手に接吻する)
今までもやさしかったけれど，こんなに親方がやさしかった
ことはない！
(あの膝革紐のすごい効き目なんて，思い出せないほどだ。)
(ダーヴィットは荷物をまとめ，奥の小部屋に引っ込む。)

SACHS ザックス	*(immer noch den Folianten auf dem Schoße, lehnt sich, mit untergestütztem Arm, sinnend darauf: es scheint, daß ihn das Gespräch mit David gar nicht aus seinem Nachdenken gestört hat.)*

(相変わらず，二つ折り判の書物を膝におき，その上にひじをついて物思いに耽っ
ている。ダーヴィットとの会話もザックスの瞑想をまったく妨げなかったよう
だ。)

Wahn! Wahn!   *
Überall Wahn!

迷い，迷いだ！
いたるところに迷いがある！

Wohin ich forschend blick'
in Stadt- und Weltchronik
den Grund mir aufzufinden,

探りの眼をわしは，
町の，世界の年代記に向け，
理由を見つけ出そうとしてきた。

＊訳註)　以下が〈迷いのモノローグ〉である。

warum gar bis aufs Blut
die Leut' sich quälen und schinden
in unnütz toller Wut?

なぜ血を見るまで,
世の人が無益な怒りにかられて
お互いを苦しめ, 傷つけあうかを?

Hat keiner Lohn
noch Dank davon:
in Flucht geschlagen
wähnt er zu jagen;

だが, それで報酬や感謝を
得た者がいるわけではない。
追われて逃げながら, 逆に敵を追い立てていると,
迷って思う者もいる。

hört nicht sein eigen
Schmerzgekreisch,
wenn er sich wühlt ins eigne Fleisch,
wähnt Lust sich zu erzeigen! —

自分の傷口をえぐるような事態になっても
自分の苦痛の叫びが聞こえないのか,
悦びを示していると,
思い違いをしている者もいる。

Wer gibt den Namen an? —
's ist halt der alte Wahn,
ohn' den nichts mag geschehen,
's mag gehen oder stehen!

これに誰が名を与えようか?
これこそ昔ながらの, 人間の迷いであって,
これなくしては, 何も起こりはしない,
行くにせよ, 留まるにせよ!

Steht's wo im Lauf,
er schläft nur neue Kraft sich an:
gleich wacht er auf, —
dann schaut, wer ihn bemeistern kann! ...

進みを停めたとしても,
迷いは, 眠って新しい力をつける,
すぐにも眼を覚まして ―― 見るがいい,
誰が, 迷いを思うままに御することができよう!

Wie friedsam treuer Sitten,
getrost in Tat und Werk,
liegt nicht in Deutschlands Mitten
mein liebes Nürenberg! —

誠のこもった習俗を守りながら，
悠々とその仕事をはたし，
ドイツの中心に，平和に
わがニュルンベルクは位置してはいまいか？

(Er blickt mit freudiger Begeisterung ruhig vor sich hin.)
Doch eines Abends spat,
ein Unglück zu verhüten
bei jugendheißen Gemüten,
ein Mann weiß sich nicht Rat;

（喜ばしい感激を覚えて，見るともなく，落ち着いて前方に眼をやり）
ところが，ある夜遅く，
不幸を防ごうとして
若い血潮のたぎる心におされ，
その手立てを思いつけぬ一人の男がいた。

ein Schuster in seinem Laden
zieht an des Wahnes Faden:
wie bald auf Gassen und Straßen
fängt der da an zu rasen!

一人の靴屋が，仕事場にいて，
迷いの糸をたぐっていたが，
間もなく，通りという通り，小路という小路で
迷いがあばれ始めた！

Mann, Weib, Gesell' und Kind
fällt sich da an wie toll und blind;

男も，女も，職人も，子供も，
気が狂い，眼も見えなくなったように，つかみ合った。

und will's der Wahn gesegnen,
nun muß es Prügel regnen,
mit Hieben, Stoß' und Dreschen
den Wutesbrand zu löschen. —

まるで，それを，迷いが煽り立てたかのように，
拳固が，杖が雨あられと降り注いで，
怒りの炎を
鎮めようとするかのようだった。

Gott weiß, wie das geschah? —
Ein Kobold half wohl da:
ein Glühwurm fand sein Weibchen nicht; —
der hat den Schaden angericht'. —

どうして，それが起こったか，誰にも分からない。
きっと，いたずら者の妖精が手を貸したのか，
一匹の螢は，雌の螢を見つけることができなかった。
騒ぎを引き起こしたのは，その螢だったのだが。

Der Flieder war's: — Johannisnacht!
Nun aber kam Johannistag! —

にわとこが香っていた，それはヨハネ祭の前夜だったが，
今は，聖ヨハネ祭の当日となった。

Jetzt schaun wir, wie Hans Sachs es macht,
daß er den Wahn fein lenken kann,
ein edler Werk zu tun:

ハンス・ザックスがみごとに，
迷いを導いて，さらに高尚な成果を
成し遂げるかどうか，みんなが見守っている。

denn läßt er uns nicht ruhn,
selbst hier in Nürenberg,
so sei's um solche Werk',
die selten vor gemeinen Dingen,
und nie ohn' ein'gen Wahn gelingen.

それというのも，迷いは，
ここニュルンベルクでも，人を落ち着かせないのだ。
高尚な仕事というものも，
愚かな仕事を片づけ，多少は迷った上でなければ，
成功は覚束ないというものだろう。

Zweite Szene 第2場

Walther tritt unter der Kammertür ein. Er bleibt einen Augenblick dort stehen und blickt auf Sachs. Dieser wendet sich und läßt den Folianten auf den Boden gleiten.

ヴァルターが小部屋の戸を開けて，入ってこようとして，ザックスを見て，しばしたたずむ。ザックスは振り向き，本を床に下ろす。

SACHS
ザックス
Grüß Gott, mein Junker! Ruhtet ihr noch?
Ich wachtet lang, nun schlieft ihr doch?

ごきげんよう！騎士殿，あのあと休めましたかな？
私は遅くまで起きていたが，あなたは眠れたようだな？

WALTHER ヴァルター	*(sehr ruhig)* Ein wenig, aber fest und gut.	

(落ち着きはらって)
少しではありましたが，熟睡しました。

SACHS ザックス	So ist euch nun wohl baß zu Mut?	

それなら，さぞ気分もさっぱりしたことでしょう？

WALTHER ヴァルター	*(immer sehr ruhig)* Ich hatt' einen wunderschönen Traum.	

(落ち着きを崩さず)
素晴らしい夢を見たのです。

SACHS ザックス	Das deutet Gut's: erzählt mir den!	

それは良いしるしだ。話して聞かせなさい。

WALTHER ヴァルター	Ihn selbst zu denken, wag' ich kaum: ich fürcht', ihn mir vergehn zu sehn. —	

この夢のことは，思い出して見る勇気がありません。
何だか，このまま，消え去ってしまいそうです。

SACHS ザックス	Mein Freund! Das grad' ist Dichters Werk, daß er sein Träumen deut' und merk'.	

友よ，それこそ詩人の仕事ですよ，
自分の夢を解いて，記憶にとどめることが。

Glaubt mir, des Menschen wahrster Wahn
wird ihm im Traume aufgetan —
all' Dichtkunst und Poeterei
ist nichts als Wahrtraumdeuterei.

人間の本当の迷いは
夢の中にこそ現れるもので，
詩歌も文芸もすべて，
正夢を判じることにほかならないのです。

Was gilt's, es gab der Traum euch ein,
wie heut ihr sollet Meister sein?

肝心のことは，その夢があなたに教えたかどうかで，
あなたが今日マイスターになる次第を教えましたか？

WALTHER ヴァルター	*(sehr ruhig)* Nein, von der Zunft und ihren Meistern wollt' sich mein Traumbild nicht begeistern. —	

（依然，落ち着いて）
いいえ，組合とか，マイスターとかについては，
私の夢はどうも，さっぱり気乗り薄でした。

SACHS ザックス	Doch lehrt' es wohl den Zauberspruch, mit dem ihr sie gewännet?

でも，彼女を獲得できる呪文を，
教わったのではありませんか？

WALTHER ヴァルター	Wie wähnt ihr doch nach solchem Bruch, wenn ihr noch Hoffnung kennet!

あれほどの大失敗があった後で，あなたが
まだ希望を抱いているとは，世迷っていらっしゃるのでは？

SACHS ザックス	Die Hoffnung lass' ich mir nicht mindern, nichts stieß sie noch übern Haufen; wär's nicht, glaubt, statt eure Flucht zu hindern, wär' ich selbst mit euch fortgelaufen! —

希望はちっとも減ってはいませんよ。
何ものも希望をそこなうことはできなかったのです。
そうでないなら，あなたたちの駆落ちを邪魔する代わりに
私自身もいっしょに逃げ出していたことでしょう。

Drum bitt' ich, laßt den Groll jetzt ruhn!
Ihr habt's mit Ehrenmännern zu tun;
die irren sich und sind bequem,
daß man auf ihre Weise sie nähm': —

ですから，お願いしますが，恨みは忘れてください！
あなたが相手になる親方たちは体面を重んじます。
人も自分たちと同じ流儀，考え方なら楽だと，
彼らは思い違いをしているのです。

wer Preise erkennt und Preise stellt,
der will am End' auch, daß man ihm gefällt.

賞を認定し，授与する立場の人は，
つまりは，自分の気に入るような候補を求めるのです。

Eu'r Lied, das hat ihnen bang gemacht;
und das mit Recht: denn wohlbedacht,
mit solchem Dicht'- und Liebesfeuer
verführt man wohl Töchter zum Abenteuer; —

あなたの歌は親方たちを不安がらせたが,
それも当然で,よく考えてみれば,
あれほどの熱のこもった愛の詩であれば,
娘たちをかどわかして冒険に誘い出すことになるわけです。

doch für liebseligen Ehestand
man andre Wort' und Weisen fand.

しかし,仕合わせな愛に満ちた結婚生活のためなら,
おのずと別の言葉と調べを使うものでしたな？

WALTHER
ヴァルター

(lächelnd)
Die kenn' ich nun auch seit dieser Nacht:
es hat viel Lärm auf der Gasse gemacht.

（微笑んで）
そのような言葉と調べならば,昨夜から知っています。
なにしろ,あの歌は小路に騒がしく響きましたからね。

SACHS
ザックス

(lachend)
Ja, ja! Schon gut! Den Takt dazu
hörtet ihr auch! — Doch laßt dem Ruh'
und folgt meinem Rate, kurz und gut:
faßt zu einem Meisterliede Mut!

（笑って）
そのとおり！ それなら結構！ それに合わせて
私が叩いた拍子もあなたは聞いたが,それは措くとして,
私の忠告を聞きなさい。単刀直入だが,
マイスターの懸賞の歌を作る決心をなさい。

WALTHER
ヴァルター

Ein schönes Lied, — ein Meisterlied:
wie fass' ich da den Unterschied?

ただの美しい歌とマイスターの歌とでは,
その違いはどう捉えたら,よろしいのですか？

SACHS ザックス	*(zart)* Mein Freund, in holder Jugendzeit, wenn uns von mächt'gen Trieben zum sel'gen ersten Lieben die Brust sich schwellet hoch und weit,

（やさしく）
友よ，恵み豊かな青春の頃であれば，
仕合わせな初恋のため，
力強い情熱にかられて，私たちの胸は
大きく広く高まります。

ein schönes Lied zu singen,
mocht' vielen da gelingen:
der Lenz, der sang für sie.

多くの人が美しい歌を
見事に作り出すのですが，
それは春が代わって歌ってくれたからです。

Kam Sommer, Herbst und Winters Zeit,
viel Not und Sorg' im Leben,
manch' eh'lich Glück daneben:
Kindtauf', Geschäfte, Zwist und Streit: —

しかし，人生の夏が過ぎ，秋や冬となるとき
苦しみや憂いも重なり，
それに結婚生活のいくたの喜びが入り混じります。
また子供の洗礼，商売，そして数々の争いも。

denen's dann noch will gelingen
ein schönes Lied zu singen,
seht: Meister nennt man die!

そのような体験を経ながら，なお
美しい歌をとにかく物にした人々を，
世はマイスターと呼ぶのです。

WALTHER ヴァルター	Ich lieb' ein Weib und will es frein, mein dauernd Eh'gemahl zu sein. —

私は一人の女性を愛しています。彼女に求婚し，
いつまでも添いとげる妻にしたいと思います。

SACHS ザックス	Die Meisterregeln lernt beizeiten,

ならば，まずマイスターの規則を身につけなさい。

daß sie getreulich euch geleiten
und helfen wohl bewahren,
was in der Jugend Jahren
mit holdem Triebe
Lenz und Liebe
euch unbewußt ins Herz gelegt,
daß ihr das unverloren hegt!

そうすれば，規則の方で
誠実にあなたを導いてくれ，
青春の時に春と愛とが
快い衝動となって，
あなたの胸に思わず知らず
植え付けてくれた詩情が
けっして失われないように助けてくれるのです。

WALTHER
ヴァルター

Stehn sie nun in so hohem Ruf,
wer war es, der die Regeln schuf?

それほどまでに，重く見られるのであれば，
その規則を創り出したのは誰ですか？

SACHS
ザックス

Das waren hochbedürft'ge Meister,
von Lebensmüh' bedrängte Geister:

それは，生きることの苦しみに虐げられた
貧しいマイスターたちでした。

in ihrer Nöten Wildnis
sie schufen sich ein Bildnis,
daß ihnen bliebe
der Jugendliebe
ein Angedenken, klar und fest,
dran sich der Lenz erkennen läßt. —

彼らは，度重なる困苦のなかで，
一つの肖像を描き出し，
そこに，春の姿が認められるよう，
青春の愛の思い出が自分たちに
はっきりと留まるように
心がけたのです。

WALTHER
ヴァルター

Doch, wem der Lenz schon lang' entronnen,
wie wird er dem im Bild gewonnen?

けれども，青春からはるかに遠ざかった人に，
どうして，春の似姿が捉えられるのですか？

SACHS ザックス	Er frischt es an, so gut er kann: drum möcht' ich, als bedürft'ger Mann, will ich die Regeln euch lehren, sollt ihr sie mir neu erklären. —	

青春の絵姿を鮮やかに蘇らせる努力をするからです。
ですから，同じように春に縁遠くなった私も
あなたに規則を伝授しようと思うのでして，
それは，あなたに規則の新しい意味を説いてもらいたいからです。

	Seht, hier ist Tinte, Feder, Papier: ich schreib's euch auf, diktiert ihr mir!

ご覧のように，ここには紙とインクとペンがあります。
あなたがおっしゃることを，私が書き取ってあげます。

WALTHER ヴァルター	Wie ich's begänne, wüßt' ich kaum.

でも，どう始めていいのか，うまく分からないのですが。

SACHS ザックス	Erzählt mir euren Morgentraum.

今朝見た夢を語ってごらんなさい。

WALTHER ヴァルター	Durch eurer Regeln gute Lehr' ist mir's, als ob verwischt er wär'.

あなたが親切に教えてくださる規則のために，
その夢がぬぐい消されてしまう気がするのですが。

SACHS ザックス	Grad' nehmt die Dichtkunst jetzt zur Hand: Mancher durch sie das Verlor'ne fand.

だからこそ，詩の技術の扶けを借りるのです。
失われたものをそうして蘇えらせた人は少なくありません。

WALTHER ヴァルター	So wär's nicht Traum, doch Dichterei?

でもそれでは，夢ではなくなって，詩の拵えごとになります。

SACHS ザックス	'sind Freunde beid', stehn gern sich bei.

詩と夢とは大の仲良しで，互いに扶け合います。

WALTHER ヴァルター	Wie fang' ich nach der Regel an?

では，規則に従ってどう始めましょうか？

SACHS ザックス	Ihr stellt sie selbst und folgt ihr dann. Gedenkt des schönen Traums am Morgen: für's andre laßt Hans Sachs nur sorgen.
	あなた自身で規則を立てて，それに従うのです。 今朝の美しい夢を思い起こしなさい， それ以外のことは，このハンス・ザックスに任せなさい！

WALTHER ヴァルター	*(hat sich zu Hans Sachs am Werktisch gesetzt, wo dieser das Gedicht Walthers nachschreibt)*
	（机に向かったザックスと向かい合って坐り，ザックスはヴァルターの詩を書き取る）

	»Morgenlich leuchtend im rosigem Schein, von Blüt' und Duft geschwellt die Luft, voll aller Wonnen nie ersonnen, ein Garten lud mich ein, Gast ihm zu sein.« —
	《朝の薔薇色の輝きにつつまれ， 花の香りに 大気は満ち満ちる。 歓喜に溢れた， 夢想もしなかった 庭園が私を 客になれと招いた》

SACHS ザックス	Das war ein »Stollen«; nun achtet wohl, daß ganz ein gleicher ihm folgen soll.
	今のが半節になりますが，いいですか， それとまったく同じ半節を続けてごらんなさい。

WALTHER ヴァルター	Warum ganz gleich?
	まったく同じに作るのは，なぜでしょう？

SACHS ザックス	Damit man seh', ihr wähltet euch gleich ein Weib zur Eh'. —
	あなたが，自分と等しい女性を結婚のために 選び取ったことを分からせるためです。

WALTHER ヴァルター	»Wonnig entragend dem seligen Raum, bot gold'ner Frucht heilsaft'ge Wucht, mit holdem Prangen dem Verlangen, an duft'ger Zweige Saum, herrlich ein Baum.« —

《この至福の園から喜ばしく聳え立つのは，
たわわに実った果汁ゆたかな
黄金の木の実を
輝かしくも美しく，
私の願いにむかって
香り豊かな枝という枝の端々から差し出す，
ひともとの素晴らしい樹》——

SACHS ザックス	Ihr schlosset nicht im gleichen Ton: das macht den Meistern Pein; doch nimmt Hans Sachs die Lehr' davon, im Lenz wohl müss' es so sein. —

あなたは同じ節で結ばなかった。
それでは親方たちの気には入りますまい。
だが，ハンス・ザックスは教訓を得ました。
青春とはおそらくこういうものである，と。

Nun stellt mir einen »Abgesang«.

では，続けて後節(アブゲザンク)を作ってごらんなさい。

WALTHER ヴァルター	Was soll nun der?

それはどういうものですか？

SACHS ザックス	Ob euch gelang, ein rechtes Paar zu finden, das zeigt sich an den Kinden; den Stollen ähnlich, doch nicht gleich, an eignen Reim' und Tönen reich;

あなたの見つけた男女が
似合いの一組だったかどうか，
それが，今度の子供たちで見て取れるわけです。
始めの二つの半節と似てはいるが同じではなく，
新しい韻と節をゆたかに含んでいる。

daß man's recht schlank und selbstig find',
das freut die Eltern an dem Kind;
und euren Stollen gibt's den Schluß,
daß nichts davon abfallen muß. —

誠にすらりとした，そんなひとり立ちの姿を，
子供に見て取れて喜ぶのは両親です。
そして，この後節が，あなたの前節をうまく締めくくり，
落ちこぼれなく，すべてがまとまるというわけです。

WALTHER
ヴァルター

»Sei euch vertraut,
welch hehres Wunder mir geschehn:
an meiner Seite stand ein Weib,
so hold und schön ich nie gesehn:
gleich einer Braut
umfaßte sie sanft meinen Leib;

《あなた方に伝えたいのは，
わが身に起こった気高い奇跡。
私のかたわらに立ったのは
世にも優美な女。
花嫁のようにしっとりと私を抱きしめた。

mit Augen winkend,
die Hand wies blinkend,
was ich verlangend begehrt,
die Frucht so hold und wert
vom Lebensbaum.«

まなざしで教え，
輝くようなその手で指し示したのは，
私の憧れ求めていた，
生命の樹の恵みゆたかに
貴い木の実》

SACHS
ザックス

(gerührt)
Das nenn' ich mir einen Abgesang!
Seht, wie der ganze Bar gelang!
Nur mit der Melodei
seid ihr ein wenig frei:
doch sag' ich nicht, daß das ein Fehler sei;

（感動して）
これこそ，立派な後節と呼びましょう！
ご覧なさい，これで，五体満足な〈バール〉が生まれました！
ただ，旋律については，あなたは
ちょっと勝手気ままに振る舞いましたが，
これが，誤りだとは言いますまい。

nur ist's nicht leicht zu behalten, —
und das ärgert unsre Alten.
Jetzt richtet mir noch einen zweiten Bar,
damit man merk', welch' der erste war.
Auch weiß ich noch nicht, so gut ihr's gereimt,
was ihr gedichtet, was ihr geträumt.

ただ，覚えにくいだけのこと。
それが，親方たちの気には入りますまいが。
さあ，今度は二つめの〈バール〉を作りなさい。
そうすれば，最初の〈バール〉がどのようなものだったか分かります。
あなたの韻の踏みようは見事だったが，私にはまだ分かっていない，
どこまでが，あなたの詩で，どこまでが夢だったのか。

WALTHER
ヴァルター
»Abendlich glühend in himmlischer Glut
verschied der Tag,
wie dort ich lag:
aus ihren Augen
Wonne saugen,
Verlangen einz'ger Macht
in mir nur wacht'.

《輝かしい夕焼けに包まれて
太陽は，横たわる私から
去って行った。
その灼熱のまなこから
歓喜を吸い取ろうという，
一途な願いが
私の胸に目覚めた。

Nächtlich umdämmert, der Blick mir sich bricht:
wie weit so nah,
beschienen da
zwei lichte Sterne
aus der Ferne,
durch schlanker Zweige Licht,
hehr mein Gesicht.

しのび寄る夕闇に包まれ，景色が薄れてゆくにつれ，
遠くにありながら，また近々と
光を送ってきたのは，
二つの明るい
遙かな星。
細い枝々の間をもれて
気高く私の顔を照らした。

Lieblich ein Quell
auf stiller Höhe dort mir rauscht;
jetzt schwellt er an sein hold Getön',
so stark und süß ich's nie erlauscht:
leuchtend und hell,
wie strahlten die Sterne da schön!

湧き出る泉が愛らしく
静かな丘の上で，私に囁きかけ，
そのせせらぎの優美な響きは
かつて覚えのないほどに甘く，豊かに高まった。
何と美しく，明るく，
あの星たちが美しく輝いたことか！

Zu Tanz und Reigen
in Laub und Zweigen,
der gold'nen sammeln sich mehr,
statt Frucht ein Sternenheer
im Lorbeerbaum.«

楽しげな輪舞に
木の葉と枝々の間に
金色の群れが次第に数多く集まるが，
それは月桂樹の木の実ではなく，
空の星たち》

SACHS *(sehr gerührt)*
ザックス Freund, — euer Traumbild wies euch wahr:
gelungen ist auch der zweite Bar. —
Wolltet ihr noch einen dritten dichten,
des Traumes Deutung würd' er berichten. —

(大いに感動して)
友よ，あなたは正夢を見たのです！
二つめのバールも見事な出来でした！
そこで，三つめのバールを作って，
夢の解き明かしを伝えてくれませんか。

WALTHER *(steht schnell auf)*
ヴァルター Wo fänd' ich die? — Genug der Wort'.

(すぐに立って)
それがどこに見つかると言うのです？　もう，言葉はたくさんです！

SACHS ザックス	*(erhebt sich ebenfalls und tritt mit freundlicher Entschiedenheit zu Walther)* Dann Tat und Wort am rechten Ort! — Drum bitt' ich, merkt wohl die Weise: gar lieblich drin sich's dichten läßt.

(同じく立ち上がり，優しくはあるが断固とした物腰でヴァルターに歩み寄り)
では，言葉はしかるべき場所で行為とともに示しなさい！
そのためにも，この調べはよく覚えておくようにお願いします。
この調べなら，詩の趣と実に好ましく調和しますから。

Und singt ihr sie in weit'rem Kreise,
so haltet mir auch das Traumbild fest.

そしてあなたが，それを人々の前で歌えば，
夢の情景は私の心にもしかと残ることでしょう。

WALTHER ヴァルター	Was habt ihr vor?

いったいこれから何をなさるつもりですか？

SACHS ザックス	Eu'r treuer Knecht fand sich mit Sack' und Tasch' zurecht: die Kleider, drin am Hochzeitsfest daheim ihr wolltet prangen, die ließ er her zu mir gelangen:

あなたの忠実な召使が
具合よく，荷物を届けてくれたのです。
故郷の結婚式で，あなたが
着飾ろうと思っていた数々の衣裳が
彼の手で，ここに到着したのです。

ein Täubchen zeigt' ihm wohl das Nest,
darin sein Junker träumt.

きっと一羽の小鳩が，騎士殿が夢を見ている
巣のありかを召使に教えたのでしょう。

Drum folgt mir jetzt ins Kämmerlein:
mit Kleiden, wohl gesäumt,
sollen beide wir gezieret sein,
wenn's Stattliches zu wagen gilt.
Drum kommt, seid ihr gleich mir gesinnt.

ですから，私について小部屋に行って，
美しく縁取られた晴れの衣裳で
二人とも，身を飾ろうではありませんか，
思い切って見事な成果を挙げようというのですから。
私と同じ気持ちなら，さあ，参りましょうか。

Walther schlägt in Sachsens Hand ein; so geleitet ihn dieser, ruhig festen Schrittes, zur Kammer, deren Türe er ihm ehrerbietig öffnet, und dann ihm folgt. Man gewahrt Beckmesser, welcher draußen vor dem Laden erscheint, in großer Aufgeregtheit hereinlugt und, da er die Werkstatt leer findet, hastig hereintritt.

ヴァルターはザックスと握手を交わす。ザックスは悠然とした足取りでヴァルターを奥の部屋に導き，恭しくその扉を開けてやり，彼に続いて中に入る。ベックメッサーが戸口の外に現れたのが見える。彼はひどく興奮した様子で，中を覗き込み，仕事場に誰もいないことに気づいて，急いで入り込む。

Dritte Szene 第3場

BECKMESSER
ベックメッサー

(Er ist sehr aufgeputzt, aber in sehr leidendem Zustand. — Er blickt sich erst unter der Türe nochmals genau in der Werkstatt um.)

(ひどくめかしこんでいるが，はた目には痛々しい様子。——敷居をまたいだところで，もう一度，よく仕事場の中を見回す。)

(Dann hinkt er vorwärts, zuckt aber zusammen und streicht sich den Rücken. Er macht wieder einige Schritte, knickt aber mit den Knien und streicht nun diese.)

(よろめきながら前へ進むが，[痛みに]すくみこんで，背中をさする。それから数歩歩くが，がっくり膝を折って，そこをさする。)

(Er setzt sich auf den Schusterschemel, fährt aber schnell schmerzhaft wieder auf.)

(ザックスの仕事台の椅子に腰を下ろすが，すぐさま痛そうに飛び上がる。)

(Er betrachtet sich den Schemel und gerät dabei in immer aufgeregteres Nachsinnen.)

(椅子を仔細ありげに見詰めていたが，次第に気持ちを高ぶらせて物思いにふける。)

(Er wird von den verdrießlichsten Erinnerungen und Vorstellungen gepeinigt; immer unruhiger beginnt er, sich den Schweiß von der Stirn zu wischen. —)

(思い出すのも嫌な記憶と想念にさいなまれるのか，次第に不安になって，額の汗をぬぐい始める。)

(Er hinkt immer lebhafter umher und starrt dabei vor sich hin. — Als ob er von allen Seiten verfolgt wäre, taumelt er fliehend hin und her. —)

(前方をじっと見据えて，次第に激しくよろめき歩く。——四方八方から追いまわされて逃げているかのように，よろめきながらあちこち，歩きまわる。)

(Wie um nicht umzusinken, hält er sich an dem Werktisch, zu dem er hingeschwankt war, an und starrt vor sich hin.)

(危うく転びそうになって仕事台の縁を摑んで止まり，また前方を見据える。)

(Matt und verzweiflungsvoll sieht er um sich: — sein Blick fällt endlich durch das Fenster auf Pogners Haus; er hinkt mühsam an dasselbe heran, und nach dem gegenüberliegenden Fenster ausspähend, versucht er, sich in die Brust zu werfen, als ihm sogleich der Ritter Walther einfällt:)

(力なく，絶望的に辺りを見回す。視線はとうとう窓ごしにポーグナーの家に突き当たる。つらそうにびっこを引きながら窓際へ歩いていって，向かいの窓を窺いながら，ふと，騎士ヴァルターが思い浮かぶと，虚勢を張るように胸をそらそうとする。)

(Ärgerliche Gedanken entstehen ihm dadurch, gegen die er mit schmeichelndem Selbstgefühle anzukämpfen sucht.)

(腹立たしい考えが次々と浮かび,なんとか,それに負けまいと,甘ったれた自尊心を奮い起こす。)

(Die Eifersucht übermannt ihn; er schlägt sich vor den Kopf.)

(嫉妬の念に圧倒されて,額を叩く。)

(Er glaubt, die Verhöhnung der Weiber und Buben auf der Gasse zu vernehmen, wendet sich wütend ab und schmeißt das Fenster zu.)

(小路の女たちや,徒弟たちの嘲りの声が聞こえるのか,腹立たしく顔をそむけて窓をぴしゃりと閉じる。)

(Sehr verstört, wendet er sich mechanisch wieder dem Werktische zu, indem er, vor sich hinbrütend, nach einer neuen Weise zu suchen scheint.)

(ひどく取り乱したまま,思わずまた仕事台の方に向き,新しい調べを物にしようと物思いにひたっているように見える。)

(Sein Blick fällt auf das von Sachs zuvor beschriebene Papier; er nimmt es neugierig auf, überfliegt es mit wachsender Aufregung und bricht endlich wütend aus:)

(ベックメッサーの視線が,さきほどザックスが書き取っていた紙の上に落ちる。好奇心にかられて,それを手にとり,目を通すうちに,興奮を抑えきれなくなり,とうとう怒りを爆発させる。)

Ein Werbelied! — Von Sachs! — Ist's wahr? —
Ha! Jetzt wird mir alles klar! —

求愛の歌だ! それもザックスのだ! 本当だろうか?
なるほど,これですべてがはっきりした!

(Da er die Kammertür gehen hört, fährt er zusammen und steckt das Papier eilig in die Tasche.)

(そのとき,奥の小部屋の扉が開く音がしたので,びっくりしたベックメッサーは慌てて紙をポケットにしまう。)

SACHS
ザックス

(im Festgewand, tritt ein, kommt vor und hält an, als er Beckmesser gewahrt)
Sieh da, Herr Schreiber: auch am Morgen?
Euch machen die Schuh' doch nicht mehr Sorgen?

(晴れ着に着替えた姿で現れ,ベックメッサーに気がつき,立ち止まる)
おや,これはまた,書記殿,早いお出ましで?
もう靴にご不満はないはずですが?

BECKMESSER
ベックメッサー

Zum Teufel! So dünn war ich noch nie beschuht;
fühl' durch die Sohl' den kleinsten Kies!

糞くらえだ! こんなに底の薄い靴は初めてだぞ!
底をとおして,ちっちゃな小石まで分かるほどだ。

SACHS ザックス	Mein Merkersprüchlein wirkte dies; trieb sie mit Merkerzeichen so weich.

それは採点の唱え文句のせいですよ。
採点のしるし毎に叩いていたので底がそんなに柔くなったのです。

BECKMESSER ベックメッサー	Schon gut der Witz, und genug der Streich'! Glaubt mir, Freund Sachs: jetzt kenn' ich euch!

冗談はもう結構！ からかうのはよしていただきたい！
いいですか，ザックスさん，今度こそ，あんたの正体が分かったぞ！

Der Spaß von dieser Nacht,
der wird euch noch gedacht.
Daß ich euch nur nicht im Wege sei,
schuft ihr gar Aufruhr und Meuterei!

昨夜のいたずらの返礼は
いずれ考えるとしよう。
私という邪魔者をとにかく取り除こうと，
あなたは，あの騒動まで引き起こしたのだ！

SACHS ザックス	's war Polterabend, laßt euch bedeuten; eure Hochzeit spukte unter den Leuten: je toller es da hergeh', je besser bekommt's der Eh'!

それなら教えてあげましょう，あれは結婚前夜の吉例の空騒ぎでした。
あなたの結婚式の前触れが人々の心を煽り立てたので，
騒ぎが大きければ大きいほど，
結婚には吉と出るのですよ！

BECKMESSER ベックメッサー	*(wütend)* Oh, Schuster voll von Ränken und pöbelhaften Schwänken! Du warst mein Feind von je: nun hör, ob hell ich seh'! —

(真っ赤になって怒り)
下種な悪だくみと，悪ふざけを
やらかす靴屋め！
おまえはずっと以前から，私のかたきだったのだ。
さあ，私の見事な明察を聞かせてやろう。

Die ich mir auserkoren,
die ganz für mich geboren,
zu aller Witwer Schmach
der Jungfer stellst du nach.

私が手ずから選び出した，
まるで私の花嫁に生まれてきたような，
あの乙女の尻をおまえさんは追いかけ回して，
世のやもめたちの恥じっかきになった！

Daß sich Herr Sachs erwerbe
des Goldschmieds reiches Erbe,
im Meisterrat zur Hand
auf Klauseln er bestand,

ハンス・ザックス殿は
金細工師のあり余る財産を我がものにしようと，
マイスタージンガーの寄り合いに顔を出し，
細かい規則の条文にやたらとこだわった。

ein Mägdlein zu betören,
das nur auf ihn sollt' hören,
und andren abgewandt
zu ihm allein sich fand.

それも，あの乙女をたぶらかして，
自分の言うことだけを聴き，
他人にはそっぽを向かせ，
自分の方に来させるためだった。

Darum! Darum! —
Wär' ich so dumm? —
Mit Schreien und mit Klopfen
wollt' er mein Lied zustopfen,
daß nicht dem Kind werd' kund,
wie auch ein andrer bestund. —

だから，だからなんだ！
これでも，私の眼は節穴か？
わめいたり，ハンマーで叩いたりして，
奴は私の歌の息の根をとめ，
あの娘には，自分に引けを取らない男のいることを，
知らすまい，と図ったのだ。

Ja, ja! haha!
Hab' ich dich da? —
Aus seiner Schusterstuben
hetzt' endlich er den Buben
mit Knüppeln auf mich her,
daß meiner los er wär'!

そのとおり！　はっはっは！
おまえのしっぽも押さえたぞ。
靴屋の小部屋から
挙句の果て，徒弟をそそのかし，
棍棒を持たせて私に殴りかからせ，
私を片付けようとした！

Au, au! Au, au!
Wohl grün und blau,
zum Spott der allerliebsten Frau,
zerschlagen und zerprügelt,
daß kein Schneider mich aufbügelt!

痛い，痛い！
あざができるほど，
最愛の女性の笑いものになるほど，
打ちのめされ，叩きのめされて
どんな仕立屋も直しきれないほど，非道いありさまだ！

Gar auf mein Leben
war's angegeben!
Doch kam ich noch so davon,
daß ich die Tat euch lohn':

危うく生命にまで
かかわることだったのだ！
だが，こうやって九死に一生を得たからには，
この仕打ちの見返しはしてやるからね！

zieht heut nur aus zum Singen,
merkt auf, wie's mag gelingen!
Bin ich gezwackt
auch und zerhackt,
euch bring' ich doch sicher aus dem Takt.

これから歌くらべにいそいそと出陣なさるもいいが，
とんだ出来栄えになるか，よくご注意あるがよろしい！
私はめったやたらと打ちのめされ，
ずたずたになってはいるが，
必ず，あんたの目論みは狂わせてやるから。

SACHS ザックス	Gut Freund, ihr seid in argem Wahn; glaubt was ihr wollt, daß ich getan; gebt eure Eifersucht nur hin; zu werben kommt mir nicht in Sinn.	

わが友よ，それはまた非道い妄想というものですな！
私のやったことについて何をお考えになってもいいが，
焼餅だけは捨ててもらわないと，いけますまい。
なにしろ，求婚する気持ちはこれっぽっちもないのだから。

BECKMESSER ベックメッサー	Lug und Trug! Ich kenn' es besser.

真っ赤な大嘘だ！　こっちの方がずっとよく知ってるぞ！

SACHS ザックス	Was fällt euch nur ein, Meister Beckmesser? Was ich sonst im Sinn, geht euch nicht an; doch, glaubt, ob der Werbung seid ihr im Wahn.

ベックメッサー親方，何を思いつかれましたかな？
ほかに私が何を目論んでいようと，あなたには関わりないこと。
ただ，求婚の件については思い違いをなさっている。

BECKMESSER ベックメッサー	Ihr sängt heut nicht?

あなた，まさか今日は歌わないなどと？

SACHS ザックス	Nicht zur Wette.

歌くらべでは歌わない。

BECKMESSER ベックメッサー	Kein Werbelied?

求婚の歌はうたわないな？

SACHS ザックス	Gewißlich. nein!

絶対に歌わない！

BECKMESSER ベックメッサー	Wenn ich aber drob ein Zeugnis hätte? *(Er greift in die Tasche.)*

だが，歌う証拠を私が持っていたら？
(ポケットを探る。)

SACHS ザックス	*(blickt auf den Werktisch)* Das Gedicht?... hier ließ ich's. Stecktet ihr's ein?

(仕事台の上を見て)
あの詩は？　確かここに置いたが。あれを仕舞いましたな？

BECKMESSER ベックメッサー	*(das Blatt hervorziehend)* Ist das eure Hand? （紙切れを取り出しながら） これは，あなたの筆跡だろう？	
SACHS ザックス	Ja, war es das? いかにもそのとおりだが？	
BECKMESSER ベックメッサー	Ganz frisch noch die Schrift? 書いたばっかりだな？	
SACHS ザックス	Und die Tinte noch naß? インクだってまだ乾いてませんよね？	
BECKMESSER ベックメッサー	's wär' wohl gar ein biblisches Lied? まさか，これが聖書の歌だなどと言い逃れるつもりで？	
SACHS ザックス	Der fehlte wohl, wer darauf riet! そう思う人は，見当違いということになる！	
BECKMESSER ベックメッサー	Nun denn? それでは，どうなのだ？	
SACHS ザックス	Wie doch? いったい，どういうことで？	
BECKMESSER ベックメッサー	Ihr fragt? そちらから訊き返すのか？	
SACHS ザックス	Was noch? このうえ，まだ何を？	
BECKMESSER ベックメッサー	Daß ihr mit aller Biederkeit der ärgste aller Spitzbuben seid. 猫っかぶりで通しているあんたが， このうえない悪者だと，いうわけだ！	

SACHS ザックス	Mag sein; doch hab' ich noch nie entwandt, was ich auf fremden Tischen fand: und daß man von euch auch nicht Übles denkt, behaltet das Blatt, es sei euch geschenkt. そうかも知れない。だが，このわしは ひとさまの机の上にある物を猫ばばしたことは一度もありませんよ！ ただ，あなたが妙に疑われてもいけないので， その紙切れは仕舞っておきなさい，進呈しますよ。
BECKMESSER ベックメッサー	*(in freudigem Schreck aufspringend)* Herr Gott! — Ein Gedicht? Ein Gedicht von Sachs? ... Doch halt, — daß kein neuer Schad' mir erwachs'! — Ihr habt's wohl schon recht gut memoriert? （驚きが喜びに変わって跳びあがり） なんと！ 詩を？ ザックスの詩を？ だが待てよ！ これ以上ひどい目に遭ってはかなわんから！ あんたはもう，この詩をよく暗記しているのだろう？
SACHS ザックス	Seid meinethalb doch nur unbeirrt! どうか，思い違いをなさらないでいただきたい！
BECKMESSER ベックメッサー	Ihr laßt mir das Blatt? この紙を私にくれるのだね？
SACHS ザックス	Damit ihr kein Dieb. あなたが泥棒呼ばわりされないためにね！
BECKMESSER ベックメッサー	Und, mach' ich Gebrauch? この詩を私が使っても？
SACHS ザックス	Wie's euch belieb'. どうぞ，お好きなように。
BECKMESSER ベックメッサー	Doch sing' ich das Lied? だが，私がこれを歌っても？
SACHS ザックス	Wenn's nicht zu schwer. 難しくなければ，お歌いなさい。
BECKMESSER ベックメッサー	Und, wenn ich gefiel'? それで私が賞賛を得たとしたら？

SACHS ザックス		Das — wunderte mich sehr!
		そうなったら……実に不思議だと思うでしょうな！
BECKMESSER ベックメッサー		*(ganz zutraulich)* Das seid ihr nun wieder zu bescheiden; ein Lied von Sachs, —

（まったく打ち解けて）
それはまた，ご謙遜なことで。
なにしろザックスの書いた詩だからなあ！

(Gleichsam pfeifend.)
das will was bedeuten! —
Und seht nur, wie mir's ergeht,
wie's mit mir Ärmsten steht!

（口笛でも吹きたい様子）
これは大したもんだぞ！
だが，ご覧のとおり，今の私のありさまと来たら，
このうえなく，惨めなざまになっている！

Erseh' ich doch mit Schmerzen,
das Lied, das nachts ich sang, —
dank euren lust'gen Scherzen! —
es machte der Pognerin bang. —

悲しいかぎりだが，
昨夜，私が歌った歌は
あんたの愉快な悪ふざけの犠牲になり，
ポーグナーの娘の不安を搔き立てる始末となった！

Wie schaff' ich mir nun zur Stelle
ein neues Lied herzu?
Ich armer zerschlag'ner Geselle,
wie fänd' ich heut dazu Ruh'?

だが，ここに至って，この私に
どうやって新しい歌が作れよう？
打ちのめされた，哀れな独身者の私に
それだけの心のゆとりが，あろうか？

Werbung und eh'lich Leben,
ob das mir Gott beschied,
muß ich nun grad' aufgeben,
hab' ich kein neues Lied. —

神が私に許したもう
求愛と結婚生活も，
諦めねばならないのだ，
もしも，新しい歌ができなければ！

Ein Lied von euch, dess' bin ich gewiß,
mit dem besieg' ich jed' Hindernis:

 しかし，あんたの歌ならば，間違いなく，
 あらゆる障害を私は打ち破れる！

soll ich das heute haben,
vergessen, begraben
sei Zwist, Hader und Streit,
und was uns je entzweit'.

 今日ここで，この歌を頂戴できるなら，
 今まで二人の仲を割いてきた
 いっさいの口論，わだかまりは
 水に流すことにしよう。

(Er blickt seitwärts in das Blatt; plötzlich runzelt sich seine Stirn.)
Und doch! Wenn's nur eine Falle wär'?
Noch gestern wart ihr mein Feind: —
wie käm's, daß nach so großer Beschwer'
ihr's freundlich heut mit mir meint?

 (紙に流し目をくれたが，突然，額にしわを寄せて，不機嫌になる。)
 だが，待てよ！ これが罠だったとしたら？
 昨日まで，あんたは私のかたきだったのだ！
 あんな厄介事があった後で，
 よくも私に向かって愛想よくできますな！

SACHS
ザックス
Ich macht' euch Schuh' in später Nacht:
hat man je so einen Feind bedacht?

 あんな夜更けに，靴を作ってさし上げた私ですぞ，
 かたきのために，そんなにまでする人間がいましょうか？

BECKMESSER
ベックメッサー
Ja, ja! Recht gut! Doch eines schwört:
wo und wie ihr das Lied auch hört,
daß nie ihr euch beikommen laßt,
zu sagen, das Lied sei von euch verfaßt.

 なるほど！ ごもっとも！ ですが，ひとつ誓っておいて欲しいのは，
 どこで，どんな拍子でこの歌を聞くことがあっても，
 金輪際してもらっては困るのは，
 これは自分の歌だと言い出すことですよ！

SACHS ザックス		Das schwör' ich und gelob' es euch: nie mich zu rühmen, das Lied sei von mir.

誓いましょう。
これは自分の歌だと自慢したりなど,けっしてしませんよ!

BECKMESSER ベックメッサー		*(sich vergnügt die Hände reibend)* Was will ich mehr? Ich bin geborgen: jetzt braucht sich Beckmesser nicht mehr zu sorgen.

(満足しきって,揉み手しながら)
これ以上何を望もうか? これで安心というものだ!
いまこそ,ベックメッサーに心配事はなくなった。

SACHS ザックス		Doch, Freund, ich führ's euch zu Gemüte, und rat' es euch in aller Güte:

ですが,友よ,肝に銘じてください,
親切に忠告しておくことがあります。

studiert mir recht das Lied;
sein Vortrag ist nicht leicht;
ob euch die Weise geriet',
und ihr den Ton erreicht.

後生ですから,この歌はよくよく勉強してください。
歌うのはけっしてやさしくありませんから。
調べや節をぴたりと決めるのに,
さぞてこずることでしょうから。

BECKMESSER ベックメッサー		Freund Sachs, ihr seid ein guter Poet; doch was Ton und Weise betrifft, gesteht, da tut's mir keiner vor.

ザックスさん,たしかにあなたは詩人として優れている。
だが,節とか,調べということになれば,どうです,
私に教えを垂れる人なぞいないんじゃありませんかね?

Drum spitzt nur fein das Ohr, —
und: »Beckmesser!
Keiner besser!« —
Darauf macht euch gefaßt,
wenn ihr mich ruhig singen laßt. —

耳を澄ましてお聞きなさい,
《ベックメッサーは
第一人者(ナンバー・ベスト)》だとね?
これは,私に心静かに歌わせれば,
十分に納得してもらえると思うが。

Doch nun memorieren,
schnell nach Haus:
ohne Zeit zu verlieren
richt' ich das aus. —

だが，とにかく暗記にかからねばなるまい，
急いで家に帰って，
時間を無駄にせずに，
準備をしよう。

Hans Sachs, mein Teurer,
ich hab' euch verkannt;
durch den Abenteurer
war ich verrannt: —

親愛なるハンス・ザックスさん，
あなたのことは誤解していました。
あの無鉄砲な若者のために，
思い違いが，私に起きたのです。

(Sehr zutraulich.)
„So einer fehlte uns bloß! —
Den wurden wir Meister doch los! —"
Doch mein Besinnen
läuft mir von hinnen!

（ひどく馴れ馴れしく）
「あんな奴はいなくていい！
我々マイスターはあいつを厄介払いしたのだ！」なんてね。
それにしても，
私の心はもうここにはない。

Bin ich verwirrt
und ganz verirrt? —

いったい，私は
血迷っているのだろうか？

Die Silben, die Reime,
die Worte, die Verse!
Ich kleb' wie am Leime,
und brennt doch die Ferse.

綴りやら，韻やら，
言葉やら，詩形やらで，頭をいっぱいにしながら，
私はここに長居している。
足の裏に火がついた感じなのに！

Ade! Ich muß fort:
an andrem Ort
dank' ich euch inniglich,
weil ihr so minniglich;

ではさようなら！
ところを替えて、いずれ
心からお礼を申し述べますが、
それも、あなたが親切にしてくれたためです。

für euch nun stimme ich,
kauf' eure Werke gleich,
mache zum Merker euch, —
doch fein mit Kreide weich,
nicht mit dem Hammerstreich! —

これからは、あなたのために一票を投じますし、
あなたの傑作はすぐにも買い求めましょう。
そして、判定役にもなっていただきましょう！
ただし、上品にチョークでやるので、
ハンマーで叩くのはだめですぞ！

Merker! Merker! Merker Hans Sachs!
Daß Nürnberg schusterlich blüh' und wachs'!

判定役、名判定役のハンス・ザックス殿！
靴屋のあなたによってニュルンベルクが《花咲き、栄え》ますよう！

Beckmesser nimmt tanzend von Sachs Abschied, taumelt und poltert der Ladentüre zu; plötzlich glaubt er, das Gedicht in seiner Tasche vergessen zu haben, läuft wieder vor, sucht ängstlich auf dem Werktische, bis er es in der eigenen Hand gewahr wird: darüber scherzhaft erfreut, umarmt er Sachs nochmals, voll feurigen Dankes, und stürzt dann, hinkend und strauchelnd, geräuschvoll durch die Ladentür ab.

ベックメッサーは小躍りしながら、ザックスに別れを告げ、よろよろ出て行って、騒がしく店の戸を閉める。不意に、ポケットの中の詩を忘れたと勘違いして、また戻ってくると、不安げに仕事台の上を探すが、つまりは、手の中にあったと分かる。その喜びを茶化すかたちで、ザックスをもう一度しっかと抱いて、熱っぽく感謝の気持ちを示し、ふらふらとよろめきながら、戸口から騒々しく店を出て行った。

SACHS
ザックス

(sieht Beckmesser gedankenvoll lächelnd nach)
So ganz boshaft doch keinen ich fand;
er hält's auf die Länge nicht aus:
vergeudet mancher oft viel Verstand,
doch hält er auch damit haus;

(気づかわしげに微笑みながら、ベックメッサーを見送って)
あれほど根性の悪い男にはこれまで遭ったことがない。
あれでは，永続きしないだろう。
分別の無駄遣いをする人は少なくないが，
それでも，どこかで辻褄は合わせているものだが。

die schwache Stunde kommt für jeden, —
da wird er dumm und läßt mit sich reden.
Daß hier Herr Beckmesser ward zum Dieb,
ist mir für meinen Plan gar lieb. —

誰しも，心がひるむとき，というものはあるもので，
愚かな妥協をしてしまうものだ。
ベックメッサー殿がここで泥棒を働いてくれたのは，
わしの計画にとって，勿怪の幸いだった。

(Eva nähert sich auf der Straße der Ladentür. Er wendet sich und gewahrt Eva.)
Sieh, Evchen! Dacht' ich doch, wo sie blieb'! —

(エーヴァが通りから店の戸口に近づいて来る。ザックスは振り向いてエーヴァを認めると)
おや，エーヴァだ！ どこにいるんだろう，と思っていたところだが。

Vierte Szene 第4場

Eva, reich geschmückt, in glänzend weißer Kleidung, auch etwas leidend und blaß, tritt zum Laden herein und schreitet langsam vor.

輝くような純白の晴れ着をまとい，さまざまな飾りを身につけたエーヴァが店の戸口を入って，ゆっくりとザックスの方に歩いてくるが，その顔色はさえず，思いやつれた様子。

SACHS
ザックス

Grüß Gott, mein Evchen! Ei, wie herrlich
und stolz du's heute meinst!
Du machst wohl alt und jung begehrlich,
wenn du so schön erscheinst.

こんにちは！ エーヴァちゃん，また，何と素敵で
晴れ晴れしい，今日の出で立ちだね！
老いも若きも，かっかとなるのではないかな，
こんな素晴らしい姿を見せられたら。

EVA エーヴァ		Meister, 's ist nicht so gefährlich: und ist's dem Schneider geglückt, wer sieht dann, wo's mir beschwerlich, wo still der Schuh mich drückt?

親方，そんなに物騒なことではありませんよ！
仕立屋さんの仕事がうまくいっただけのことですわ。
でも，誰が気づくでしょうか，私のつらいのは
いったい，靴のどこがきついのか，と言うことを？

SACHS / ザックス
Der böse Schuh! 's war deine Laun',
daß du ihn gestern nicht probiert.

困った靴だな！ だが，おまえも気まぐれを起こして，
夕べのうちに，試しておかなかったのだね？

EVA / エーヴァ
Merk' wohl, ich hatt' zu viel Vertraun;
im Meister hatt' ich mich geirrt.

言っておきますが，親方の腕を私が信用しすぎて，
見立てが狂っていたのですわ。

SACHS / ザックス
Ei, 's tut mir leid! Zeig her, mein Kind,
daß ich dir helfe gleich geschwind.

それは，お気の毒なことで！ さあ，見せてごらん，
すぐに直してあげるよ。

EVA / エーヴァ
Sobald ich stehe, will es gehn;
doch, will ich gehn, zwingt mich's zu stehn.

立ち止まると，大丈夫のように思えるけど，
歩き出すと，きつくて立ち止まらねばいけなくなるのです。

SACHS / ザックス
Hier auf den Schemel streck den Fuß:
der üblen Not ich wehren muß. —
(Sie streckt einen Fuß auf dem Schemel am Werktisch aus.)
Was ist mit dem?

この台の上に足を乗せてごらん。
悪いところには手を打たねばならない。
（エーヴァは仕事台の脇の台に足をのせる。）
これのどこが悪いのだろう？

EVA / エーヴァ
Ihr seht, zu weit!

お分かりでしょう，ぶかぶかですわ。

SACHS ザックス	Kind, das ist pure Eitelkeit; der Schuh ist knapp.	

エーヴァちゃん,思わせぶりを言っては駄目だよ,
靴はぴったりじゃないか。

EVA エーヴァ	Das sagt' ich ja: drum drückt er mich an den Zehen da.	

ええ,そう言ったのですよ。
だから,指がきついのです。

SACHS ザックス	Hier links?	

こっちの左側かね？

EVA エーヴァ	Nein, rechts.	

いいえ,右側です。

SACHS ザックス	Wohl mehr am Spann?	

どっちかと言うと,甲の方だね？

EVA エーヴァ	Hier mehr am Hacken.	

いいえ,むしろ,こちらの踵(かかと)の方が。

SACHS ザックス	Kommt der auch dran?	

踵もそうなのかい？

EVA エーヴァ	Ach, Meister! Wüßtet ihr besser als ich, wo der Schuh mich drückt?	

ええ,親方！ あなたの方がよくご存知ですの,
靴のどこがきついかを？

SACHS ザックス	Ei! 's wundert mich, daß er zu weit und doch drückt überall!	

おや,まあ,不思議だね,ぶかぶかなのに,
あちこちで,きついなんて！

(Walther, in glänzender Rittertracht, tritt unter die Tür der Kammer.)

(ヴァルターがきらびやかな騎士の衣裳をつけて,奥の小部屋の戸口に現れる。)

EVA エーヴァ	Ah! *(Eva stößt einen Schrei aus und bleibt, unverwandt auf Walther blickend, in ihrer Stellung mit dem Fuß auf dem Schemel.)*	

まあ！
(嘆声をあげ,目はぴったりとヴァルターを見据え,足を台の上に置いたままの姿勢は変えない。)

(Sachs, der vor ihr niedergebückt steht, bleibt mit dem Rücken der Tür zugekehrt, ohne Walthers Eintritt zu beachten.)

（ザックスはエーヴァの前に屈みこんで，背を小部屋の扉の方に向けているので，ヴァルターが入ってきたことに気がつかない。）

SACHS
ザックス

Aha! — hier sitzt's: nun begreif' ich den Fall. —
Kind, du hast recht: 's stak in der Naht.
Nun warte, dem Übel schaff ich Rat:
bleib nur so stehn; ich nehm' dir den Schuh
eine Weil' auf den Leisten, dann läßt er dir Ruh'!

なるほど，ここだな！ 分かったぞ。
エーヴァちゃん，おまえの言ったとおりだ。縫い目が問題なのだ。
じゃあ，待ってくれるか，これなら手当てができる。
そのまま立っていてくれ。しばらく，この靴を
靴型にかけておく。そうすれば，もう安心だ。

(Walther, durch den Anblick Evas festgebannt, bleibt ebenfalls unbeweglich unter der Tür stehen. Sachs hat Eva sanft den Schuh vom Fuße gezogen; während sie in ihrer Stellung verbleibt, macht er sich am Werktisch mit dem Schuh zu schaffen und tut, als beachte er nichts anderes.)

（ヴァルターもエーヴァの姿に魅せられて，同じようにじっと扉の敷居のところに立ち尽くす。ザックスは姿勢を変えないエーヴァから優しく靴を脱がせ，仕事台の上でいじくり回して，ほかの何ごとも眼中にない様子。）

(bei der Arbeit)
Immer schustern, das ist nun mein Los;
des Nachts, des Tags, komm' nicht davon los.
Kind, hör zu: ich hab' mir's überdacht,
was meinem Schustern ein Ende macht:

（仕事を続けながら）

相も変らぬ靴屋稼業が，わしのさだめさ！
夜も，昼もそこから逃げ出すことはかなわない。
ねえ聞いてくれ！ どうやったら，靴屋渡世をやめられるか，
いろいろと考えてみたのだよ！

am besten, ich werbe doch noch um dich;
da gewänn' ich doch was als Poet für mich. —
Du hörst nicht drauf? So sprich doch jetzt;
hast mir's ja selbst in den Kopf gesetzt?

一番はやはり，今からでもおまえに求婚することだ。
そうすれば，詩人としても，得るところがいくらかある。
おや，聞いてくれているかい？ さあ，何とか言ってくれよ，
その考えをわしに植え付けたのはおまえだからね。

Schon gut! — ich merk': — »mach deine Schuh'!« —
Säng' mir nur wenigstens einer dazu! —
Hörte heut gar ein schönes Lied:—
wem dazu wohl ein dritter Vers geriet'? —

もう結構だ，分かったよ。《自分の靴を作っていなさいな》
だろう？
それなら，せめて誰かがわしの代わりに歌ってくれるといい
のだが！
それにしても，今日は実に素晴らしい歌を聞いたものだ，
あの後に，誰か，三節めを付け加えてくれるだろうか？

WALTHER
ヴァルター

(den begeisterten Blick unverwandt auf Eva)
»Weilten die Sterne im lieblichen Tanz?
So licht und klar
im Lockenhaar,
vor allen Frauen
hehr zu schauen,
lag ihr mit zartem Glanz
ein Sternenkranz.«

(エーヴァに感激の視線を当てたまま)
《星たちは愛らしい踊りを続けていたのだろうか？
かくも明るく清く，
その巻き髪に，
なべての女のうちでも
ひときわ気高く見える
彼女の巻き髪にほのかに輝くのは
星たちの冠》

SACHS
ザックス

(immer fortarbeitend)
Lausch, Kind! Das ist ein Meisterlied.

(なおも仕事を続けながら)
お聴き，エーヴァちゃん！ これこそ真のマイスターの歌だ！

WALTHER ヴァルター		»Wunder ob Wunder nun bieten sich dar: zwiefachen Tag ich grüßen mag; denn, gleich zwei'n Sonnen reinster Wonnen, der hehrsten Augen Paar nahm ich da wahr.«

《奇跡を追って奇跡が姿を見せる。

私が挨拶するのは，

日に重なった日。

それは，このうえなく純粋な悦びの

二つの太陽にも似た，

こよなく気高い双の瞳を

私はそこに見出したのだった》

SACHS ザックス		*(beiseite zu Eva)* Derlei hörst du jetzt bei mir singen.

（傍らのエーヴァに）

このような歌がザックスの家では聞けるのだよ。

WALTHER ヴァルター		»Huldreichstes Bild, dem ich zu nahen mich erkühnt! Den Kranz, von zweier Sonnen Strahl zugleich geblichen und ergrünt, minnig und mild sie flocht ihn um das Haupt dem Gemahl:

《その慈愛あふれる姿に

私は敢えて近づこうとした！

二つの太陽の輝きに色褪せると見えて，

なおその緑をました冠。

その女性は愛らしく，やさしく

その花の冠を編んで，夫の頭にまつわらせた。

dort Huld-geboren,
nun Ruhm-erkoren,
gießt paradiesische Lust
sie in des Dichters Brust —
im Liebestraum.«

かつて慈愛によってこの世に生み出され，

いまや名声を得るべく選ばれた，

その女性は，楽園の悦びを注いだ，

愛の夢に浸る

詩人の胸に》

| SACHS
ザックス | *(Sachs hat den Schuh zurückgebracht und ist jetzt darüber her, ihn Eva wieder an den Fuß zu ziehen.)*
Nun schau, ob dazu mein Schuh geriet?
Mein' endlich doch, —
es tät' mir gelingen? —
Versuch's — tritt auf! Sag, drückt er dich noch? |

(靴を手に戻ってきていたザックスは，それをエーヴァにはかせようとして)
さあ，どうだい？　直り具合はどうかな？
どうやら，うまくいったと，
思っていいようだな？
試してごらん！　歩いてみるんだ！　これでも，まだきついかね？

Eva, die wie bezaubert, regunslos gestanden, gesehen und gehört hat, bricht jetzt in heftiges Weinen aus, sinkt Sachs an die Brust und drückt ihn schluchzend an sich. Walther ist zu ihnen getreten; er drückt begeistert Sachs die Hand. Längeres Schweigen leidenschaftlicher Ergriffenheit. Sachs tut sich endlich Gewalt an, reißt sich wie unmutig los und läßt dadurch Eva unwillkürlich an Walthers Schulter sich anlehnen.

エーヴァは，魅せられたように，身じろぎもせず立ち尽くしてヴァルターを見つめ，歌に聞き惚れていたが，突然，激しく泣き出して，ザックスの胸に顔を埋めて，むせび泣きながら，ザックスを抱き締める。ヴァルターが二人の方に近寄ってきて，感激の握手をザックスと交わす。しばらく，情熱的な感動による沈黙が続くが，ついにザックスはエーヴァをむっとしたかのように押しはなし，彼女は思わず知らずヴァルターの肩にすがる。

| SACHS
ザックス | Hat man mit dem Schuhwerk nicht seine Not!
Wär' ich nicht noch Poet dazu,
ich machte länger keine Schuh'!
Das ist eine Müh', ein Aufgebot! |

靴屋稼業に苦労がない，なんてもんじゃない！
かてて加えて詩人なんかでなかったら，
もう金輪際，靴なんか作らないだろう！
ほんとうに苦労だ，精も根も尽き果てる！

| | Zu weit dem einen, dem andern zu eng;
von allen Seiten Lauf und Gedräng':
da klappt's,
da schlappt's,
hier drückt's,
da zwickt's; — |

ゆるい，と言う者，きつい，と言う者，
四方八方から押しかけられ，板ばさみだ！
ここがぱたぱた，
あそこがぶかぶか，
あっちがきつくて，
そっちは締めつける！

der Schuster soll auch alles wissen,
flicken, was nur immer zerrissen:
und ist er gar Poet dazu,
da läßt man am End' ihm auch da keine Ruh';

靴屋は何でも知らねばならんのか，
裂け目ができりゃあ，繕わねばならん。
そのうえ，詩人でもあったりすれば，
つまりは誰からも休ませてはもらえない！

und ist er erst noch Witwer gar,
zum Narren hält man ihn fürwahr: —
die jüngsten Mädchen, ist Not am Mann,
begehren, er hielte um sie an;

ましてや，男やもめときていて，
本当に馬鹿な目にも遭うのだ！
年端もゆかぬ娘たちだって，いざ男に不足すれば，
わしに求婚しろと，無理じいする。

versteht er sie, versteht er sie nicht, —
all' eins ob ja, ob nein er spricht, —
am End' riecht er doch nach Pech
und gilt für dumm, tückisch und frech. —

そして，娘っ子の気持ちが分かろうと分かるまいと，
承諾しようと，承諾しまいと，つまりは同じこと！
わしはピッチのにおいがすると言われ，
馬鹿だの，陰険だの，厚かましいだのとそしられる。

Ei! 's ist mir nur um den Lehrbuben leid;
der verliert mir allen Respekt:
die Lene macht ihn schon nicht recht gescheit,
daß aus Töpf' und Tellern er leckt.
Wo Teufel er jetzt nur wieder steckt!

やれやれ，徒弟のダーヴィットが可哀そうだ！
なにしろ，師匠がぜんぜん偉く見えなくなってしまったのだ。
レーネに至っては，ダーヴィットに鍋やら皿やら舐めさせて
愚か者に仕立て上げてしまう！
さて，わしの徒弟はいったいどこにすくんでいるのだろう？

EVA *(indem sie Sachs zurückhält und von neuem an sich zieht)*
エーヴァ O Sachs! Mein Freund! Du teurer Mann!
（ザックスを引きとめ，あらためて自分の方に引き寄せて）
ああ，ザックスさん，大事なお方！

Wie ich dir Edlem lohnen kann!
Was ohne deine Liebe,
was wär' ich ohne dich? —
ob je auch Kind ich bliebe,
erwecktest du mich nicht?

心ばえの高いあなたに,どうやって私は報いたらいいのでしょう?
あなたの愛がなければ,
そもそもあなたがいなければ,私は何になっていたでしょう?
私はまだ子供だったかも知れない,
もし,あなたが私の目を覚ましてくれなかったら。

Durch dich gewann ich,
was man preist;
durch dich ersann ich,
was ein Geist;

あなたのお陰で,
人に褒められる長所が身につき,
あなたのお陰で,私は
精神とは何か,考えるようになりました。

durch dich erwacht,
durch dich nur dacht'
ich edel, frei und kühn;
du ließest mich erblühn!

あなたのお陰で目覚めて,私は
自由に,心ばえ高く,大胆に
考えることを学びました。
私を花開かせてくださったのは,あなたです!

Ja, lieber Meister, schilt mich nur;
ich war doch auf der rechten Spur.
Denn, hatte ich die Wahl,
nur dich erwählt' ich mir;
du warest mein Gemahl,
den Preis reicht' ich nur dir. —

そうです,ザックス親方,私を叱るなら叱りなさい!
でも,私の考えはまんざら間違ってはいなかったのです。
なぜって,選ぶことが許されたなら,
あなたしか,私は選ばなかったでしょう。
あなたは私の婿殿ということになって,
私はあなたにしか,賞を渡さなかったでしょう。

> Doch nun hat's mich gewählt
> zu nie gekannter Qual;
> und werd' ich heut vermählt,
> so war's ohn' alle Wahl: —
> das war ein Müssen, war ein Zwang! —
> Euch selbst, mein Meister, —wurde bang. —

しかし，今の私は
思いもよらぬ苦しみを味わわされている身です。
今日という日は，私が結婚する日ですが，
そこには選ぶということがまったくないのです。
無理やりに，否応なしなのです！
あなただって，親方，心配でならないでしょう？

SACHS
ザックス

> Mein Kind,
> von Tristan und Isolde
> kenn' ich ein traurig Stück: —
> Hans Sachs war klug und wollte
> nichts von Herrn Markes Glück. —

エーヴァちゃん，
『トリスタンとイゾルデ』の，
悲しいお芝居を
私は知っている。だが，ハンス・ザックスは賢明だったから，
マルケ王のような仕合わせは望まなかったのだよ。＊

> 's war Zeit, daß ich den Rechten fand,
> wär' sonst am End' doch hineingerannt. —
> Aha! Da streicht die Lene schon ums Haus:
> nur herein! He! David! Kommst' nicht heraus?

とにかく，打ってつけの男性がわしのところへ現れるときだったのだ。
さもなければ，ことは芳しくない結末を迎えていたやも知れぬ。
おお，レーネがもう家の回りをうろついている，
さあ，お入り！ おい，ダーヴィット！ そろそろ出てこないか？

(Magdalene, in festlichem Staate, tritt durch die Ladentüre herein. David, ebenfalls im Festkleid, mit Blumen und Bändern sehr reich und zierlich ausgeputzt, kommt zugleich aus der Kammer heraus.)

（マクダレーネが祭の日にふさわしい衣裳で戸口から入ってくる。ダーヴィットも同じように，花とリボンで飾られた，晴れの盛装で，奥の小部屋から出てくる。）

＊訳註）ワーグナーは前作の楽劇『トリスタンとイゾルデ』を引合いに出し，音楽も引用している。

Die Zeugen sind da, Gevatter zur Hand:
jetzt schnell zur Taufe! Nehmt euren Stand!
(Alle blicken ihn verwundert an.)

証人もそろったし，立会人もいる。
では，急いで洗礼を行なおう。皆さん，位置について！
（皆は不審そうにザックスを見る。）

Ein Kind ward hier geboren:
jetzt sei ihm ein Nam' erkoren.

子供がひとり生まれたのだ。
そこで名前を選んでつけることにしよう。

So ist's nach Meisterweis' und Art,
wenn eine Meisterweise geschaffen ward,
daß die einen guten Namen trag',
dran jeder sie erkennen mag. —

マイスタージンガーの世界の習慣に従えば，
マイスタージンガーの調べが新しく創られたときには，
誰もがそれと認めることができるような，
良い名前を与えることになっている。

Vernehmt, respektable Gesellschaft,
was euch hier zur Stell' schafft. —
Eine Meisterweise ist gelungen,
von Junker Walther gedichtet und gesungen:

さて，お集まりの，尊敬申し上げる皆さん，
ここにお集まりいただいたわけを聞いていただこう。
騎士ヴァルター殿が詞（ことば）を創り，歌って，
新しいマイスターの調べができ上がったのです。

der jungen Weise lebender Vater
lud mich und die Pognerin zu Gevatter.
Weil wir die Weise wohl vernommen,
sind wir zur Taufe hierher gekommen;

この新しい調べの父親が私とエーヴァを，
立会人に招きました。
その調べはしっかりと聴きましたので，
その洗礼の場にこうしてやって来たのです。

auch daß wir zur Handlung Zeugen haben,
ruf' ich Jungfer Lene und meinen Knaben.

この式典には証人も必要となりますので，
レーネ嬢と私の徒弟を呼びました。

Doch da's zum Zeugen kein Lehrbube tut,
und heut auch den Spruch er gesungen hat,
so mach' ich den Burschen gleich zum Gesell'.
Knie nieder, David, und nimm diese Schell'!

ところが，徒弟の身分では証人として不足ですし，
彼は今日，聖ヨハネ祭の唱え歌も歌ったので，
この場でこの若者を職人に昇格させることに決めました。
ダーヴィット，膝をついて，この平手打ちを受けなさい！＊

(David ist niedergekniet; Sachs gibt ihm eine starke Ohrfeige.)
Steh auf, Gesell', und denk an den Streich:
du merkst dir dabei die Taufe zugleich. —
Fehlt sonst noch was, uns keiner schilt;
wer weiß, ob's nicht gar einer Nottaufe gilt.

（ダーヴィットが膝をつくと，ザックスは彼にきつい平手打ちを見舞う。）
さあ立つがいい，職人どの，この一発を肝に銘じるとともに，
洗礼の方も忘れないように！
このうえ，何か不足があっても，誰も非難はしますまい。
これは応急の洗礼だが，それも致し方のないところです。

Daß die Weise Kraft behalte zum Leben,
will ich nur gleich den Namen ihr geben: —

新しい調べが生き続ける力を授かるようにと，
私は，この場で早速，この歌を命名しましょう。

Die »selige Morgentraum-Deutweise«
sei sie genannt zu des Meisters Preise. —

《仕合わせな朝の夢判じの調べ》と名づけて，
マイスタージンガーの資格にかなう名誉と見なします。

Nun wachse sie groß, ohn' Schad' und Bruch.
Die jüngste Gevatterin spricht den Spruch.

これから，この調べがすくすくと育ちますように！
最年少の立会人のエーヴァに祝いの言葉を述べてもらいましょう。

(Er tritt aus der Mitte des Halbkreises, der von den übrigen um ihn gebildet worden war, auf die Seite, so daß nun Eva in der Mitte zu stehen kommt.)

（ザックスは彼を囲んでいた人の半円から外に出て，脇に立ったので，エーヴァが自ずと中心に立つことになった。）

＊訳註）騎士の資格を受ける者には剣で肩を叩かれる「刀礼」の儀式があるが，この平手打ちもそれにならったもの。

EVA エーヴァ	Selig, wie die Sonne meines Glückes lacht, Morgen voller Wonne, selig mir erwacht;	*

 私の幸運の太陽が
 仕合わせに笑いかけるように，
 歓喜にみちた朝が私に
 目覚めました。

Traum der höchsten Hulden,
himmlisch Morgenglühn:
Deutung euch zu schulden,
selig süß Bemühn!

 神々しい朝焼けは
 至高の恵みの夢でしょうか。
 それを皆さんに解き明かす責めは，
 甘美で仕合わせな骨折りというものでしょう。

Einer Weise, mild und hehr,
sollt es hold gelingen,
meines Herzens süß' Beschwer'
deutend zu bezwingen.

 優しくも気高い調べに，
 この胸の甘美な憂いを
 恵み深く解き明かし，
 静めてもらいましょう。

Ob es nur ein Morgentraum?
Selig deut' ich mir es kaum.

 それは唯の朝の夢にすぎないのでしょうか？
 幸福に浸った私には解けようもありません。

SACHS ザックス	Vor dem Kinde, lieblich hold, mocht' ich gern wohl singen: — doch des Herzens süß' Beschwer' galt es zu bezwingen:

 愛らしく，心ばえの高い，
 この娘の前で歌いたかった私だったが，
 胸の甘美な憂いはやはり
 抑えねばならなかった。

s' war ein schöner Morgentraum;
dran zu deuten, wag' ich kaum.

 たしかに，あれは素晴らしい朝の夢だったが，
 それが何を示すのか，敢えて解こうとは思わない。

＊訳註）以下がいわゆる〈洗礼の五重唱〉である。

WALTHER ヴァルター	Deine Liebe ließ mir es gelingen, meines Herzens süß' Beschwer' deutend zu bezwingen: ob es noch der Morgentraum? Selig deut' ich mir es kaum!	

あなたの愛があったればこそ,
この胸の甘美な憂いを
解き明かし,
払うことができた。
それは,まだ,あの朝の夢だったのだろうか?
幸福に浸った私には解けそうにもない。

DAVID ダーヴィット	Wach' oder träum' ich schon so früh? Das zu erklären, macht mir Müh': 's ist wohl nur ein Morgentraum? Was ich seh', begreif' ich kaum.	

このような朝まだきに,目覚めているのか,夢なのか,
それをはっきりさせるのは,とても難儀だ。
たぶん,それは朝の夢に過ぎないのだろうか?
目に見えている情景がどうも摑みきれない。

MAGDALENE マクダレーネ	Wach' oder träum' ich schon so früh? Das zu erklären, macht mir Müh': 's ist wohl nur ein Morgentraum? Was ich seh', begreif ich kaum.	

このような朝まだきに,目覚めているのか,夢なのか,
それをはっきりさせるのは,とても難儀だわ。
たぶん,それは朝の夢に過ぎないのでしょうか?
目に見えている情景がどうも摑みきれないわ。

EVA エーヴァ	Doch die Weise, was sie leise mir vertraut, hell und laut in der Meister vollem Kreis deute sie auf den höchsten Preis.	

けれども,あの調べが
そっと私に
打ち明けたこと,
それが,輝かしく高らかに
親方たちの集まる席で歌われて
最高の賞を指し示してほしいのです。

| WALTHER
ヴァルター | Doch die Weise,
was sie leise
dir vertraut
im stillen Raum,
hell und laut
in der Meister vollem Kreis
werbe sie um den höchsten Preis. |

しかし,あの調べが
そっと,この静かな部屋で
あなたに
打ち明けたこと,
それが,輝かしく高らかに
親方たちの集まる席で歌われて
最高の賞をものにしてほしい。

| SACHS
ザックス | Diese Weise,
was sie leise
mir anvertraut,
im stillen Raum,
sagt mir laut:
auch der Jugend ew'ges Reis
grünt nur durch des Dichters Preis. |

あの調べが
静かな部屋で
そっとわしに教えたこと,
それがはっきりと告げているのは,
青春の永遠の栄誉の枝も
詩人の栄冠があってこそ,
その緑の色を加える,ということ。

| DAVID
ダーヴィット | Ward zur Stelle
gleich Geselle?
Lene Braut? — |

この場で僕は
たちまち職人に昇格したのか？
そしてレーネは花嫁に？

| | Im Kirchenraum
wir gar getraut? |

僕たちは,教会で
式まで挙げるのか？

```
's geht der Kopf mir wie im Kreis,
daß ich Meister bald heiß'!
Meister, Meister bald, gar bald ich heiß'!
```

頭の中がぐるぐる回っている。
いずれ，親方とだって呼ばれるだろうさ！
親方，親方といずれ，じきに呼ばれるだろうな！

MAGDALENE
マクダレーネ

```
Er zur Stelle
gleich Geselle?
Ich die Braut,
im Kirchenraum
wir gar getraut?
```

あの人はこの場で
たちまち職人になったのでしょうか？
私は花嫁で，
私たちは教会で式まで挙げることに？

```
Ja! wahrhaftig, 's geht! Wer weiß,
daß ich Meist'rin bald heiß'?
Ja, wahrhaftig! 's geht:
Bald, bald ich Frau Meist'rin heiß'!
```

ええ，そのとおりよ！
大丈夫！ 親方の奥さんと，
呼ばれるのも近いことと，誰が知っているでしょうか？
ええ，そのとおりよ！
すぐに，すぐに，親方の奥さんと呼ばれるのよ！

SACHS
ザックス

(zu den übrigen sich wendend)
Jetzt all' am Fleck'!

（皆に向かって）
さあ，皆そろったね！

(zu Eva)
Den Vater grüß'!
Auf, nach der Wies', — schnell auf die Füß'! —
(Eva und Magdalene gehen.)

（エーヴァに）
父上によろしく！
それから，祭典の草地へ，——急いで出かけなさい！
（エーヴァとマクダレーネは去る。）

(Zu Walther:)
**Nun, Junker, kommt! Habt frohen Mut! —
David, Gesell': schließ den Laden gut!**

（ヴァルターに）
さて，騎士殿，参るとしましょう。どうか，元気よく！
ダーヴィット，職人になったおまえだが，戸締りはよろしく！

(Als Sachs und Walther ebenfalls auf die Straße gehen, und David über das Schließen der Ladentüre sich hermacht, wird im Proszenium ein Vorhang von beiden Seiten zusammengezogen, so daß er die Szene gänzlich verschließt.)

（ザックスとヴァルターも通りへ繰り出し，ダーヴィットが店の扉を閉じにかかっているとき，舞台前方に両脇から幕が引かれて，舞台をすっかり隠す。）

Fünfte Szene 第5場

Die Vorhänge sind nach der Höhe aufgezogen worden; die Bühne ist verwandelt. Diese stellt einen freien Wiesenplan dar, im ferneren Hintergrunde die Stadt Nürnberg. Die Pegnitz schlängelt sich durch den Plan: der schmale Fluß ist an den nächsten Punkten praktikabel gehalten. Buntbeflaggte Kähne setzen unablässig die ankommenden, festlich gekleideten Bürger der Zünfte, mit Frauen und Kindern, an das Ufer der Festwiese über. Eine erhöhte Bühne, mit Bänken und Sitzen darauf, ist rechts zur Seite aufgeschlagen; bereits ist sie mit den Fahnen der angekommenen Zünfte ausgeschmückt; im Verlaufe stecken die Fahnenträger der noch ankommenden Zünfte ihre Fahnen ebenfalls um die Sängerbühne auf, so daß diese schließlich nach drei Seiten hin ganz davon eingefaßt ist. — Zelte mit Getränken und Erfrischungen aller Art begrenzen im übrigen die Seiten des vorderen Hauptraumes.

Vor den Zelten geht es bereits lustig her: Bürger, mit Frauen, Kindern und Gesellen, sitzen und lagern daselbst. — Die Lehrbuben der Meistersinger, festlich gekleidet, mit Blumen und Bändern reich und anmutig geschmückt, üben mit schlanken Stäben, die ebenfalls mit Blumen und Bändern geziert sind, in lustiger Weise das Amt von Herolden und Marschällen aus. Sie empfangen die am Ufer Aussteigenden, ordnen die Züge der Zünfte und geleiten diese nach der Singerbühne, von wo aus, nachdem der Bannerträger die Fahne aufgepflanzt, die Zunftbürger und Gesellen nach Belieben sich unter den Zelten zerstreuen. — Soeben, nach der Verwandlung, werden in der angegebenen Weise die Schuster am Ufer empfangen und nach dem Vordergrund geleitet.

幕が上がると，舞台は一変して，広々とした祭典の草地になり，遠く，背景にニュルンベルクの町が望める。ペーグニッツ川が草地を蛇行し，この細い川はいくつかの箇所で船が着くようになっている。色とりどりの旗や幟で飾られた川舟が，晴れの衣裳をまとい，妻子を連れて到着する，同業組合員の市民を祭典の草地の岸に次々に下ろしている。座席や長いすを並べた歌のステージが右手に小高くしつらえられており，すでに到着した組合の旗で飾られている。その間にも到着する，他の組合の旗手たちもその旗を同じように回りに立てるので，ステージの三方を次第に旗が囲むことになる。さまざまな飲み物や食べ物の屋台が舞台前方の広い空間の両脇に並んでいる。

屋台の前ではすでに楽しそうな雰囲気が盛り上がり，妻子や職人を連れた市民が腰をおろし，また横になっている。晴れ着をまとった，マイスタージンガーの徒弟たちが，たくさんの花やリボンで優美に身を飾り，同じように花とリボンをあしらった細身のバトンをもって，案内役や触れ役を楽しげに務めている。彼らは，船着場に降りた人々を迎え，同業組合の行列を整列させ，歌のステージの方に案内する。組合の市民や職人は，旗手が幟を立て終えると，めいめいに屋台へ散る。舞台転換の後，いましも靴屋の組合が岸で歓迎を受け，前方へ案内されている。

DIE SCHUSTER 靴屋の一行	*(ziehen mit fliegender Fahne auf)* Sankt Krispin, lobet ihn! War gar ein heilig Mann, zeigt', was ein Schuster kann.

（幟をひるがえしながら登場）

靴屋の聖者，
聖クリスピンを讃えよ！
貴いお方で
靴屋の意気と力を示した。

Die Armen hatten gute Zeit,
macht' ihnen warme Schuh',
und wenn ihm keiner 's Leder leiht',
so stahl er sich's dazu.

貧しい人にはあったかい靴を
作ってやって喜ばせた。
誰も，革を都合つけてくれないときは，
こっそり失敬もしてきた。

Der Schuster hat ein weit Gewissen,
macht Schuhe selbst mit Hindernissen;
und ist vom Gerber das Fell erst weg,
dann streck, streck, streck!
Leder taugt nur am rechten Fleck!

靴屋の心はこだわりがない，
万難を排しても靴は作る。
なめし革屋から革が届くと，
トン，トン，トンと伸ばす，
靴になってこそ，革は役立つということ！

(Die Stadtwächter ziehen mit Trompeten und Trommeln den Stadtpfeifern, Lautenmachern usw. voraus. Gesellen mit Kinderinstrumenten. Stadtwächter und Heerhornbläser.)

（町の衛兵がラッパと太鼓で，町楽師やラウテ作りたちを先導する。おもちゃの楽器を持った職人。町の衛兵と，信号ラッパの奏者。）

第3幕第5場

DIE SCHNEIDER 仕立屋の一行	*(mit fliegender Fahne aufziehend)* Als Nürenberg belagert war, und Hungersnot sich fand, wär' Stadt und Land verdorben gar, war nicht ein Schneider zur Hand, der viel Mut hatt' und Verstand.

  （幟をなびかせて登場）
  むかしニュルンベルクが敵に包囲され，
  飢えの苦しみが始まったとき，
  街と領土は非道いことになったろう，
  勇気と知恵のたくさんある
  一人の仕立屋が居合わせなかったならば。

Hat sich in ein Bocksfell eingenäht,
auf dem Stadtwall da spazieren geht
und macht wohl seine Sprünge
gar lustig guter Dinge.

  仕立屋は山羊の皮をかぶり，
  城壁の上の散歩としゃれた。
  そして，上機嫌に
  飛び跳ねてさえ見せた。

Der Feind, der sieht's und zieht vom Fleck:
der Teufel hol' die Stadt sich weg,
hat's drin noch so lustige Meck-meck-meck!
Meck! Meck! Meck!
Wer glaubt's, daß ein Schneider im Bocke steck'!

  これを見た敵軍は囲みを解いて逃げ出した——
  《あんな町なんか悪魔にさらわれてしまえ！
  何しろ，山羊があんなに陽気にメエメエ，踊ってるんだから。
  メエ，メエ，メエ！》
  仕立屋が山羊に隠れてるなんて，誰が思うもんか！

DIE BÄCKER パン屋の一行	*(mit fliegender Fahne aufziehend)* Hungersnot! Hungersnot! Das ist ein greulich Leiden: gäb' euch der Bäcker nicht täglich Brot, müßt' alle Welt verscheiden.

  （幟をはためかせて登場）
  飢えの苦しさ！ 飢えの苦しさ！
  こいつはまさに恐ろしい！
  パン屋が毎日パンを焼かねば
  世界の誰もがくたばってしまう。

	Beck! Beck! Beck! Täglich auf dem Fleck, nimm uns den Hunger weg!
	焼け，焼け，焼けっ！ 毎日，焼いて届けてくれっ！ 皆の飢えを取り除いてくれっ！
DIE SCHUSTER 靴屋の一行	*(welche ihre Fahne aufgesteckt, begegnen beim Herabschreiten von der Sängerbühne den Bäckern)* Streck! Streck! Streck! Leder taugt nur am rechten Fleck!
	（幟を立て終えて，ステージから降りるとき，パン屋の一行に出くわす） トン，トン，トンと伸ばす， 靴になってこそ，革は役立つということ！
DIE SCHNEIDER 仕立屋の一行	*(nachdem sie die Fahne aufgesteckt, herabschreitend)* Meck! Meck! Meck! Wer meint, daß ein Schneider im Bocke steck'!
	（幟を立て終え，降りて来ながら） 《メエ，メエ，メエ！》 仕立屋が山羊に隠れてるなんて，誰が考えるもんか！
	(Ein bunter Kahn mit jungen Mädchen in reicher bäuerischer Tracht kommt an. Die Lehrbuben laufen nach dem Gestade.)
	（農民ふうの華やかな衣裳をつけた，若い娘たちをのせた，色とりどりの飾りの川舟が到着する。徒弟たちが岸へ走ってゆく。）
LEHRBUBEN 徒弟たち	Herr Je, Herr Je! Mädel von Fürth! Stadtpfeifer, spielt! Daß's lustig wird! *(Sie heben währenddem die Mädchen aus dem Kahn.)*
	へえっ！これは，これは！フュルトの娘たちだ！ 楽師さんたち，音楽を頼むぞ！ 楽しい気分を盛り上げるんだ！ （徒弟たちは，娘たちの手を引いて船から降ろす。）

Das Charakteristische des folgenden Tanzes, mit welchem die Lehrbuben und Mädchen zunächst nach dem Vordergrund kommen, besteht darin, daß die Lehrbuben die Mädchen scheinbar nur an den Platz bringen wollen; sowie die Gesellen zugreifen wollen, ziehen die Buben die Mädchen aber immer wieder zurück, als ob sie sie anderswo unterbringen wollten, wobei sie meistens den ganzen Kreis, wie wählend, ausmessen, und somit, die scheinbare Absicht auszuführen, anmutig und lustig verzögern.

次のダンスの特徴は，徒弟と娘たちは，手に手をとって舞台の前方に出てくるが，徒弟たちは，娘たちをその場所に導く格好を見せるだけで，職人たちがちょっかいを出そうとするたびに，娘たちの手を引いて，どこか余所へ坐らせようとする素振りを見せては，巧みに舞台全体を引き回し，どこかへ坐らせる目的を面白おかしく，巧みに延ばして相手を続ける点にある。

DAVID ダーヴィット	*(kommt vom Landungsplatz vor und sieht mißbilligend dem Tanz zu)* Ihr tanzt? Was werden die Meister sagen? *(Die Lehrbuben drehen ihm Nasen.)* Hört nicht? Lass' ich mir's auch behagen.	

(船着き場から上がってきて,忌々しげに踊りを眺め)

おまえたち! 踊っているのか? 親方たちが見たら何と言うことか!

(徒弟たちはダーヴィットをからかう仕草をする。)

言うことを聞かないんだな! それなら,俺だって楽しまなくっちゃ!

(David nimmt sich ein junges, schönes Mädchen und gerät im Tanz mit ihr schnell in großes Feuer. Die Zuschauer freuen sich und lachen. — Die Lehrbuben winken David.)

(ダーヴィットは若い美しい娘をつかまえ,たちまち踊りに夢中になる。見物人は面白がり,笑う。徒弟たちはダーヴィットに合図をして)

LEHRBUBEN 徒弟たち	David! David! — Die Lene sieht zu.

ダーヴィット! ダーヴィット! レーネが見ているぞ!

DAVID ダーヴィット	*(erschrocken, läßt das Mädchen schnell fahren, um welches die Lehrbuben sogleich tanzend einen Kreis schließen: da er Lene nirgends gewahrt, merkt David, daß er nur geneckt worden, durchbricht den Kreis, erfaßt sein Mädchen wieder und tanzt nun noch feuriger weiter)* Ach! laßt mich mit euren Possen in Ruh'!

(びっくりして急いで娘から離れると,徒弟たちはすかさず,その娘の周りに踊りの輪を作る。レーネがどこにも見当たらないので,かつがれたと分かったダーヴィットは,踊りの輪を破り,先ほどの娘をつかまえ,さらに夢中になって踊る。)

おい,つまらぬ茶番はご免だぜ!

(Die Buben suchen, ihm das Mädchen zu entreißen; er wendet sich mit ihr jedesmal glücklich ab, so daß nun ein ähnliches Spiel entsteht wie zuvor, als die Gesellen nach den Mädchen faßten.)

(徒弟たちは,ダーヴィットから娘を引き離そうとするが,そのたびにダーヴィットは娘と一緒に向きを変えて振り切り,先刻,職人たちが娘たちにちょっかいを出そうとしたときと似た繰り返しになる。)

GESELLEN 職人たち	*(vom Ufer her)* Die Meistersinger! —

(岸から)

マイスタージンガーだ!

LEHRBUBEN 徒弟たち	Die Meistersinger! *(Die Lehrbuben unterbrechen schnell den Tanz und eilen dem Ufer zu.)*

マイスタージンガーだ!

(すばやく踊りをよして,岸へ急ぐ。)

| | DAVID
ダーヴィット | Herr Gott! — Ade, ihr hübschen Dinger!
畜生！ それじゃあ，可愛い子ちゃんたち，あばよ！ |

Er gibt dem Mädchen einen feurigen Kuß und reißt sich los. Die Lehrbuben reihen sich zum Empfang der Meister: das Volk macht ihnen willig Platz.	ダーヴィットは娘に火のような接吻をして，離れる。徒弟たちがマイスターたちを迎えるため整列すると，民衆は彼らに喜んで席を空けてやる。
Die Meistersinger ordnen sich am Landungsplatze zum festlichen Aufzuge.	マイスタージンガーたちは船着き場で晴れの行進の隊列を整える。
Beginn des Aufzuges der Meistersinger. [Takt 2076] Hier kommt Kothner mit der Fahne im Vordergrund an. [Takt 2105] Die geschwungene Fahne, auf welcher König David mit der Harfe abgebildet ist, wird von allem Volk mit Hutschwenken begrüßt.	マイスタージンガーの行進の始まり。（2076小節）ここで旗を捧げ持ったコートナーが前景に登場。（2105小節）竪琴をもったダビデ王が描かれている旗が振られ，民衆は皆，帽子を振ってこれに挨拶する。
Der Zug der Meistersinger ist hier [Takt 2123] auf der Singerbühne, wo Kothner die Fahne aufpflanzt, angelangt: — Pogner, Eva an der Hand führend, diese von festlich geschmückten und reich gekleideten jungen Mädchen, unter denen auch Magdalene, begleitet, voran.	マイスタージンガーの行列はここ（2123小節）で，歌のステージに達し，コートナーは旗を立てる。エーヴァの手を引いたポーグナーを先頭に，マクダレーネもまじえた，晴れの衣裳と飾りを身につけた若い娘たちが続く。
Als Eva, von den Mädchen umgeben, den mit Blumen geschmückten Ehrenplatz eingenommen, und alle übrigen, die Meister auf den Bänken, die Gesellen hinter ihnen stehend, ebenfalls Platz genommen haben, treten die Lehrbuben, dem Volke zugewendet, feierlich vor der Bühne in Reih' und Glied.	娘たちに取り囲まれて，エーヴァが花で飾られた名誉席につき，のこりの者たちやマイスタージンガーは長椅子に着席し，職人たちはその後ろに立つと，徒弟たちは厳かに列を作って，ステージの前，民衆に向かって並ぶ。

| | LEHRBUBEN
徒弟たち | Silentium! Silentium!
Macht kein Reden und kein Gesumm'!
静粛に！ 静粛に！
話も，歌もやめなさい！ |

(Sachs erhebt sich und tritt vor. Bei seinem Anblick stößt sich alles an; Hüte und Mützen werden abgezogen: Alle deuten auf ihn.)
（ザックスが起立して中央に歩み出ると，その姿を見て，全員は肘をつついて注意を促し合い，帽子をとり，ザックスを指差す。）

| | VOLK
民衆 | Ha! Sachs! 's ist Sachs!
Seht, Meister Sachs!
Stimmt an!
やあ，ザックスだ！ ザックスだ！
見ろよ，ザックス親方だ！
さあ，歌おう！ |

ALLE
全員

(*Außer Sachs singen alle Anwesende diese Strophe mit — Alle Sitzenden erheben sich; die Männer bleiben mit entblößtem Haupte. Beckmesser bleibt, mit dem Memorieren des Gedichtes beschäftigt, hinter den anderen Meistern versteckt, so daß er bei dieser Gelegenheit der Beachtung des Publikums entzogen wird.*)

(ザックスのほか, 出席者の全員が次の詩句を歌う。着席していた者はすべて起立し, 男たちは脱帽のまま。ベックメッサーは歌の文句の暗記に没頭していて, 他のマイスターたちの後ろに隠れ, 民衆の注意からそれている。)

»Wach auf, es nahet gen den Tag;
ich hör' singen im grünen Hag
ein' wonnigliche Nachtigall,
ihr' Stimm' durchdringet Berg und Tal;

《目覚めよ, 朝が近づいている。
緑の垣根に,
仕合わせなナイチンゲールが歌うのが聞こえる。
その声は山と谷に響きとおる。

die Nacht neigt sich zum Okzident,
der Tag geht auf von Orient,
die rotbrünstige Morgenröt'
her durch die trüben Wolken geht.« —

夜は西に傾き,
朝は東から昇る。
赤味を帯びた朝焼けが
雲間から輝く》*

(*Von hier an singt der Chor des Volkes wieder allein; die Meister auf der Bühne sowie die andren vorigen Teilnehmer am Gesange der Strophe geben sich dem Schauspiele des Volksjubels hin. Das Volk nimmt wieder eine jubelnd bewegte Haltung an.*)

Heil! Heil dir, Hans Sachs!
Heil Nürnbergs teurem Sachs!

(ここから, 民衆の合唱だけが歌い, ステージの上のマイスターたちと, これまで詩句の歌に参加していた者たちは民衆の歓呼という見もの聞きものに, 見ほれ聞きほれている。感動した民衆はまたもや歓呼する。)

ザックスばんざい！ ばんざい, ザックス！
ニュルンベルクの貴いザックス, ばんざい！

(*Sachs, der unbeweglich, wie geistesabwesend, über die Volksmenge hinweggeblickt hatte, richtet endlich seine Blicke vertrauter auf sie und beginnt mit ergriffener, schnell aber sich festigender Stimme.*)

(ザックスは身じろぎもせず, まるで心ここにないかのように群集ごしに宙をにらんでいたが, ようやく気を取り直し, 民衆に親しみこめて一瞥を送り, 感動をにじませた。しかし, すばやく確固とした声で語り始める。)

＊訳註) これはマルティン・ルターをナイチンゲールにたとえ, 彼の宗教改革をいち早く讃美したハンス・ザックスの格言詩の歌詞を引いたもの。

SACHS	Euch macht ihr's leicht, mir macht ihr's schwer,
ザックス	gebt ihr mir Armen zu viel Ehr'.
	Soll vor der Ehr' ich bestehn,
	sei's, mich von euch geliebt zu sehn. —

あなた方の気持ちは軽いでしょうが，私の心は重くなります，
私のような哀れな者に，あまりの栄誉が与えられますと。
この栄誉にふさわしくあるには，
あなた方の愛と好意をこの身に受けねばなりません。

Schon große Ehr' ward mir erkannt,
ward heut ich zum Spruchsprecher ernannt.
Und was mein Spruch euch künden soll,
glaubt, das ist hoher Ehren voll. —

今日，私がこうして式辞を述べる役を仰せつかっていますことは，
私に大きな名誉が認められている，ということであります。
さて，私が，式辞のなかでお披露目する事柄は
実は，高い名誉を含んでいると申さねばなりません。

Wenn ihr die Kunst so hoch schon ehrt,
da galt es zu beweisen,
daß, wer ihr selbst gar angehört,
sie schätzt ob allen Preisen.

皆さんがたが日ごろ，芸術を高く敬っているのであれば，
まして，芸術に携わる者の方では，
何ものにもまして芸術を評価していることを
実地に示す必要がありました。

Ein Meister, reich und hochgemut,
der will heut' euch das zeigen:

ここに，一人の心ばえも高く，富裕な親方がおりまして，
次のような次第を，今日皆さんに告げたく思っております。

sein Töchterlein, sein höchstes Gut,
mit allem Hab' und Eigen,
dem Singer, der im Kunstgesang
vor allem Volk den Preis errang,
als höchsten Preises Kron'
er bietet das zum Lohn. —

自分の最高の宝である，まな娘に
すべての財産をそえて，
今回の歌くらべで，民衆を前にして
賞を勝ち取った歌手に，
最高の賞に，さらに花を添える褒美として
差し出そうと，彼は申し出ました。

Darum, so hört und stimmt mir bei:
die Werbung steh' dem Dichter frei. —
Ihr Meister, die ihr's euch getraut,
euch ruf ich's vor dem Volke laut: —

　そこで，よく聴いたうえで，ご賛成いただきたいのですが，
　この歌くらべには，詩人は自由に参加できます。
　親方のみなさん，歌に自信のある方々に，
　この晴れの場で声を大にしてお願いしておきたいのです。

erwägt der Werbung selt'nen Preis,
und wem sie soll gelingen,
daß der sich rein und edel weiß
im Werben wie im Singen,
will er das Reis erringen,

　歌くらべの賞品が世にも稀なものであることをよく考えてい
　ただきたい。
　誰が成功するにせよ，
　名誉の小枝を手にしようと思う人は
　求愛において，また歌において，
　自分の身と心の気高さと清らかさを信じる者であって欲しい
　のです。

das nie, bei Neuen noch bei Alten,
ward je so herrlich hoch gehalten,
als von der lieblich Reinen,
die niemals soll beweinen,
daß Nürenberg mit höchstem Wert
die Kunst und ihre Meister ehrt!

　何しろ，今も昔も，
　この愛らしく清らかな乙女の差し出す小枝ほどに
　輝かしく掲げられた小枝のあったためしはありませんでした。
　そして，ニュルンベルクの町が，芸術とそのマイスターたちに
　最高の尊敬を捧げていることを，
　この乙女に後悔させてはならないはずです。

(Große Bewegung unter allen. Sachs geht auf Pogner zu.)
　(皆の間に大きな感動がひろがる。ザックスはポーグナーに歩み寄る。)

POGNER　*(Sachs gerührt die Hand drückend)*
ポーグナー　O Sachs, mein Freund! Wie dankenswert! —
　　　　　Wie wißt ihr, was mein Herz beschwert!

　　　(感動してザックスの手を握りながら)
　　　おお，わが友ザックス！　何と有り難いことでしょう！
　　　だが，なぜ，私の心がいま重いか，お分かりですね？

SACHS ザックス	*(zu Pogner)* 's war viel gewagt; — jetzt habt nur Mut! ——	

（ポーグナーに）
まことに決断を要する行為でした！ 今はただ勇気を奮い起こすだけですよ！

(Beckmesser, zu dem sich jetzt Sachs wendet, hat schon während des Einzuges, und dann fortwährend, eifrig das Blatt mit dem Gedicht herausgezogen, memoriert, genau zu lesen versucht und oft verzweiflungsvoll sich den Schweiß getrocknet. Zu Beckmesser.)
Herr Merker! Sagt, wie steht's? Gut?

（ベックメッサーは入場の行進のときから，ずっと，例の詩の書かれた紙切れを引き出して，熱心に暗記し，正確に読もうとして，しばしば絶望したように汗をぬぐっていたが，そのベックメッサーをザックスは振り返り）
判定役さん，いかがです？ うまく行っていますか？

BECKMESSER ベックメッサー	O! Dieses Lied!... Werd' nicht draus klug und hab' doch dran studiert genug.

ああ，この歌ときたら！ どうも分からない，
これだけ研究したのに！

SACHS ザックス	Mein Freund, 's ist euch nicht aufgezwungen.

ベックメッサーさん，無理に押しつけたわけではありませんよ。

BECKMESSER ベックメッサー	Was hilft's? Mit dem meinen ist doch versungen: 's war eure Schuld! Jetzt seid hübsch für mich: 's wär' schändlich, ließ't ihr mich in Stich!

それでどうなる，というのです！ 私の歌は，歌いそこねになってしまった。
あれは，あなたに責任がある。どうか，せいぜい私に肩入れ頼みますよ。
私を置き去りになどしたら，それは卑劣というものですよ！

SACHS ザックス	Ich dächt', ihr gäbt's auf.

諦めた方がいい，と思いますがね。

BECKMESSER ベックメッサー	Warum nicht gar? Die Andren sing' ich alle zu paar; wenn ihr nur nicht singt.

とんでもない！
他に誰が出てこようと，みんな歌い負かしてやりますよ，
あなたさえ，歌わなければ！

SACHS ザックス	So seht, wie's geht! では，どうなるか，見ていてごらんなさい！
BECKMESSER ベックメッサー	Das Lied, bin's sicher, zwar niemand versteht; doch bau' ich auf eure Popularität. この歌はね，間違いなく，誰にも理解できないだろうが， 何しろ，あなたの人気を私は信頼していますよ！
SACHS ザックス	Nun denn, wenn's Meistern und Volk beliebt, zum Wettgesang man den Anfang gibt. それでは，マイスター方と，民衆の皆さんさえ良ければ， 歌くらべの開始の合図をしてもらいましょう！
KOTHNER コートナー	*(hervortretend)* Ihr ledig' Meister! Macht euch bereit! Der Ältest' sich zuerst anläßt! Herr Beckmesser, ihr fangt an: 's ist Zeit! （進み出て） 独身のマイスター，準備を願います！ 最年長の方にまずかかっていただくとして， ベックメッサーさん，時間です！　始めてください！

(Die Lehrbuben führen Beckmesser zu einem kleinen Rasenhügel vor der Singerbühne, welchen sie zuvor festgerammelt und reich mit Blumen überdeckt haben; Beckmesser strauchelt darauf, tritt unsicher und schwankt.)

（徒弟たちはベックメッサーを歌のステージの前の小さな芝生の壇に導いてくる。これは，徒弟たちが前もって踏み固め，たくさんの花で飾っておいたもの。ベックメッサーは自信なさそうに壇に登り，よろめく。）

BECKMESSER ベックメッサー	Zum Teufel! Wie wackelig! Macht das hübsch fest! *(Die Buben lachen unter sich und stopfen lustig an dem Rasen. — Das Volk stößt sich gegenseitig an.)* こん畜生！　何てぐらぐらするんだ！　ぐらつかないようにしないか？ （徒弟たちはこっそり笑いながら，愉快に芝生に詰め物をする。民衆は互いに肘でつつき合って面白がっている。）
DAS VOLK 民衆	Wie? Der? Der wirbt? Scheint mir nicht der Rechte! An der Tochter Stell' ich den nicht möchte! Seid still! 's ist gar ein tücht'ger Meister! 何だって？　あいつが？　あいつが求愛するのか？　適役には見えないなあ！ 俺が娘だったら，あんなのはお断りだよ！ 静かにしろ！　あれはなかなか有能なマイスターだぞ！

Still! Macht keinen Witz!
Der hat im Rate Stimm' und Sitz.

静かにしないか！ 駄洒落はやめろ！
市の参事会では，羽振りがいいんだぞ！

Ach! der kann ja nicht mal stehn!
Wie soll es mit dem gehn?
Er fällt fast um.
Gott! ist der dumm!
Stadtschreiber ist er, Beckmesser heißt er.
(Viele lachen.)

あいつ，まともに立ってることだってできないじゃないか！
こりゃあ，いったいどうなるんだ？
今にも倒れそうだ。
おいおい，何て馬鹿なんだ！
あの人は市の書記で，名はベックメッサーというんだ。
（たくさんの人が笑う。）

DIE LEHRBUBEN
徒弟たち

(in Aufstellung)
Silentium! Silentium!
Macht kein Reden und kein Gesumm'!

（整列して）
静粛に！ 静粛に！
歌も話しもおやめなさい！

KOTHNER
コートナー

Fanget an!
(Beckmesser, der sich endlich mit Mühe auf dem Rasenhügel festgestellt hat, macht eine erste Verbeugung gegen die Meister, eine zweite gegen das Volk, dann gegen Eva, auf welche er, da sie sich abwendet, nochmals verlegen hinblinzelt; große Beklommenheit erfaßt ihn; er sucht, sich durch ein Vorspiel auf der Laute zu ermutigen.)

始めよ！
（ベックメッサーは何とか苦労して，ようやっと芝生の丘の上に立つことができたが，まず，マイスターたちにお辞儀し，次は民衆に，最後はエーヴァにするが，彼女はそっぽを向いたので，途方にくれて，彼女の方に目をしばたたかせる。ひどい不安に襲われているが，ラウテで前奏を奏でて勇気を奮い起こそうと努力する。）

BECKMESSER
ベックメッサー

»Morgen ich leuchte in rosigem Schein,
von Blut und Duft
geht schnell die Luft;

《朝，私は薔薇色の光につつまれ，輝いた。
血の臭いの風が
すみやかに吹く。

wohl bald gewonnen,
wie zerronnen;
im Garten lud ich ein
garstig und fein.«
(Er richtet sich wieder ein, besser auf den Füßen zu stehen.)

勝ち取ったかと思うと，じきに
溶け消えてしまう。
園の中で，私は招きいれた。
卑しく，上品に》
(足元をしっかり踏み直す。)

DIE MEISTERSINGER 親方たち	*(leise unter sich)* Mein'! Was ist das? Ist er von Sinnen? Woher mocht' er solche Gedanken gewinnen? Höchst merkwürd'ger Fall! Was kommt ihm bei? (そっと口々に) おや，これは何だ！ 正気かな，彼は？ あんな考えを，いったいどこから仕入れたんだろう？ 何とも奇妙な事態だ！ 何を思いついたんだ？
VOLK 民衆	*(leise unter sich)* Sonderbar! Hört ihr's? Wen lud er ein? Verstand man recht? Wie kann das sein? Garstig und fein lud er bei sich ein? (そっと口々に) 奇妙だなあ！ 聞いたかい？ 誰を招き入れたんだ？ ちゃんと理解できたかね？ どうして，こんなことが？ 卑しく，上品に，彼は人を招いたのか？
SCHWARZ シュヴァルツ	Verstand man recht? ちゃんと理解できたかね？
BECKMESSER ベックメッサー	*(zieht das Blatt verstohlen hervor und lugt eifrig hinein: dann steckt er es ängstlich wieder ein)* »Wohn' ich erträglich im selbigen Raum, — hol' Geld und Frucht, — Bleisaft und Wucht... (こっそり紙切れを取り出し，必死に覗き込む。こわごわ，また不安げにポケットにしまう) 《同じ園になんとか，かんとか私は住まい， 金と木の実を ―― 鉛汁と重りを取ってくる。

> (Er lugt in das Blatt.)
> Mich holt am Pranger
> der Verlanger,
> auf luft'ger Steige kaum,
> häng' ich am Baum.«

（紙切れを覗き）
曝し台で私を呼ぶのは ——
願いを抱く人，
風通しのいい坂道ではなく ——
私は樹で，首を吊る》

(Er wackelt wieder sehr: sucht im Blatt zu lesen, vermag es nicht; ihm schwindelt, Angstschweiß bricht aus.)

（また，ひどくふらふらと揺れ，紙切れを覗こうとするが，うまくいかない。目まいを覚え，冷や汗が吹き出す。）

DIE MEISTER
親方たち

Was soll das heißen? Ist er nur toll?
Sein Lied ist ganz von Unsinn voll!

これはどういうことだ？　気でも狂ったか？
彼の歌はまったくのナンセンスだ！

DAS VOLK
民衆

Schöner Werber! Der find't wohl seinen Lohn.
Bald hängt er am Galgen! Man sieht ihn schon!

結構な花婿の候補者だよ！　奴はご褒美にありつくだろうよ。
今に絞首台にぶら下がるさ。その様子が目に見えるようだ！

BECKMESSER
ベックメッサー

(rafft sich verzweiflungsvoll und ingrimmig auf)
»Heimlich mir graut,
weil es hier munter will hergehn:

（自棄になりながら，荒っぽく元気を奮い起こす）
《ひそかに私は戦慄を覚える。
なにしろ，ここは大変に陽気だから。

an meiner Leiter stand ein Weib; —
sie schämt' und wollt' mich nicht besehn;
bleich wie ein Kraut
umfasert mir Hanf meinen Leib;

私の梯子にもたれて一人の女が立っていた。
恥じ入って，私を見ようとしなかった。
キャベツのように色の褪せた
麻糸がほつれて私の体に巻きつく。

mit Augen zwinkend —
der Hund blies winkend,

両目をパチクリさせ，
犬は合図しながら吹いた。

>was ich vor langem verzehrt,
wie Frucht so Holz und Pferd
vom Leberbaum!«

私がとっくの昔に，
木の実も，材木も，馬も，
肝臓の樹から喰らっていたものを！》

(Alles bricht in ein dröhnendes Gelächter aus. Beckmesser verläßt wütend den Hügel und stürzt auf Sachs zu.)
Verdammter Schuster, das dank' ich dir! —

（皆はどっと，どよめき笑い。ベックメッサーは怒って壇を降り，ザックスに喰ってかかる。）

忌々しい靴屋め，これも貴様のお陰だ！

Das Lied, es ist gar nicht von mir:
von Sachs, der hier so hoch verehrt,
von eurem Sachs ward mir's beschert.
Mich hat der Schändliche bedrängt,
sein schlechtes Lied mir aufgehängt.
(Er stürzt wütend fort und verliert sich unter dem Volk.)

この歌だが，これは私の作品なんかじゃあないんだ！
ここで，こんなに尊敬されているザックス，
おまえたちのザックスから私に贈られた歌だ！
この卑劣漢が私にしつこく迫って，
奴の，碌でもない歌を押しつけたんだ！
（かんかんになって怒り，転がるように民衆の間に姿を消す。）

VOLK
民衆

Mein'! Was soll das sein? Jetzt wird's immer bunter!
Von Sachs das Lied? Das nähm' uns doch Wunder!

おやおや！ これはどうしたことか？ ますますごたごたするぞ！
ザックスの歌だって言うのか？ こいつは何とも不思議だなあ！

DIE MEISTERSINGER
親方たち

(zu Sachs)
Erklärt doch, Sachs! Welch ein Skandal!
Von euch das Lied? Welch eigner Fall!

（ザックスに）
説明なさい，ザックスさん！ 何というスキャンダルだ！
あなたの歌ですって？ 何とも珍しい事態だ！

SACHS ザックス	*(hat ruhig das Blatt, welches ihm Beckmesser hingeworfen, aufgenommen)* Das Lied, fürwahr, ist nicht von mir: Herr Beckmesser irrt, wie dort so hier.	

（ベックメッサーが捨てていった紙切れを落ち着きはらって拾い上げていたが）
この歌は、はっきり申しますが、私のものではない。
ベックメッサーさんは、この点でも誤りを犯しています。

Wie er dazu kam, mag selbst er sagen;
doch möcht' ich nie mich zu rühmen wagen,
ein Lied, so schön wie dies erdacht,
sei von mir, Hans Sachs, gemacht.

どうしてこんなことになったのか、それは彼自身に言ってもらうのがいいでしょう。
ただ私としては、吹聴する気はさらさら、ありません！
これほど見事に創りだされた歌の、
作者がハンス・ザックスだなどと。

DIE MEISTERSINGER 親方たち	Wie? Das Lied wär' schön, dieser Unsinnswust?

何だって？　この歌が見事だと？　ナンセンスの塊なのに？

VOLK 民衆	Hört! Sachs macht Spaß! Er sagt es nur zur Lust.

まさか。ザックスは冗談を言っている！　そう言って面白がってるだけさ！

SACHS ザックス	Ich sag' euch Herrn, das Lied ist schön; nur ist's auf den ersten Blick zu ersehn, daß Freund Beckmesser es entstellt.

皆さん、はっきり申しますが、この歌は見事です。
ただ、ひと目見て分かることですが、
わが友ベックメッサーが歪めてしまったのです。

Doch schwör' ich, daß es euch gefällt,
wenn richtig Wort' und Weise
hier einer säng' im Kreise;

だが、誓って言いましょう。きっと皆さんの気に入りますよ！
その詞と調べを正しく歌ってくれる人が
この席に誰かいれば！

und wer dies verstünd', zugleich bewies',
daß er des Liedes Dichter
und gar mit Rechte Meister hieß,
fänd' er gerechte Richter. —

それができる歌い手は，
この歌の詞を書いた詩人であり，
かつ，マイスターとさえ名乗って差し支えないことを実証できましょう，
公正な審判にさえ恵まれるならば。

Ich bin verklagt und muß bestehn:
drum laßt mich meinen Zeugen ausersehn. —
Ist jemand hier, der Recht mir weiß?
Der tret' als Zeug' in diesen Kreis!

私は非難を浴びて，申し開きせねばならぬ立場にいますから，
証人を自分で選ぶことをお許しください。
どうか，私の言い分を証明してくれる人がいたら，
証人として，この環の中に出てきてください！

(Walther tritt aus dem Volk hervor und begrüßt Sachs, sodann nach den beiden Seiten hin die Meister und das Volk mit ritterlicher Freundlichkeit. Es entsteht sogleich eine angenehme Bewegung; alles weilt einen Augenblick schweigend in seiner Betrachtung.)

（ヴァルターが観衆の中から姿を現して，ザックスに，さらに両側のマイスターと観衆に騎士らしく，親しみをこめて挨拶すると，すぐさま，気持ちのいい感動が生じ，誰もがしばし口をつぐんで，ヴァルターの姿に見とれる。）

So zeuget, das Lied sei nicht von mir;
und zeuget auch, daß, was ich hier
vom Lied hab' gesagt.
zu viel nicht sei gewagt.

では，この歌が私の作ではないことを証してください。
それと，私が今この歌について述べたことが，
まんざら言い過ぎではないことも，
証明してください。

ORTEL und FOLTZ オルテルとフォルツ	Wie fein ist Sachs! ザックスは見事だね！
DIE MEISTER 親方たち	Ei, Sachs, ihr seid gar fein! Doch mag es heut geschehen sein! ザックスもなかなかやるね！ 今日は，こういうことにしておいて構うまい！

| SACHS
ザックス | Der Regel Güte daraus man erwägt,
daß sie auch mal 'ne Ausnahm' verträgt. |

規則が優秀であるかどうかは，
ときに例外も許容できるかどうかの点で，見分けられと思います。

| DAS VOLK
民衆 | Ein guter Zeuge, stolz und kühn!
Mich dünkt, dem kann was Gut's erblühn! |

堂々として，物怖じしない，立派な証人だ！
この人なら，何か素晴らしいことが期待できそうだ！

| SACHS
ザックス | Meister und Volk sind gewillt
zu vernehmen, was mein Zeuge gilt.
Herr Walther von Stolzing, singt das Lied! —
Ihr Meister, lest, ob's ihm geriet.
(Er übergibt Kothner das Blatt zum Nachlesen.) |

マイスター方も，民衆も喜んで
私の証人の腕前を聴こうとしています。
ヴァルター・フォン・シュトルツィング殿，あの歌を歌ってください！
マイスター方，証人の歌の成否を，読んで確かめてください。
（読んでもらうために，詩の紙切れをコートナーに渡す。）

| DIE LEHRBUBEN
徒弟たち | *(in Aufstellung)*
Alles gespannt! 's gibt kein Gesumm':
da rufen wir auch nicht »Silentium«!
(Walther beschreitet festen Schrittes den kleinen Blumenhügel.) |

（整列して）
皆さんは静まり返っている！ ひと言も話し声がしない！
だから，私たちも叫びません，「静粛に」とは！
（ヴァルターはしっかりした足取りで花を飾った小さな壇に登る。）

| WALTHER
ヴァルター | »Morgenlich leuchtend im rosigen Schein,
von Blüt' und Duft
geschwellt die Luft,
voll aller Wonnen, nie ersonnen,
ein Garten lud mich ein, — |

《朝の薔薇色の輝きにつつまれ*，
花の香りに
大気は満ち満ちる。
歓喜に溢れた，夢想もしなかった
庭園が私を客になれと招いた》

＊訳註）ここからが，ヴァルターの，いわゆる『懸賞の歌』である。

(An dieser Stelle läßt Kothner das Blatt, in welchem er mit andren Meistern eifrig nachzulesen begonnen, vor Ergriffenheit unwillkürlich fallen: er und die übrigen hören nur teilnahmsvoll zu.)
(Wie entrückt:)

（他のマイスターたちと一緒に，熱心に読み耽っていた紙切れを，ここでコートナーは感動のあまり我知らず落としてしまい，あとは皆，ただ聴き惚れるばかり。）
（夢心地で）

dort unter einem Wunderbaum,
von Früchten reich behangen,
zu schaun in sel'gem Liebestraum,
was höchstem Lustverlangen
Erfüllung kühn verhieß,
das schönste Weib:
Eva — im Paradies!«

《その庭の奇跡の樹の，
　たわわに木の実のなる下に立って，
　さながら至福の愛を夢に見るように
　最高の悦楽の願いを叶えると大胆に
　約束してくれたのは
　こよなき美女，
　エデンの園のエーヴァ！》

(Meister und Volk leise flüsternd.)
（親方も民衆も小声で私語をささやき合う。）

DAS VOLK
民衆

Das ist was andres, wer hätt's gedacht!
Was doch recht Wort und Vortrag macht!

これはまったく別物だ！　こうだと誰が考えただろう！
とにかく，詞と歌の立派なこと！

DIE MEISTER
親方たち

Ja wohl, ich merk', 's ist ein ander Ding,
ob falsch man oder richtig sing'!

なるほど！　分かった！　まったく別物なんだ，
間違える，間違えない，と言うのと，これとは！

SACHS
ザックス

Zeuge am Ort,
fahret fort!

証人，よろしいか？ *
続けなさい！

---

*訳註）マイスターゲザンクの試演ではひとくぎり歌うと歌手は休み，司会者の「続けよ」の命令を待つ。

WALTHER ヴァルター	»Abendlich dämmernd umschloß mich die Nacht; auf steilem Pfad war ich genaht zu einer Quelle reiner Welle, die lockend mir gelacht: —

《たそがれゆく夕暮れの闇が私を包んだ，

けわしい山道を

辿り行く私は

泉に近づき，

清らに打つその波は

私に笑いかけ誘った。

dort unter einem Lorbeerbaum,
von Sternen hell durchschienen,
ich schaut' im wachen Dichtertraum,
von heilig holden Mienen,
mich netzend mit dem edlen Naß,
das hehrste Weib,
die Muse des Parnaß!«

そのほとりの月桂樹の下に

星たちの明るい光に照らされて，

私が，現ともつかぬ詩人の夢の中に見たのは，

優しく，堅い表情を浮かべて，

貴い泉の水を私に滴らす，

こよなく気高い女，

パルナッソスのミューズ！》

DAS VOLK 民衆	So hold und traut, wie fern es schwebt; doch ist es grad', als ob man selber alles miterlebt!

はるか遠くから，優しく懐かしく漂ってくるようだが，

その場を，さながら自分ですべて味わっている気持ちだ！

DIE MEISTER 親方たち	's ist kühn und seltsam, das ist wahr; doch wohl gereimt und singebar!

実に大胆で奇妙だ！　それは間違いない！

しかも，韻は整い，歌いやすくもある！

SACHS ザックス	Zeuge, wohl erkiest! Fahret fort und schließt!

この眼に狂いはなかった証人だ，

先を続けて，歌い納めなさい！

WALTHER ヴァルター	*(sehr feurig)* »Huldreichster Tag, dem ich aus Dichters Traum erwacht! Das ich erträumt, das Paradies, in himmlisch neu verklärter Pracht, hell vor mir lag, dahin lachend nun der Qeull den Pfad mir wies;	
	（情熱をこめて） 《この恵み豊かな日に， 私は詩人の夢から覚めた。 夢に見ていた楽園は， 神々しく清らかに壮麗な姿を見せて 輝かしく私の前に横たわり， 泉は微笑みつつ，そこへ至る道を私に示した。	
	die, dort geboren, mein Herz erkoren, der Erde lieblichstes Bild, als Muse mir geweiht, so heilig ernst als mild,	
	楽園に生まれて， 私の胸に選び取られた， 地上に類なく愛らしい姿の乙女は， 真心の堅く，優しいミューズとなって現れ， 私の詩心を搔きたてたが，	
	ward kühn von mir gefreit; am lichten Tag der Sonnen, durch Sanges Sieg gewonnen Parnaß und Paradies!« —	
	大胆に求婚した私が， さんさんと輝く太陽や星々のもと， 歌の勝利によってかち得たのは パルナッソスの山とエデンの園！》	
DAS VOLK 民衆	Gewiegt wie in den schönsten Traum, hör' ich es wohl, doch fass' es kaum!	
	美しい夢のゆりかごへと揺すぶられているようで， よく聞こえるけれども，また摑みようもない。	

	(zu Eva) Reich ihm das Reis, sein der Preis; keiner wie er zu werben weiß!
	(エーヴァに) あの人に，賞の小枝を！ 賞は彼のもの！ 彼ほどに，賞にふさわしい者はいない！
DIE MEISTER 親方たち	*(sich erhebend)* Ja, holder Sänger, nimm das Reis; dein Sang erwarb dir Meisterpreis!
	(起立して) そのとおり，優雅なうたびとよ，小枝を受けなさい！ あなたは歌により，マイスタージンガーの賞を手に入れた！
POGNER ポーグナー	*(mit großer Rührung und Ergriffenheit zu Sachs sich wendend)* o Sachs! Dir dank' ich Glück und Ehr': vorüber nun all' Herzbeschwer! *(Walther ist auf die Stufen der Singerbühne geleitet worden und läßt sich dort vor Eva auf ein Knie nieder.)*
	(すっかり感動し，感激して，ザックスに向き直り) ザックスさん，この仕合わせと名誉はあなたのお陰です！ これで，胸のつかえも，残らず消え去った！ (ヴァルターは歌のステージの段々のところに導かれ，そこでエーヴァの前に膝をつく。)
EVA エーヴァ	*(zu Walther, indem sie ihn mit einem Kranz aus Lorbeer und Myrthe bekränzt, sich hinabneigend)* Keiner wie du so hold zu werben weiß!
	(ヴァルターに，月桂樹とミルテの冠をかぶせるため，体をかがめて) 本当に，あなたほどに，この賞にふさわしい人はいないわ！
SACHS ザックス	*(zum Volk gewandt, auf Walther und Eva deutend)* Den Zeugen, denk' es, wählt' ich gut: tragt ihr Hans Sachs drum üblen Mut?
	(民衆の方を向いて，ヴァルターとエーヴァを指しながら) どうです，私の選んだ証人に間違いはなかったでしょう！ これで，ハンス・ザックスを悪く思うこともないでしょうな？

VOLK 民衆	*(bricht schnell und heftig in jubelnde Bewegung aus)* Hans Sachs! Nein! Das war schön erdacht! Das habt ihr einmal wieder gut gemacht.	

(たちまち, 激しい歓声をあげる)
ハンス・ザックスさん, そのとおり！ 素晴らしいアイディアでした！
またしても, 見事な腕前！

DIE MEISTER 親方たち	*(feierlich sich zu Pogner wendend)* Auf, Meister Pogner! Euch zum Ruhm, meldet dem Junker sein Meistertum!	

(厳かにポーグナーの方に向き直って)
さあ, ポーグナー親方, 騎士殿に
マイスタージンガーの資格を告げて, あなたの名誉としなさい！

POGNER ポーグナー	*(mit einer goldenen Kette, dran drei große Denkmünzen, zu Walther)* Geschmückt mit König Davids Bild, nehm' ich euch auf in der Meister Gild'!	

(大きな記念のメダルの三枚ついた金の鎖を手に, ヴァルターに向かって)＊
あなたを, ダビデの絵姿で飾り,
マイスターのギルドに迎え入れます！

WALTHER ヴァルター	*(mit schmerzlicher Heftigkeit abweisend)* Nicht Meister! — Nein! — *(Er blickt zärtlich auf Eva.)* Will ohne Meister selig sein! — *(Alles blickt mit großer Betroffenheit auf Sachs.)*	

(苦悶の色を浮かべて激しく拒み)
いいえ, 親方！ いけません！
(やさしくエーヴァを見やって)
僕はマイスターなどにならずに, 仕合わせでいたいのです！
(誰もが大きな困惑の表情を浮かべてザックスを見やる。)

SACHS ザックス	*(schreitet auf Walther zu und faßt ihn bedeutungsvoll bei der Hand)* Verachtet mir die Meister nicht und ehrt mir ihre Kunst!	

(ヴァルターに歩み寄って, 重々しく, その手を握り)
マイスターたちを軽蔑してはいけません,
どうか, 彼らの芸術を敬ってください！

Was ihnen hoch zum Lobe spricht,
fiel reichlich euch zur Gunst.

親方たちの高い誉れを語るもの,
それは, またあなたにも豊かな幸をもたらしたのです。

＊訳註) この鎖がマイスタージンガーの一等賞の勝者に与えられる。

Nicht euren Ahnen, noch so wert,
nicht eurem Wappen, Speer noch Schwert,
daß ihr ein Dichter seid,
ein Meister euch gefreit,
dem dankt ihr heut eu'r höchstes Glück.

 たとえ，いかに貴かろうとも，あなたのご先祖のお陰ではないし，
 あなたの紋章や，槍，刀のお陰でもない，
 あなたが，今日，詩人となったのは，
 一人のマイスターがあなたを取り立ててくれたからです。
 あの人にこそ，こよない仕合わせを感謝できるのです。

Drum, denkt mit Dank ihr dran zurück,
wie kann die Kunst wohl unwert sein,
die solche Preise schließet ein? —

 だからこそ，感謝の心をもって思い返しなさい，
 これほどの恵みを含んだ芸術が
 どうして無価値などではあり得ないことを。

Daß unsre Meister sie gepflegt
grad' recht nach ihrer Art,
nach ihrem Sinne treu gehegt,
das hat sie echt bewahrt:

 われらの親方たちが
 まさに自分なりのやり方に従い，
 自分たちの感覚に忠実に培ってきたればこそ，
 芸術は純粋さを失わなかったのでした。

blieb sie nicht adlig, wie zur Zeit,
wo Höf und Fürsten sie geweiht;
im Drang der schlimmen Jahr'
blieb sie doch deutsch und wahr:

 宮廷や王侯からあがめられた頃のように
 芸術は高雅なものではあり続けられませんでしたが，
 しかし，苦難の打ち続く時代にも，
 ドイツらしさと真実味は喪われませんでした。

und wär' sie anders nicht geglückt,
als wie wo alles drängt und drückt,
ihr seht, wie hoch sie blieb in Ehr': —
was wollt ihr von den Meistern mehr? —

 すべてが圧迫と圧制を加えてくる時代にも，
 たしかに，それ以上の仕合わせには至りませんでしたが，
 芸術の名誉は保たれたのです。
 これ以上，マイスターたちに何を望むというのでしょうか？

Habt acht! Uns dräuen üble Streich': —
zerfällt erst deutsches Volk und Reich,
in falscher welscher Majestät
kein Fürst bald mehr sein Volk versteht,

> 気をつけていただきたい！ 私たちを脅かす悪い兆しが見えます！
> いったんドイツの国民と国土が分解すれば，
> 誤った外国かぶれの威厳をかさに着て，
> 王侯はやがて民衆を理解できなくなるでしょう。

und welschen Dunst mit welschem Tand
sie pflanzen uns in deutsches Land;
was deutsch und echt, wüßt' keiner mehr,
lebt's nicht in deutscher Meister Ehr'.

> そして，外国の無価値な悪風を
> 彼らはこのドイツの地に植えつけます。
> ドイツのマイスターの名誉に生かされねば，
> ドイツ的で真正な本質など，誰にも顧みられなくなるでしょう！

Drum sag' ich euch:
ehrt eure deutschen Meister!
Dann bannt ihr gute Geister;

> ですから，あなたに申し上げたいのは，
> どうか，ドイツのマイスターを敬いなさい，
> それにより，善き霊たちをつなぎ止めることができます。

und gebt ihr ihrem Wirken Gunst,
zerging' in Dunst
das heil'ge röm'sche Reich,
uns bliebe gleich
die heil'ge deutsche Kunst!

> そして，マイスターの働きに好意を惜しまなければ，
> たとえ，神聖ローマ帝国が
> 霞となって消え失せようとも，
> 神聖なドイツの芸術は
> 変わらず，われらの手に残るでしょう！

Während des folgenden Schlußgesangs nimmt Eva den Kranz von Walthers Stirn und drückt ihn Sachs auf; dieser nimmt die Kette aus Pogners Hand und hängt sie Walther um. Nachdem Sachs das Paar umarmt, bleiben Walther und Eva zu beiden Seiten an Sachsens Schultern gestützt; Pogner läßt sich, wie huldigend, auf ein Knie vor Sachs nieder. Die Meistersinger deuten mit erhobenen Händen auf Sachs als auf ihr Haupt. Alle Anwesenden schließen sich dem Gesange des Volkes an.

以下の結びの合唱の間に、エーヴァはヴァルターの額から冠を取ってそれをザックスにのせる。ザックスはポーグナーの手から鎖をとって、ヴァルターに懸けてやる。ザックスが二人を抱擁した後、ヴァルターとエーヴァは両側からザックスの肩に寄り添う。ポーグナーは、信服の気持ちを表明するかのように、ザックスの前に片膝をつく。ほかのマイスタージンガーたちは、挙手によってザックスを自分たちの頭目として指す。全員が民衆の歌声に和す。

VOLK
民衆
Ehrt eure deutschen Meister,
dann bannt ihr gute Geister;

ドイツのマイスターを敬いなさい，
それにより，善き霊たちをつなぎ止めることができます。

und gebt ihr ihrem Wirken Gunst,
zerging' in Dunst
das heil'ge röm'sche Reich,
uns bliebe gleich
die heil'ge deutsche Kunst!

そして，マイスターの働きに好意を惜しまなければ，
たとえ，神聖ローマ帝国が
霞となって消え失せようとも，
神聖なドイツの芸術は
変わらず，われらの手に残るでしょう！

(Als es hier zu der bezeichneten Schlußgruppe gelangt ist, schwenkt das Volk begeistert Hüte und Tücher; die Lehrbuben tanzen und schlagen jauchzend in die Hände.)
Heil! Sachs!
Nürnbergs teurem Sachs!

（ここで，最後の情景が現出すると，民衆は感激して帽子やハンカチを振る。徒弟たちは踊り，歓声をあげて，手を打つ。）
ばんざい！ ザックス！
ニュルンベルクの貴いザックス！

(Der Vorhang fällt.)

（幕が降りる。）

訳者あとがき

　1868年6月21日に，ミュンヒェンの宮廷歌劇場で初演された『ニュルンベルクのマイスタージンガー』は，リヒャルト・ワーグナーの10篇のオペラのうちで唯一の喜劇であるとともに，また，規模の大きさ，演奏時間の長さの点でも，いずれもが長大なワーグナー作品中で群を抜いている。
　近世初期の帝国都市ニュルンベルクを舞台に，その市民たちのなかに熱心な愛好家を持つマイスターゲザングの歌くらべを題材にとったこの作品は，1845年に初演されたロマン派オペラ『タンホイザーとヴァルトブルクの歌合戦』と対を成すものとして構想された。『タンホイザー』は，中世のミンネザングの詩人たちが，ヴァルトブルクの城に集められ，城主であるテューリンゲンの方伯ヘルマンの主宰のもと，歌合戦を繰り広げたという伝説に，ワーグナーが，詩人タンホイザーも参加したという新しい趣向を追加して，悲劇に仕立てあげたものである。これに対し，『マイスタージンガー』では，ミンネザングの詩人のいわばエピゴーネンである町人のマイスタージンガーたちが，やはり歌くらべを催すのだが，芸術の革新と民衆化を唱えるハンス・ザックスと，彼が支持する若い詩人のヴァルターがみごとに勝利をおさめて，目出度しめでたしの結末となる。これは，当時ワーグナーが研究していた古代ギリシアの祝祭で，幾篇かの悲劇のあとに明朗なサテュロス劇が上演された慣習をなぞっている。ワーグナーは，『タンホイザー』の上演と平行して，『マイスタージンガー』の草案をスケッチしていたが，同じロマン派オペラ『ローエングリーン』の創作にエネルギーが費やされて，『マイスタージンガー』は草案のままに留まった。この『ローエングリーン』は，完成したものの，ワーグナーが政治活動への傾斜を強めていったため，彼が指揮者を務めていたドレスデンの宮廷歌劇場では上演中止となり，あまつさえ，1849年のいわゆるドレスデン蜂起に，ワーグナーが無政府主義者のバクーニンらと参加して，スイスへ亡命せざるを得なくなったという，運命の暗転があった。
　ワーグナーは，ドレスデン時代の末期に，のちの楽劇四部作『ニーベルングの指環』を着想しており，亡命先で，まず台本を書き上げ，次に第1部の『ラインの黄金』から作曲にかかった。しかし，この大規模な祝祭劇が上演されるという目算はまったく立たなかった。『ローエングリーン』は親友リストの尽力で，ワーグナーの臨席のないまま，1850年8月，ヴァイマルで初演はされたが，この『ローエングリーン』いらい，彼は上演可能な作品を一つも書いていないのだった。そこで，『指環』の作曲を中断して，1855年末から，手っ取り早い上演を目指して取り組んだのが，傑作『トリスタンとイゾルデ』だったが，その主役のパートの困難さゆえに，歌手の寿命を縮めるという風評さえ生んだこの楽劇が，簡単に上

演される可能性もなく，また，パリでの『タンホイザー』上演にも失敗して，依然，亡命と放浪の旅を続けるワーグナーが次に取り掛かったのが，永らく草案のままに打ち捨てられていた『マイスタージンガー』だった。

この楽劇の主人公のハンス・ザックスは，ドイツ文学史に隠れもない実在の人物で，ニュルンベルクで靴匠の生業に従事しながら，マイスターゲザング，格言詩，謝肉祭劇，喜劇と悲劇（そのなかに『トリストランとイザルデ』も含まれる）などのジャンルで旺盛な創作力を発揮し，生涯に幾千という作品をものにしていたという点でも有名であった。彼の名は，封建制度がしだいに崩壊の兆しを見せ，市民の文化活動への意欲が高まりをみせる18世紀なかばから，ドイツではことに広まった。なかでもゲーテは「ハンス・ザックスの詩的使命」という比較的長い詩を書いて，市民文化の夜明けに屹立する，この職匠詩人を顕彰した。19世紀に入ってからは，ヴィーンのダインハルトシュタインが詩劇『ハンス・ザックス』を書き，これをもとに，ロルツィングも同名のオペラを作曲した。ここでは，皇帝マクシミリアンの援助もあって，若きザックスが自ら栄冠を獲得する成り行きが描かれていたが，ワーグナーでは，結びで恋愛と芸術の二つの栄冠を得るのは，若い騎士のヴァルターである。若い娘エーヴァへの恋愛感情を諦めたザックスは，騎士の後ろ盾を務めながら，因循固陋な教則「タブラトゥール」にこだわるマイスタージンガーたちに，民衆に開かれた芸術の革新の意義をついに認めさせて，親方たちからも，民衆からも讃えられる，真のマイスタージンガー芸術の王冠を頂くことになる。ここには，初老を迎えた作曲家自身の，芸術上の自信を深めながら，また諦念をも大きく肯定する心情が反映している。

その肝心のマイスターゲザング芸術は，先述したとおり，中世のミンネザングを模範に仰ぎ，作詞作曲をした詩人が聴衆（ミンネザングの場合は宮廷社会，マイスターゲザングではマイスターたちの集会の席）の前で作品を実際に歌って披露する点で，ミンネザングを継承するものだった。細かい点については，17世紀にヴァーゲンザイルが「マイスタージンガーの至福な芸術」という論考を書き残しており，ワーグナーは，1860年代になってあらためて『マイスタージンガー』に本格的に取り組む際に，おおいに参考にしている。もっとも，ザックスの頃のマイスターゲザングの実地は，楽劇に現れたものとはかなり異なり，閉鎖性と宗教性が強く，題材はおおかたが聖書に基づくもので，その吟味のためには世俗的な題材と違い，4人の判定役が必要とされたし，歌唱の席は非公開だった。

また，楽劇のなかのニュルンベルクの町も，現実とはかけ離れている。当時の都市であれば，実権を握る参事会の力は絶大だったはずで，台本に参事会の字句は幾度か出てはいるが，たとえば，歌の祭典の草地に，市長をはじめ参事会のお歴々が登場しないことはありえないし，第2幕の結びの，夜の殴り合いなども，参事会の威令からしてありえなかった。ザックス自身にしても，人気のある詩人，

戯作者ではあったが，参事会とは悶着を起こし，執筆禁止を命じられたこともあった。つまり，楽劇中のニュルンベルクは，政治に代わって芸術が支配するユートピアであり，18世紀の末，ティークやヴァッケンローダーが巨匠デューラーの町としてこの古都を絶賛した，ロマン主義的な中世憧憬の系譜を継いだワーグナーが，理想化して描き出したのであった。

『マイスタージンガー』創作の最後段階にあったワーグナーは，すでにバイエルン王ルートヴィヒの厚い庇護を受ける身だったが，宮廷関係者や聖職者に反ワーグナー勢力の強いミュンヒェンに嫌気がさし，ひそかに国王に書簡を送り，ミュンヒェンを去ってニュルンベルクに遷都することを勧めていた事実があり，これも，この理想化と表裏の関係にあるかも知れない。いずれにしろ，典型的なドイツ都市ニュルンベルクの讃美はワーグナーにおいて絶頂に達した。このような芸術至上主義的崇拝を逆転し，ニュルンベルクを国粋主義・国家社会主義のメッカに変えたのがナチスであった。ニュルンベルクのロマン主義的名声を巧みに利用し，ドイツ全土から党員の大行進の目標となる例年の党大会の開催地に定め，またユダヤ人排斥で悪名高い法律を「ニュルンベルク法」と名づけたのも彼らだった。これに対し，第二次世界大戦で連合国側は徹底的な爆撃でもって応じ，ニュルンベルクは文字どおり焦土と化した。さらに，ナチスの戦争犯罪を裁く「ニュルンベルク裁判」の名も歴史に刻まれている。しかし今日，ドイツ的な周到さで復興されたニュルンベルクには戦火の残影も，ナチスの悪夢の記憶もほとんど見出されない。

最後に，台本の訳について一言。ワーグナーは，『マイスタージンガー』をオペラとして構想したため，のちの理論書「オペラとドラマ」で強調したような，合唱や重唱の廃止という原則には従っていない。テクストも『指環』のような頭韻ではなく，伝統的な尾韻で書かれている，いや少なくとも発想されている。しかし，作曲の段階では，発想の助けとなったはずの文学的形式は忘却されて，音楽の流れに彼は身を任せたのだった。流布している『マイスタージンガー』のテクストは，台本の詩形を考慮した体裁を取っているものが多いが，第2幕の第6場の終わりあたりから始まる「殴り合い」の場面などでは，もとのテクストは音楽のフーガの流れに注ぎ込まれて，詩形の輪郭は跡を留めない。そこで，この場面にかぎって，台詞は詩形上のまとまりを無視し，音楽の流れにそって現れる順に記した。むろん，これは最初から完全を期し得ない方法だが，九割は，実際に歌われるものの再現を果たしたと思っている。

2001年5月

高辻知義

訳者紹介

高辻知義（たかつじ・ともよし）

1937年東京生まれ。東京大学大学院人文科学研究科修了。東京大学大学院総合文化研究科表象文化論専攻主任を経て、現在、東京大学名誉教授。著書に『ワーグナー』『ヨーロッパ・ロマン主義を読み直す』（岩波書店）、訳書に、バドゥーラ＝スコダ『ベートーヴェン ピアノ・ソナタ』、テーリヒェン『あるベルリン・フィル楽員の警告』（共訳）、テーリヒェン『フルトヴェングラーかカラヤンか』、オペラ対訳ライブラリー『トリスタンとイゾルデ』（以上、音楽之友社）など。

オペラ対訳ライブラリー
ワーグナー ニュルンベルクのマイスタージンガー

2001年6月10日　第1刷発行
2022年2月28日　第11刷発行

訳　者　高辻知義
発行者　堀内久美雄
東京都新宿区神楽坂6-30
発行所　株式会社 音楽之友社
電話 03(3235)2111(代)
振替 00170-4-196250
郵便番号 162-8716
印刷　星野精版印刷
製本　誠幸堂

Printed in Japan　　　　　　　　　　装丁　柳川貴代
乱丁・落丁本はお取替えいたします。

ISBN 978-4-276-35557-6 C1073

この著作物の全部または一部を権利者に無断で複製(コピー)することは、著作権の侵害にあたり、著作権法により罰せられます。

Japanese translation©2001 by Tomoyoshi TAKATSUJI

オペラ対訳ライブラリー(既刊)

作曲家	作品名・訳者	品番・定価
ワーグナー	《トリスタンとイゾルデ》 高辻知義=訳	35551-4 定価(1900円+税)
ビゼー	《カルメン》 安藤元雄=訳	35552-1 定価(1400円+税)
モーツァルト	《魔笛》 荒井秀直=訳	35553-8 定価(1600円+税)
R.シュトラウス	《ばらの騎士》 田辺秀樹=訳	35554-5 定価(2400円+税)
プッチーニ	《トゥーランドット》 小瀬村幸子=訳	35555-2 定価(1600円+税)
ヴェルディ	《リゴレット》 小瀬村幸子=訳	35556-9 定価(1500円+税)
ワーグナー	《ニュルンベルクのマイスタージンガー》 高辻知義=訳	35557-6 定価(2500円+税)
ベートーヴェン	《フィデリオ》 荒井秀直=訳	35559-0 定価(1800円+税)
ヴェルディ	《イル・トロヴァトーレ》 小瀬村幸子=訳	35560-6 定価(1800円+税)
ワーグナー	《ニーベルングの指環》(上) 《ラインの黄金》・《ヴァルキューレ》 高辻知義=訳	35561-3 定価(2600円+税)
ワーグナー	《ニーベルングの指環》(下) 《ジークフリート》・《神々の黄昏》 高辻知義=訳	35563-7 定価(3200円+税)
プッチーニ	《蝶々夫人》 戸口幸策=訳	35564-4 定価(1800円+税)
モーツァルト	《ドン・ジョヴァンニ》 小瀬村幸子=訳	35565-1 定価(1800円+税)
ワーグナー	《タンホイザー》 高辻知義=訳	35566-8 定価(1600円+税)
プッチーニ	《トスカ》 坂本鉄男=訳	35567-5 定価(1800円+税)
ヴェルディ	《椿姫》 坂本鉄男=訳	35568-2 定価(1400円+税)
ロッシーニ	《セビリャの理髪師》 坂本鉄男=訳	35569-9 定価(1900円+税)
プッチーニ	《ラ・ボエーム》 小瀬村幸子=訳	35570-5 定価(1900円+税)
ヴェルディ	《アイーダ》 小瀬村幸子=訳	35571-2 定価(1800円+税)
ドニゼッティ	《ランメルモールのルチーア》 坂本鉄男=訳	35572-9 定価(1500円+税)
ドニゼッティ	《愛の妙薬》 坂本鉄男=訳	35573-6 定価(1600円+税)
マスカーニ レオンカヴァッロ	《カヴァレリア・ルスティカーナ》 《道化師》 小瀬村幸子=訳	35574-3 定価(2200円+税)
ワーグナー	《ローエングリン》 高辻知義=訳	35575-0 定価(1800円+税)
ヴェルディ	《オテッロ》 小瀬村幸子=訳	35576-7 定価(1900円+税)
ワーグナー	《パルジファル》 高辻知義=訳	35577-4 定価(1800円+税)
ヴェルディ	《ファルスタッフ》 小瀬村幸子=訳	35578-1 定価(2600円+税)
ヨハン・シュトラウスII	《こうもり》 田辺秀樹=訳	35579-8 定価(2000円+税)
ワーグナー	《さまよえるオランダ人》 高辻知義=訳	35580-4 定価(1500円+税)
モーツァルト	《フィガロの結婚》改訂新版 小瀬村幸子=訳	35581-1 定価(2300円+税)
モーツァルト	《コシ・ファン・トゥッテ》改訂新版 小瀬村幸子=訳	35582-8 定価(2000円+税)

※各品番はISBNの978-4-276-を略して表示しています